황장엽을 암살하라

황장엽을 암살하라 2
정건섭 장편소설

초판 인쇄 | 2010년 05월 25일
초판 발행 | 2010년 05월 31일

지은이 | 정건섭
펴낸이 | 신현운
펴는곳 | 연인M&B
디자인 | 이희정
기 획 | 여인화
등 록 | 2000년 3월 7일 제2-3037호
주 소 | 143-874 서울특별시 광진구 자양동 680-25호(2층)
전 화 | (02)455-3987 팩스 | (02)3437-5975
홈주소 | www.yeoninmb.co.kr
이메일 | yeonin7@hanmail.net

값 12,000원

ⓒ 정건섭 2010 Printed in Korea

ISBN 978-89-6253-061-2 04810
ISBN 978-89-6253-059-9 04810(전2권)

정건섭 장편소설

황장엽을 암살하라

②

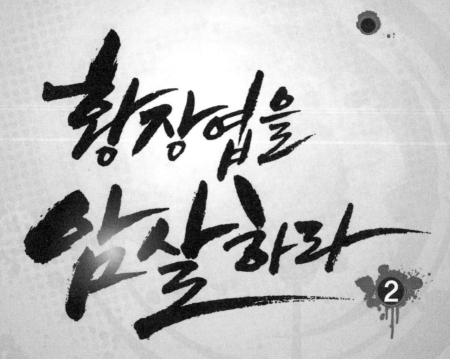

이미 시작된

8년 전 ∨ 황장엽 암살음모 사건!

이 소설은 북한 권력자들이 남한으로 귀순한 황장엽 씨를 암살하기 위한
전문 요원의 파견과 이를 저지하려는 한국 측 요원들의 피 나는 암투를 그린 것이다.
그러나 본래의 목적은 탈북자들의 피눈물 나는 고통과 북한의 실정과 현실을
있는 그대로 고발하는 데 있다.

연인M&B

마침내 탈출

그곳은 천애의 벼랑이었다. 절벽 저 아래는 검푸른 파도가 일렁이고 있었고, 굶주린 짐승처럼 울부짖는 파도는 금방이라도 그녀를 집어삼킬 것만 같았다. 벼랑끝에 아슬아슬하게 매달린 나뭇가지를 움켜쥐고 있는 그녀의 얼굴은 절망과 두려움으로 가득했다.

이동호는 안간힘을 다해 그녀의 손을 잡았지만 애처롭게도 그녀의 손은 점점 힘을 잃고 자신의 손에서 미끄러져 나가고 있었다. 한 번 더 힘을 내요, 포기하지 말아요, 죽지 말아요, 하며 비명 같은 고함을 질러 보지만 그 소리는 목 안에서만 자지러들고 있었다.

그녀의 눈이 정면으로 바라보았다. 눈에 눈물이 홍건히 고여 있는데, 그녀의 입에서는 절망에 찬 미소가 떠올랐다. 괜찮아요, 저는 괜찮아요, 당신만 살 수 있다면 어서 가세요, 어서 도망치세요, 잡히면 끝이에요. 그녀는 눈을 감았다. 그리고 그녀의 손이 스르르 미끄러져 나갔다. 그녀는 비명도 지르지 않고 한 잎 꽃처럼 흩날리고 있었다.

안 돼! 안 돼! 이동호는 있는 힘을 다해 고함을 지르며 잠에서 깨어났다. 잠에서 깨어나기는 했지만 그것이 꿈인지 아닌지조차 구분할 수 없었다. 눈에서는 뜨거운 눈물이 흐르고 있었고 입에서는 계속 고함이 터져 나오고 있었다. 누운 채 잠시 정신을 가다듬었다. 그 여인이 누군지 분명한 기억은 없지만, 아내일 것이라고 생각했다.

어떻게 되었을까. 혹 연행되어 혹독한 심문을 받고 있는 것은 아닐까? 어머님은, 아이들은. 아! 아! 그의 입에서 참을 수 없는 고통의 신음이 흘러 나왔다. 이를 악물고 참으려 했지만 비통한 가슴의 통증을 이겨내기는 힘들었다. 그는 이불을 뒤집어쓰고 목이 터져라 흐느껴 울었다.

옆방의 본부장이 그 울음소리를 들었지만 아무 말도 하지 않았다.

비슷한 시간, 이반도 잠에서 깨어났다. 이제 모든 계획은 차질 없이 진행되어 가고 있다. 이동호를 위한 가짜 여권은 완벽하게 제작되어 손에 들어왔고, 관련기관에도 충분한 뇌물을 보내놓았다. 부산을 향하는 전세 무역선에 이동호를 태워 보내면 제1막의 장을 닫는다.

'자, 문제는 지금부터다. 부산에 도착하여 이동호와 황장엽을 없애야 하는데 문제는 김용기란 말이야. 녀석이 아직은 내 정체를 모르지만 만일 나를 의심하기 시작하면 골치가 아프거든. 아냐, 아냐. 그럴 리가 없지. 제가 어떻게 내 속셈을 알아. 그런 기적 같은 일은 절대 있을 수 없어.'

이반은 자신감에 넘쳐 있었다. 하바로프스크에서는 보안국의 수사망으로부터 충분히 보호해 주었고, 이곳 블라디보스토크에서는 이렇게 완벽한 위조여권을 만들어 준다. 전세 무역선이 부산으로 떠날 때, 그 배에 태워주면 1차 약속은 실행하는 셈이다.

'제가 아무리 한국 안기부 출신이라지만 나와는 게임이 안 되지. 후후후…… 부산에서 이동호가 처형되고, 황장엽이 암살되면 땅을 치고 후회할 걸? 하지만 그때는 이미 난, 하바로프스크에 가 있을 테니 울어 봐도 소용이 없을 테고.'

이반이 이렇게 자신감에 넘쳐나는 데는 몇 가지 이유가 있었다.

무엇보다도 지금 남한 실정이 간첩이나 테러에 무관심하다는 것이다. 하기야 북한의 인공기를 걸겠다는 대학생이 없나, 국민들에게 안보의식이 있나, 황장엽이 아니라 장관을 테러하여 없앤다 해도 어려울 일은 하나 없을 것이다.

김용기가 강하다고는 하지만, 이미 현역에서 물러난 상태다. 그가 자신을 쫓는 데는 한계가 있을 것이며, 남쪽에는 자신을 도와줄 조직이 충분히 형성되어 있다고 했다.

'이거야말로 꿩 먹고 알 먹기 아닌가. 남한, 북한 양쪽에서 모두 돈을 받다니…… 자다가도 웃을 일이지. 그러나저러나 도대체 남한은 뭘 하고 있는 거야. 이런 일에 기관이 나서지 않고 민간인이 나서고 있으니.'

옛날 박정희 시대 때는 KGB들도 한국을 두려워했다. 그만큼 치밀하고 완벽한 정보국으로 알고 있었다. 하지만 한국은 지금 김 빠진 맥주 꼴이다.

'서울, 부산에서 네 날개 휘젓고 다녀도 두려울 게 없는 나라야.'

그랬다. 한국에는 지금 러시아, 중국, 일본, 북한의 정보 요원들이 기업인, 외교관으로 위장하여 마음놓고 정보활동을 하지만 한국은 지금 그런 문제로 신경 쓸 여유가 없다.

2002년 대통령 선거에서 대권 잡는 데만 골몰하고 있기 때문이다. 뿐만 아니라 '햇볕정책'은 국민들에게 안보의식을 해이하게 만들어 '아직도 간첩이 있나?' 하는 생각을 하게 만들어 놓았다.

그렇다고 황장엽이나 이동호 암살의 주범이 자신이라는 흔적을 남겨놓지도 않을 것이다. 원래 이런 일로 일생을 보내는 사람이니까.

아침 7시. 김용기는 침대에서 눈을 떴다. 머리맡을 더듬어 담배를 찾아 입에 물고 불을 붙였다. 날은 조금씩 밝아오고 있었다.

자색빛 연기를 바라보며, 이번 일을 끝내면 정말 담배를 끊어야겠다고 생각했다. 할 일이 아직 많은데 니코틴의 독성으로 쓰러질 수는 없기 때문이다.

'큰일이야, 큰일.'

그의 마음은 어두웠다. 그동안 중앙정보부, 안기부로 넘어오며 이 조직은 국가를 위해 많은 공헌을 세웠다. 공헌을 세운만큼 또 많은 폐해도 있었다. 그런 논란 속에 이 조직은 국정원으로 이름을 바꿨지만, 정작 대북정책과 정보에서는 아무런 공헌을 세우지 못하고 있다.

북한에 대한 경계심이 풀어질대로 풀어져 이제는 북한의 인공기가 친숙하게 보일 정도가 되어버렸다. 북한을 세계무대로 끌어내겠다는 것이 DJ의 생각인지, 아니면 김정일과 손잡고 연방제 통일을 하자는 것인지 도대체 그 속을 알 수가 없다.

'아니야. 이건 아니야.'

그는 머리를 절레절레 흔들었다.

'김정일은 남한을 이용하여 사상적 흡수통일을 노리는 것이 틀림없어. 상호 평화조약을 내세워 정말 평화통일을 하겠다면 왜, 강제로 납치한 납북 인사를 보내주지 않는 거야. 그렇다면 우리도 사상범들을 돌려주어서는 안 되잖아. 인도주의를 우리만 적용하겠다는 거야?'

그는 울화가 치밀었다.

'DJ는 왜, 갑자기 북한으로 갔을까. 왜, 장관이나 실무진의 충분한 협의도 없이, 국민들의 동의 한마디 없이 불쑥 김정일을 찾아갔을까. 노벨 평화상을 타기 위해? 통일을 논의하러? 그래서 무엇을 얻어냈다는 말인가. 대통령은 틀림없이 오는 10월 부산아시안게임 때도 북한에게 돈을 주어 참석케한 뒤, 부산 하늘에 인공기를 달게 할 거야. 아시아 평화를 위해서라는 명목으로…… 그건 아니지. 정부 요인에 대한 테러와, 수없는 무장공비 침투, 죄 없는 어민들의 납치에 대한 사과는 한마디 받아내지 않고 인공기 깃발만 휘날린다고 해서 평화가 오는 것은 아니지. 돈을 주고 오게 하면, 돈을 안 주면 절대 오지 않아. 김정일은 느긋하게 즐기고 돈 받고…… 이런 게임이 세상에 어디 있어. 불쌍한 우리 북한 동포는 계속 굶어 죽는데…… 굶다 못해 목숨 걸고 탈북까지 하는데…… 군사 퍼레이드, 축제에 쓸 돈, 김일성 황금동상이나 궁궐 같은 묘지 만들 돈으로 국민들 충분히 먹여 살릴 수 있는데…… 그렇게 하라는 말은 한마디 못하고…… 참 이상한 나라야. DJ는 도저히 이해가 가지 않아. 어떤 일이 있더라도 이동호는 반드시 서울로 데려갈 거야. 멋있게 평양에 한 방 먹여야지…… 그런데 이반! 이녀석은 문제가 있어. 도대체 새벽에 어딜 갔다 온 거야.'

이반이 머리에 떠오르자 그는 다시 긴장하기 시작했다.

지금, 이동호의 러시아 탈출 열쇠는 이반에게 있다. 그에게 거액의 돈이 건너가기도 하지만 그가 없다면 이동호가 이곳을 떠나는데 상당한 애로가 있을 것이다.

그런데 그가 거짓말을 했다. 호텔에서 정신없이 잠에 떨어져 하룻밤을 보냈다고 했는데, 사실 그는 호텔에서 차를 빌려 새벽에 1시간 넘게 외출한 것으로 조사되었다.

'어디를 다녀온 것일까. 만일 여권 때문이라면 거짓말을 할 이유가 없다. 우리에게 비밀로 해야 할 만큼 중요한 방문이라면 그곳은 블라디보스토크 북한 영사관밖에 없다. 시간으로 보아도 딱 들어맞는다.'

선물 배달용 트럭에 도청장치를 해 보았지만 특별히 의심할 만한 대화는 녹음된 것이 없었다. 문제는 그의 거짓말이다. 왜, 어디를 갔다 와서 하는 거짓말일까. 그곳은 과연 어디일까. 이반에게 방심해서는 안 된다. 그는 여전히 미스터리 인물이다.

서로 다른 상념 속에 이들은 아침을 맞았다.

아침식사를 마친 후 이동호, 김용기, 박정남, 그리고 본부장은 초조하게 이반을 기다리고 있었다.

오전 11시에 여권을 가져오겠다고 했다. 여권이 입수되면 이동호는 이반, 김용기와 함께 이 도시를 떠나 부산을 향해 가게 된다. 그리고 이반이 위조여권 입수에 실패하리라고는 아무도 생각하지 않고 있었다.

이동호 귀순작전은 멋지게 성공할 것이라 믿는 이들이다. 하지만 김용기는 긴장을 멈추지 않았다. 이반의 단 한 번의 거짓말 때문이다.

'그는 정말 어디를 갔다 왔을까. 어디를…… 왜, 무엇 때문에……'

커피를 마시면서도 단 한마디의 대화도 없었다. 머리는 여러 가지 상념으로 가득 차 있었지만 긴장감에 휩싸여 말이 나오지 않았다.

'짤깍!'

마침내 초침이 정확히 11시를 향해 올라왔고, 단 1초의 오차도 없이 가정부의 안내를 받으며 이반이 들어섰다.

그는 밝게 웃고 있었다.

"성공입니다. 여기 있습니다."

벌떡 일어나는 일행을 향해 그는 주머니에서 여권 하나를 꺼내 흔들어 보였다. 김용기가 그 여권을 받아 들여다보았다. 막심 리뜨비노프Maxim Litvinov라는 이름의 러시아인 여권에 이동호 사진이 붙어 있는데 전문가가 보아도 알 수 없는 완벽한 위조여권이었다.

"한 열흘 전에 모스크바에서 입수한 러시아인 여권입니다. 아마 막심은 지금에서야 자신의 여권이 없어진 걸 알고 있을 겁니다. 내일 오후 세 시에 떠나는 부산행 배편으로 출항합니다."

"내일?"

"네, 예약까지 다 마쳤습니다."

"저희들은요."

"네, 물론 함께 갑니다. 제가 두 분 몫까지 예약해 두었으니 너무 걱정하지 마십시오. 여권번호만 적어주시면 표를 구입해 놓겠습니다."

"출국심사는 무사하겠습니까? 이동호 씨 말이에요."

김용기는 이반의 표정 하나 하나를 빼놓지 않고 관찰했다. 미세한 심적 변화까지 놓치지 않고 읽겠다는 의지다. 하지만 그는 마치 배우처럼 태연했고, 얼굴은 여전히 자신감에 넘쳐 있었다.

'내가 너무 과민 반응하는 것은 아닐까. 내일이면 이 도시를 떠나지 않는가. 부산에 도착하기만 하면 무엇이 두렵겠는가. 그래도 방심은 금물이다. 이동호는 지금 이 시간, 러시아의 땅 블라디보스토크에 있으니까.'

"출국에 문제는 없습니다. 이미 항만 기관원에 충분한 뇌물이 건네졌으니까요. 또 여권도 완벽합니다. 내일 떠나시기만 하면 됩니다…… 그런데 김용기 선생, 부산에 도착하면 약속한 돈은 즉시 지불해야 합니다."

"알겠습니다. 돈으로 거짓말하지는 않지만 도착 즉시는 지불이 곤란합니다. 하루 이틀은 시간을 줘야 하지 않겠습니까. 하지만 약속한 돈은 틀림없이 지급합니다. 걱정하지 마시고 부산에서 즐기기나 하십시오."

"허허…… 딴은 그렇겠군요. 좋습니다. 김용기 선생이 돈을 만드는 동안 저는 부산에서 친구들을 만나 즐기겠습니다."

이반은 의심하지 않았다. 김용기는 적어도 이 세계에서는 프로급이다.

'자, 돈은 문제가 아닌데 어떻게 둘을 함께 없애지?

이반은 곁눈질로 이동호를 훔쳐보았다. 손에 자신의 사진이 붙어 있는 여권을 뚫어져라 바라보고 있었다. 그것은 이동호의 생명을 거는 여권이 될 것이다.

'이동호. 지금 네게 중요한 것은 여권이 아니라 네 목숨이다. 네 부하와 러시아 농민 한 사람이 죽은 대가와, 내가 거래한 톤의 몫으로

네 생명이 날아가는 것이니까 너무 억울하게 생각지는 마라.'

"이동호 사령관. 감회가 어떻습니까. 이제 부산에 도착하게 될 텐데."

"고맙소. 이반 씨의 노고에 진심으로 감사 드립니다. 절대 잊지 않겠습니다. 남조선 선생 여러분에 대한 고마움도 마찬가지고요."

이반이 자리에서 일어서며 일일이 악수를 청했다.

"내일 부산으로 가는 배에서 만납시다. 이동호 씨는 출국심사를 저와 함께 받을 겁니다. 이제는 안심하셔도 좋습니다."

그는 여권을 김용기에게 넘겨주고 자리에서 일어섰다.

한편, 평양의 대남공작반對南工作班.

이동호 사건은 고위층에서 대남공작반으로 넘어왔다. KAL 858기 테러 폭발사건, 아웅산 테러사건, 잠수함 침투사건을 진두지휘한 인민보위부 직계 공작반이다.

이들은 지금 심각한 회의를 진행하고 있었다. 이동호와 그의 부인 김정애의 탈출사건에 대한 대책회의였다.

"도대체 이번엔 왜 그렇게 많은 취약점을 보였는지 알 수가 없어요. 연두흠을 제거시키기 전에 이동호를 귀환시켰어야 했고, 이동호가 잠적했다는 보고를 들은 직후 그 가족들을 연행하여 구금시켰어야 했는데……."

"이동호 탈출사건 직후 조직국에서 하바로프스크의 이반과 접선했고, 이반과 접선하며 이동호가 마음대로 움직이도록 방치한 거요. 그건 공작 차원에서 결정한 일인데 이반으로 하여금 이동호, 황장엽을 함께 제거시키기 위한 조치였소. 하지만 김정애 탈출은 미처 예측하지 못한 일이었습니다."

"이동호의 지금 상황은……."

"내일 오후 세 시. 블라디보스토크에서 무역선을 이용하여 부산으로 출발합니다."

"그 다음엔."

"지금 그 문제를 논의하기 위해 모인 겁니다. 의견들 있으시면 말씀들 해 보십시오."

대남공작의 전문가들이다. 이들은 남한의 현 상황을 손금 보듯 들여다보고 있는 사람들이다. 한 요원이 문서를 들여다보며 말했다.

"첫 번째 전략은 이반으로 하여금 이동호를 살해하게 만드는 전략입니다. 다음 전략은 이동호로 하여금 이반을 살해하게 만드는 전략입니다."

"그건 또 무슨 소리야."

"남조선에서 활동하는 우리 조직원들을 통하여 이반에게 이동호 살해의 시기와 장소를 지령내립니다. 같은 시간, 이동호에게 이 사실을 알려주어 거꾸로 이반을 살해하도록 역공작을 펴는 겁니다."

"왜!"

"그 다음, 한국 정부에 통보하는 겁니다. 이동호가 탈출한 진짜 목적은 이동호가 황장엽을 암살하려는 것이라고요. 그럼 한국 정부는 이동호를 체포하기 위해 혈안이 될 것이며, 거꾸로 쫓기던 이동호는 자살하거나 체포될 겁니다."

"그 효과는?"

"우리가 이런 중대한 정보를 제공함으로써 우리의 평화적 제스처가 사실인 것처럼 남조선 국민들에게 인식시켜 주는 겁니다. 우리 북조선은 진심으로 평화를 원한다. 우리의 배신자 황장엽까지 용서하고 보호한다. 이런 명분을 세우는 거죠. 백 프로 속을 겁니다."

"계획대로 잘 진행되겠소?"

"그건 제게 맡기십시오. 남조선은 지금 우리 손바닥 안에서 놀고 있습니다."

"유월쯤 서해에서 우리 해군이 남조선 해군에 보복하겠다며 벼르는데 이 문제는 어떻게 처리할 작정이오."

"그건 해군에 맡깁시다. 군의 사기를 위해서라도 보복의 기회를 주어야 합니다."

"그럼 전략에 상반되는 부분이 있지 않소. 해군 보복은 남조선에 반감을 일으키게 할 텐데……."

"괜찮습니다. 군 일부의 우발적인 사고로 발표하면 그만입니다. 게다가 남조선 사람들은 뭐든지 잘 잊어버려요. 한 달 만 지나면 그들 기억에서 완전히 사라질 것입니다. 어디 한두 번 해 보는 일입니까? YS 시절 무장병력 내려보냈다가 거의 몰살당한 분풀이도 남아 있고요…… 우리는 잊지 않아도 남조선은 잊습니다. 보세요. 부산아시안게임 때 우리 인공기가 하늘에 펄럭이게 만들고 말 테니까."

"그건 그때 얘기고. 이동호 문제는 신중하게 처리하도록 각별히 신경 쓰시오."

"알겠습니다. 너무 염려하시지 않아도 됩니다."

"위원장 지도자께서 남조선에 대해 어떤 평화정책을 쓰시더라도 군은 무력통일에 대한 준비를 게을리해서는 안 된다던 말씀 말이오. 지난 김대중 남조선 대통령 방문 직후 내린 학습자료를 잊으면 안 되오!"

"네, 명심하겠습니다."

학습자료! 이것은 무엇인가. 김정일이 2000년 10월 이후, 그러니까 김대중 대통령이 평양을 방문하여 6·15선언문을 발표하고 돌아온 직후, 전 북한군에게 내려보낸 학습자료다.

이 학습자료의 골자를 추리면 다음과 같다.

제국주의자들과 계급적 원수들의 본성과 야망은 죽을 때까지 변하지 않습니다. 우리가 적들과의 대화와 협상에서 승리를 이룩하고자 하여도 강력한 군사력이 안받침되어야 합니다. 지금 우리에게 있어서 제일 위험한 것은 적에 대한 환상입니다.

인민군대는 당이 평화통일의 구호를 높이 들면 들수록 반미, 반일, 반괴뢰 구호를 높이 들고 계급의 총창銃槍을 보다 날카롭게 벼려야 합니다. 나의 통일관은 본질에 있어서 무력통일입니다.

원수들과는 반드시 한 번을 싸워 결판을 내야 한다는 사상적 각오를 가지고 싸움 준비를 하는 데 모든 힘을 다 바쳐야 합니다.

"자― 긴장들 풀지 말고 이동호와 황장엽 제거에 있는 지혜를 다 쓰도록 하시오."

"알겠습니다."

대남공작팀의 전문가들은 다시 머리를 맞대고 앉아 회의를 신행하

고 있었다. 며칠 지나면 이 문제에 대한 '오로라'의 견해서가 도착할
것이다.

김정일은 군軍을 향해 전투능력 향상을 고취시키고 있을 때, 한국
에서는 북측에 제시한 DMZ 군사보장에 관한 연구를 계속하고 있었
다. 한마디로 DMZ의 지뢰를 폭발시키고 군사시설을 제거하는 일이
며, 이는 남·북한 군사신뢰구축에 큰 도움이 될 것으로 보고 있었
다. 그리고 이 지뢰 및 폭발물 제거 작업은 남북 철도 연결을 가능케
하는 획기적인 평화구축의 기회라고 생각하고 있었다.

이무렵 '오로라'는 한국에 대한 북한 측의 바람직한 정책을 작성
하고 있었다. 그의 눈빛은 날이 가면 갈수록 형형해지고 있었다. 꽉
다문 입은 그의 자신감과 확신을 말없이 증언하기도 했다.

그의 보고서는 다음과 같이 기록되고 있었다.

1. 이동호 문제는 이반과 함께 처리해야 한다. 둘 다 함께 제거시킨다.
   다음 황장엽은 현 남조선 분위기로 보아 제거시키지 않는 것이 유
   리하다. 황장엽을 제거시킬 경우, 보수 세력의 반격이 만만치 않을
   것이며 '대북지원'에 차질을 빚을 것이다.
2. 월드컵 공동개최를 남측이 원하더라도 이를 받아들여서는 안 된다.
   (북)조선의 낙후된 간접시설이 노출될 우려가 있으며 도로, 철도 사
   정이 세계에 알려지면 남측은 군사문제에 자신감을 갖게 될 것이다.
3. 서해 해군의 보복은 감행하는 것이 유리하다. 남측의 대응을 시험
   할 좋은 기회가 될 것이다. 이것은 향후 대남정책에 방향을 잡는 좋
   은 기회가 될 것이다.(전망→맑음)

4. 10월 부산아시안게임을 참석하되 모든 비용은 남측에서 부담토록 하는 것이 좋다. 전략상 많은 미인들을 선발하여 응원토록 하고, 이 응원단은 인공기를 사용하도록 협상함이 유리할 것이다. 틀림없이 남측 응원단은 함께 응원할 것이며 남·북 평화 무드 조성이 자연스럽게 이뤄질 것이다.

5. 대남 평화정책은 12월 대선 이전에 속도전으로 밀어붙여야 한다. 이미 보고한대로, 가속도가 붙으면 설혹 정권이 바뀐다 하더라도 쉽게 멈추지 못할 것이다.

6. 만일 정권이 교체되어 대북지원이 주춤하면 바뀐 정권 세력을 반통일론자, 반민족주의자로 몰아붙여 곤궁에 빠지도록 하라. 냉전상태로 되돌아가면 된다. 모든 책임은 남조선 정부가 지게 된다.

A4용지로 무려 20장이 넘는 대남전략 개요가 완성되었다. 한 이틀 정도 더 검토한 뒤 평양으로 송고할 것이다. 그는 몇 번이나 읽고 수정한 뒤 두 팔을 벌려 크게 기지개를 켰다. 몸이 개운했다.

동해東海:정부의 안일한 대처로 국제사회에서 다시 일본해(日本海)로 표기되지만……)의 일기예보는 좋았다. 며칠 동안 큰 파도는 없을 것이라고 했다. 또 웬만한 파도쯤은 거뜬히 헤쳐나갈 상선商船이다. 비록 낡기는 했지만 성능에는 아무런 지장이 없다. 이 상선은 오늘 부산을 향해 출항한다.

항만은 아침부터 북적였다. 이동호는 이반이 넘겨주는 가방을 받아들었다. 선물 몇 가지와 옷, 세면도구, 그리고 러시아 소설책 두 권이 들어 있었다. 안주머니 깊은 곳에는 '막심'으로 되어 있는 위조여권이 들어 있고, 김용기가 건네준 미화 1천 달러가 있었다. 사람들은 대형 보따리들을 들고 있기도 하고, 세관을 통한 뒤 화물로 보내는 짐도 있었다. 말은 들었지만 이렇게 많은 러시아 민간인들이 남조선과 무역을 하는 줄은 몰랐다.

시간이 가까워 오자 사람들은 웅성이며 줄을 서기 시작했다. 이반과 이동호는 여권을 손에 들고 그들 틈에 섞여 출국수속을 기다리고 있었다.

김용기는 이반의 네 번째 뒤에 서 있는데, 저쪽에 본부장과 박정남이 한가로운 듯 웃으며 담소를 나누고 있었다. 하지만 웃는 얼굴과는 달리 이들은 긴장과 초조함을 이기지 못해 발을 구르고 있었다.

출국수속이 마지막 관건이 될 것이다. 저 선만 넘으면 한국에 도착한다. 이반이 있어 어려움은 없겠지만 그래도 아직은 긴장을 풀 단계가 아니다. 하지만 가장 초조한 사람은 누가 뭐래도 이동호다.

그는 잠시 눈을 감았다. 부대를 떠나 설원의 시베리아 벌판에서 두 부하를 죽이고 민가를 뛰어들던 지난 시간들이 영상처럼 머리를 훑으며 지나갔다.

살았다. 여기만 벗어나면 살아남는다. 하지만 이동호는 자신의 생각처럼 행운과 불행을 동시에 움켜쥐고 떠난다. 부조리와 위선과 독재의 북조선을 탈출할 수 있는 기회를 잡은 것은 대단한 행운이지만, 사랑하는 가족들을 남겨두고 떠난 것은 더할 나위 없는 불행이다. 그렇게 행운과 불행은 한꺼번에 그를 찾아왔다.

"자, 내가 앞에 서지요."

그의 상념은 이반에 의해 깨졌다. 뱀 같던 줄은 처음보다 훨씬 많이 줄어들었고, 바로 코앞에 출국심사 요원이 앉아 있었다.

두 사람이 더 빠져나가고 마침내 이반이 그 앞에 섰다. 두 사람은 반갑게 인사를 나누며 농담까지 주고받았다. 저쪽의 본부장과 박정남은 입술까지 말라붙었다.

"마지막 관문입니다."

박정남이 긴장한 얼굴로 말했다.

"잘 되겠지. 저길 보라구!"

출국수속 담당관이 웃으며 이반의 어깨를 쳤다. 그리고 뭐가 우스운지 껄껄대며 웃었다.

'쾅', 출국 확인 스탬프를 찍었고 이반은 한 발 앞으로 나섰다.

이제 이동호의 차례다. 그는 크게 심호흡을 한 뒤 여권을 내밀었다.

수속 담당관이 머리를 들어 흘끗 쳐다본 뒤 아무 말 없이 다시 스탬프를 찍었다.

'쾅!'

그는 지금까지 이렇게 큰 쾅음을 들어 본 일이 없었다. 아찔한 현기증을 느끼며 잠시 비틀거렸다. 여권을 받는 손이 후들거렸지만 담당관의 손은 이미 다음 사람의 여권으로 옮겨가고 있었다.

생각하면 너무나 싱겁게 끝나버린 출국수속이다. 멀리서 바라보던 박정남도 본부장도 모두 가슴을 쓸어내렸다. 이제 이 배가 출항하면 부산에 가 닿는다. 그때부터 이동호는 북한의 장성이 아니라 대한민국의 한 국민이 되는 것이다.

그가 들고 있는 가방 깊숙한 곳에는 북한에서의 장성 신분증과, 요인들과 함께 찍은 사진, 그리고 연두홈 선생의 비망록, 군軍의 실정을 메모한 노트들이 숨겨져 있었다.

연두흠 선생의 비망록은 대부분 『황장엽 비록』과 겹치는 부분이 많지만 황 선생의 탈북 후 생성된 제2전략이 적혀 있어 중요한 자료가 될 것이다. 그는 가방 손잡이를 다시 한 번 단단히 움켜잡았다.

이반과 김용기, 그리고 이동호 세 사람은 4인용 특실의 선실 한 칸을 얻어 사용한다. 앞으로 30여 시간, 부산에 도착할 때까지는 함께 생활하게 될 것이다.

이동호는 짐을 선반에 올려놓고 침대에 걸터앉았다. 지금은 아무것도 하기 싫었다. 지난밤, 잠을 설쳐 거의 밤샘하다시피 했지만 피로하지도 졸립지도 않았다.

부산행 상선에 몸을 실었지만 아직도 그는 활줄 같은 팽팽한 긴장감에서 헤어나지 못하고 있었다. 이동호는 손으로 턱을 괸 채 석고처럼 앉아 있었다.

"자— 술이나 한 잔 하러 가시죠."

이반이 김용기와 이동호에게 말을 걸었다. 하지만 지금 술을 마실 기분이 아니다. 뭔가 좀 더 생각하고 싶었다. 가능하면 노모와 아내와 아이들은 잊기로 했다. 생각하면 할수록 가슴만 아플 뿐이다. 그 중압감과 싸운다고 해서 별다른 해결책이 나올 수 있는 것도 아니다.

"아, 저는 좀 쉬고 싶습니다. 두 분께서나……."

"그러죠. 그럼 쉬십시오. 저희들은 가서 한 잔 하고 오겠습니다. 서른 시간이 넘는 항해입니다. 지겨우시면 나오세요. 같이 한 잔 하는 것도 괜찮으실 겁니다."

김용기는 본부장으로부터 이동호가 밤새 흐느껴 울었다는 말을 들었다. 그가 울었다면 틀림없이 가족들 때문일 것이다. 그렇다면 지금 술 마실 기분은 아닐 것이다.

"자, 그럼 우리끼리 갑시다."

마침내 이 거함은 블라디보스토크항을 떠나 바다 위를 미끄러져 항해를 시작했다. 이동호도 김용기도 깊은 감회에 젖을 수밖에 없는 시간이다. 황장엽 이후, 이런 거물이 귀순하는 것은 이번이 처음이다. 북한은 또 한 번 자존심에 엄청난 상처를 입을 것이다.

김용기는 이반과 함께 술을 파는 매점으로 갔다. 이곳엔 유럽제품 포도주, 위스키를 비롯하여 한국의 양주와 맥주, 소주들이 잔뜩 진열되어 있었다.

김용기는 소주를, 이반은 독한 러시아제 보드카를 구입하여 테이블로 돌아왔다.

'이녀석의 정체를 확실히 밝혀야 할 텐데…… 정말 돈만이 목적일까? 그렇다면 왜 날 속였지?'

이반에 대한 신뢰도는 절반으로 추락했다. 왠지 모르게 그의 냄새가 정상이 아니라는 것을 감지한 것이다. 그런데 그 진실을 알 수 없었다. 두 사람은 마주앉아 자신의 술을 자신이 따라 마시기 시작했다.

김용기가 웃으며 먼저 입을 열었다.

"북한에 대해 얼마나 알고 계십니까. 물론 이동호 사령관이 많이 알고 있겠죠만……."

"북한이오? 허허…… 김 선생 말씀대로 내가 이 장군 만큼 알겠습니까? 그것보다는 북한이나 러시아가 한국을 어떻게 보고 있느냐 하는 것이 더 흥미로울 텐데요."

"그야 그렇죠. 당연하신 말씀입니다."

"가령 스포츠냐, 경제냐, 정치냐! 각 분야에 따라 관점이 조금씩 다르겠죠. 가령 북한 스포츠 분야는 경제력 때문에 많이 퇴보했지요. 그래서 막강한 한국을 부러워하고 있습니다. 경제에 대헤서야 밀할 것도 없고, 문제는 정치입니다."

"그렇죠. 가장 핵심 분야니까요."

"제 견해로는 양측 체제 전쟁에서 북한이 승리하고 있다고 봅니다."

"체제 전쟁에서 북한의 승리?"

"네, 어쨌든 귀국의 김대중 대통령이 평양까지 오지 않았습니까. 김정일은 서울에 가지 않고…… 그 후, 평양 시민들은 DJ가 김정일을 알현하고 간 것으로 알고 있습니다. 그리고 한국 국민들은 지난 과거사와 관계없이 북한을 인정하게 되었구요. 남한은 북한을 동생쯤으로 알겠지만 북한은 남한을 서자 취급하게 됐습니다. 허허허……."

"다 그런 것은 아니죠."

"아, 대통령이 알현하고 갔다는데 더 무슨 해석이 필요하겠습니까."

"……."

"전, 평양에도 여러 번 간 일이 있습니다. 구 소련 시절이긴 하지만요. 북한? 우습게 보면 안 됩니다. 특히 김정일…… 절대 밑지는 장사는 하지 않는 사람입니다. 목적을 위해서는 물, 불 가리지 않는 사람이구요. 북한은 지금 남한을 '가지고 논다' 라는 표현을 쓰고 싶습니다."

"네? 그건…… 무슨 뜻이죠?"

"나보다 더 잘 알고 계시지 않습니까. 제가 꼭 구체적으로 말씀 드려야 속이 시원하시겠습니까?"

"이쪽에서 본 한국에 대한 시각이 듣고 싶은 겁니다."

"나는 옐친 시절 KGB를 그만두었지만 지금도 습관처럼 주변국 정보를 입수하고 분석합니다. 그래서 하는 말씀인데……."

이반의 머리가 컴퓨터처럼 돌아가기 시작했다.

'한국에서 마음놓고 활동하려면 우선 주변사람들의 신임을 얻어야한다. 김용기는 전직 정보 요원이며 현 정권에서 물러났다. 그렇다면 DJ정부에 대해 불만이 많을 것이다.'

"그러니까…… 한국 정부는…… DJ의 집권 이후 콩가루 집안이 됐다 이겁니다."

"아니, 어떻게 한국을 그렇게 잘……."

"한국, 일본, 중국은 제 전문국가죠. 예를 든다면 소위 주적主敵문제만 해도 그렇습니다. 남한의 주적이야 북한 말고 어디 있겠습니까? 일본이 주적? 중국이? 러시아가? 천만에요. 휴전선에 그 많은 화기와 병력을 배치해 놓고 무슨 주적이 북한이다 아니다 논쟁을 합니까. 그러니 콩가루 집안이죠."

김용기는 할 말을 잃었다. 도대체 대한민국에서 어떻게 주적 논쟁이 일어날 수 있는가. 이반의 말 그대로, 남·북의 대치상황은 6·25 이전부터 있었고, 지금도 DMZ를 가운데 두고 치열한 대결을 벌이고 있지 않은가.

통일하고 싶지 않은 사람이 어디 있겠는가. 같은 민족애를 느끼지 않는 사람이 어디 있겠는가. 그래서 이동호 하나를 구출하기 위해 이런 모험을 하는 것 아닌가. 하지만 남쪽에서 일방적으로 통일하자고 무장해제할 수는 없지 않은가.

전향하지 않는 양심수를 돌려보내 주는 것도 괜찮다. 하지만 우리만 일방적으로 보낼 수는 없는 것 아닌가. 우리도, 북한에 납치되어 죽었는지 살았는지 생사조차 모르는데, 그 가족들이 밤낮을 뜬눈으로, 눈물로 보내는데 최소한 상호교환은 해야 할 것 아닌가.

그동안 우리는 얼마나 많은 물자와 지원을 해 주었는가. 하지만 북한은 고작 이산가족 면회 몇 차례 시켜준 것 말고 무엇을 우리에게 도와주었나. 어디서 배웠는지 모르지만 이반의 '콩가루 집안'이라는 말은 딱 맞는 말이다.

대화는 한 시간을 지나 두 시간이 넘어도 그칠 줄 몰랐다. 이반은 생각보다 한국의 정치 현실을 너무나 정확히 꿰뚫고 있었다. 그러나 아무리 러시아인이라고는 하지만 그는 지나치게 한국을 옹호하고 있다. 김용기는 이반의 이런 편파적 발언에도 주목하고 있었다.

'마치 내 비위를 맞춰주려는 태도야!'

세 시간이 넘어서야 대화는 끝날 수 있었다. 대화거리가 바닥이 난 것이 아니라 술에 만취되었던 것이다. 이반은 그 독한 보드카를 두 병이나 들이켰고 김용기는 소주를 다섯 병이나 비웠다.

술에 취한 이들은 어깨동무를 하고 아리랑을 부르며 선실로 돌아왔다. 이동호는 그때까지 석고처럼 앉아 있었다. 마치 넋이 나간 사람 같았다. 이반이 혀 꼬부라진 말투로 참견했다.

"이보라구…… 이 사령관…… 여긴…… 대한민국이나 다름없어…… 그만 자던지…… 산책을 좀…… 하던지……."

그리고 자신의 침대로 풀썩 쓰러졌다.

잠시 후, 그의 코 고는 소리가 좁은 방 안을 가득 채웠다. 이동호가 일어나 그의 구두와 바지를 벗겨주었다. 그리고 모포를 꺼내 덮어주었다.

"저…… 밖에 산책 좀 하고 오겠습니다."

이반의 잠자리를 돌본 후 이동호는 밖으로 나갔다. 숨이 막혀 견딜 수가 없었던 것이다. 김용기는 그의 뒷모습이 무척 쓸쓸하다는 느낌을 받았다. 아무래도 가족들에 대한 걱정 때문이리라.

소주를 다섯 병이나 들이켰다고 했지만 그건 빈 병의 숫자일 뿐이다. 김용기는 이반이 눈치채지 못하게 술을 바닥에 들어부었다. 이동호는 산책 나가고 이반은 술에 곯아떨어졌다.

그는 재빨리 움직이기 시작했다. 벗겨진 그의 옷을 뒤져 보았다. 여권과 1천 달러의 돈이 있었다. 가방을 꺼내 샅샅이 뒤졌지만 권총이나 의심할 만한 물건은 눈에 뜨이지 않았다. 부질없는 짓인 줄은 알고 있지만 아무래도 그가 의심스러워 마음을 놓을 수가 없었다.

'정말 이녀석의 목표는 돈뿐일까?'

돈만이 아닌 그 무엇의 다른 목표가 있을지 모른다는 의혹이 그의 머리를 계속 맴돌았다. 이동호처럼 그도 침대에 걸터앉아 계속 생각에 잠기고 있었다.

지금쯤 제일무역의 박정남과 본부장은 이동호 귀순에 따른 법적 절차를 밟고 있을 것이다. 법적 절차래야 당국에 신고하는 것이다. 그리고 언론에 이 사실을 통보하는 것이다. 대대적으로, 전 국민이 다 알 수 있도록 대대적인 보도를 할 것이다.

당국에서는 북한과의 껄끄러운 관계를 먼저 생각하셨시만 질내 북으로 돌려보내지는 않는다. 이동호는 당국의 조사가 끝나는 시간, 곧 바로 대한민국 국적을 취득할 수 있다.

선박은 남쪽을 향해 힘차게 항진하고 있었고 밤은 점점 깊어갔다.

산책은 나갔지만 찢어질 듯한 바람과 추위를 견디지 못한 이동호 노 술을 한 잔 거나하게 걸치고 돌아왔고, 김용기도 어느새 깊은 잠에 떨어지고 있었다. 밖에는 을씨년스러운 파도소리가 철썩이고 있었다.

대남공작반의 움직임이 활발해지기 시작했다. 그들은 이동호와 이반, 그리고 남조선 출신인 전직 KCIA의 요원 김용기가 함께 블라디보스토크를 출발했다는 보고를 받았다. 30여 시간이 지나면 이 러시아 선박은 부산에 도착한다.

긴급 대책회의가 열렸다.

"됐습니다. 이 정도 전략이면 미국 CIA놈들도 기겁을 할 겁니다."

그들은 두 가지 안건을 놓고 심도 있는 토론을 벌이고 있었다. 하나는 이동호와 황장엽 처리 문제며, 또 하나는 서해 교전 보복 문제다. 이동호와 황장엽 문제는 정말 CIA도 감탄할 만한 전략을 구상해놓았다. 그건 이동호가 부산에 도착하면 알게 될 것이다.

서해 교전에서의 패배(1999년)에 대한 보복전은 단순한 보복전의 의미뿐 아니라, 남조선의 태도를 지켜보는 중대한 계기가 될 것이다. 그들은 간단 명료하지만 최고위층의 명의로 된 공문서를 작성하여 서울 통일부로 긴급 전송시켰다.

평양에서 날아온 긴급 전송문은 충격적이며 놀라운 내용이 담겨 있었다. 북한의 당황스러운 모습이 역력히 보이는 그런 내용이다.

요점은 아래와 같다.

북·남 평화 분위기 조성이 무르익어 민족공동체로서의 위대감을 한창 드높이는 지금, 통일을 지향해야 할 우리 조선 군부에 일부 문제가 생겼음을 통보함.

강경파로 무력통일을 줄기차게 주장해 오던 한 장성이 러시아에서 탈출, 현재 블라디보스토크에서 한 상선에 승선하여 부산으로 향하고 있음.

여권은 막심 리뜨비노프(Maxim Litvinov)로 되어 있지만, 본명은 이동호李東浩. 조선인민공화국 인민군 제1기갑여단 사령관으로 하바로프스크에서 탈출하였음.

그의 목적은 북·남 평화 무드에 불만을 품고 이를 교란하고자 서울에 침투, 황장엽을 암살코자 하는 목적을 가지고 있음.

반민족적, 반통일론자로 북·남 화해 무드에 타격을 입힐 음모의 일환으로 남하 중이니 남조선은 입국과 동시에 체포해 주시기 바람.

당국은 깜짝 놀랐다. 의심의 여지가 없는 공문이다. 한국 당국에서는 이 전문電文의 내용을 북한 측에 다시 한 번 확인한 후 대북정보처의 전문 요원을 부산으로 급파시켰다.

막심이란 자가 실제 침투를 노리고 러시아 선박에 승선하고 있는지, 그가 북한군 기갑여단 사령관인지, 침투 목적이 무엇인지를 밝히는 임무를 부여받았다.

정부는 정말 북한이 변하고 있음을 실감하고 있었다. 황경엽이 만일 북한에 의해 암살된다면 지금까지 공을 들여 쌓은 '햇볕정책'의 탑이 일순에 무너질 우려가 있다.

부산 항만에 비상이 걸렸다. 서울서 급파된 정보 요원은 부산 현지의 도움을 받아 물샐틈없는 경비를 강화했고, 무장 병력을 입국 수속대 일대에 깔아놓았다. 하지만 언론에는 일체 알리지 않았다. 극비의 수사가 끝날 때까지는 절대 보도할 수 없는 일이다.

러시아 선박은 밤 10시에 도착하여 바다에서 다시 1박을 보낸 뒤, 다음날 아침 10시부터 입국절차를 밟게 된다. 기관 요원들은 이미 이들이 입국절차를 받기 전에 완전한 경계망을 수립해 놓았다.

187센티에 어깨가 딱 벌어진 이동호 체포팀 팀장 이종구李鐘九는 자신만만한 얼굴로 부두 선착장에 서 있었다. 이때가 아침 7시였다.

앞으로 3시간 뒤에는 러시아 선박에서 상인들이 몰려 내려온다. '막심'이란 여권을 소지한 이동호를 체포하는 것은 식은 죽 먹기보다 쉬운 일이다.

'뭐라구? 황장엽을 암살해! 우리 남·북한이 통일을 위해 이렇게 노력하는데! 새롭게 긴장감을 고조시키겠다는 거지. 이녀석 들어오기만해 봐라.'

뜻밖의 사건들

이제 상륙 세 시간 전이다. 김용기, 이반은 물론 이동호도 가슴 벅찬 흥분에 몸을 떨었다. 눈 덮인 시베리아 벌판, 한국 상사원들의 도움과 극진한 보살핌, 이반의 지원이 있었기에 가능했던 탈출이다. 이제 세 시간 후에는 마지막 정착지가 될 한국에 도착한다.

'그렇지만 품위는 잃지 말아야지.'

세면을 하고, 말끔히 면도도 하고, 블라디보스토크에서 새로 구입한 T셔츠와 가죽점퍼를 입고, 거울 앞에서 옷맵시를 다시 한 번 점검하고…… 해도 도저히 끓어오르는 격정과 흥분을 감출 수 없었다. 아침식사도 많이 먹지 못했다. 음식이 마치 모래알 같이 목으로 넘어가지 않았다.

"사령관님. 이제 하선하셔야 합니다."

김용기가 다가와 접힌 점퍼의 깃을 내려주었다. 그는 자신이 몹시 자랑스러웠다. 러시아까지 달려가 이런 거물을 구출해 오다니. 이제 잠시 후에는 기관의 조사를 받게 되고, 조사가 끝나면 마침내 한국인이 된다. 그가 무엇을 하든 열심히 도와줄 것이다.

이반은 일단 여기서 헤어진다. 사흘 뒤, 서울 본사에서 나머지 계약금을 지불하면 그는 러시아로 돌아간다. 물론 사흘간의 공백기간을 그냥 넘기지는 않을 것이다. 그는 계속 감시받을 것이다. 러시아로 되돌아가는 시간까지.

러시아 보따리 장사꾼들 틈에는 금발의 8등신 미녀들도 제법 많이 섞여 있었다. 돈을 벌기 위해 들어오는 여성들이다.

부산은 영하 1도. 하바로프스크나 블라디보스토크에 비한다면 이곳은 여름 날씨나 다름없다.

이동호는 선실에서 갑판으로 올라왔다. 하늘은 청명했고 바람은 한 점 불지 않았다. 바다 저쪽에 웅장한 빌딩들이 잔뜩 들어 차 있었고, 세계 각국의 선박들이 바다에 빼곡히 들어 차 있었다. 그는 머리를 들어 하늘을 바라보았다. 갈매기 떼들이 끼룩거리며 날고 있었다.

'여기가 남조선, 대한민국이구나. 이제 나는 여기서 새로 태어난다.'

"가시죠."

김용기가 웃으며 등을 밀었다.

"네, 갑시다."

"한국에서 첫 발을 내딛는 소감이 어떻습니까. 불안하지는 않고요?"

"네, 그저 담담할 뿐입니다. 전, 여기서 새로 탄생할 겁니다."

출국할 때와 마찬가지로 사람들은 뱀처럼 길게 줄을 섰다. 상륙 허가를 위한 심사를 받는 것이다. 이반은 이미 저만큼 앞장서 있었다.

줄이 조금씩 줄어들기 시작했다. 이반이 입국수속을 마친 뒤, 뒤도 돌아보지 않고 인파 속으로 모습을 감춰버렸다.

"이반은 어디로 갑니까?"

"사흘 뒤, 서울에서 저와 만나기로 약속이 되어 있습니다. 이제 그는 잊어버리세요. 곧 러시아로 떠날 테니까요."

앞줄이 훨씬 더 줄어들었다. 김용기는 승선표와 여권을 들고 차례를 기다렸다. 이제 이동호와 함께 기관을 찾아가 신고를 하면 끝이다.

자신의 차례가 되어 막 여권을 내밀려고 할 때 대합실이 갑자기 웅성대기 시작하더니 카메라 기자들이 우르르 몰려들었다. 보도용 TV 카메라도 등장했다. 기자들이다.

그들은 잠깐 사이에 수십 명이 되어 뒤엉키기 시작했다. 놀란 것은 김용기와 이동호만이 아니다. 누구보다도 놀라고 당황스러운 사람은 이동호를 연행하기 위해 서울에서 내려온 이종구를 비롯한 수사관 일행이다.

'어떻게 된 거야. 언론엔 일체 알리지 않았는데……'

그가 당황스러운 얼굴로 주위를 돌아보는 사이 이동호가 출국심사를 끝내고 첫 발을 내딛었다.

이종구와 그의 부하들이 재빠르게 이동호를 둘러쌌다.

"이동호 씨, 당신을 연행합니다. 우리는 대한민국 대북정보처 수사팀입니다."

이때, 누군가가 고함을 질렀다. 한 언론사의 기자 같았다.

"선생이 이동호 씨 맞습니까? 북한 기갑여단 사령관인……."

"이동호 씨 머리를 좀 돌려 보세요."

기자들이 벌 떼처럼 덤벼들었다. 기관원들이 취재진들을 따돌리기 위해 안간힘을 썼지만 기자들을 막기에는 역부족이었다.

카메라 앵글이 돌아가고, 플래쉬가 터지고, 질문이 쏟아졌다. 하지만 이동호는 입을 굳게 다물고 아무 말도 하지 않았다. 제일무역 회장이 저 뒤에서 이 모습을 지켜보고 있었다.

기관원들은 이동호와 김용기를 함께 연행했다. 광장에 세워둔 승합차에 오를 때까지 기자들은 끈질기게 달라붙어 떨어지지 않았다. 견디다 못한 기관원 한 명이 창을 열고 머리를 내밀었다.

"조사가 끝나면 곧바로 기자회견이 있을 겁니다. 조금만 참아주세요."

"저 사람이 북한 장성 이동호가 맞습니까?"

"얼굴 한 번 더 보여주세요."

"어떻게 북한을 탈출했습니까?"

기관원들은 도대체 언론에서 어떻게 알았는지 알 수가 없었다. 그들이 받은 첩보는 이동호가 부산항에 도착한다는 것뿐이다.

집요한 언론의 추적을 따돌리는데 적지 않은 어려움을 겪었다. 이들은 부산경찰청으로 달려가 거기서 헬기를 이용하여 서울로 돌아왔다.

부산을 떠나 서울로 오는 동안, 기관원들은 물론 김용기, 이동호도 끝내 침묵을 지켰다. 수사는 한다고 해도 아무 거리낌없다고 생각했기 때문이다.

기관원들은 이동호와 김용기가 연계되어 있다는 사실을 알고 있었다. 항만에서 입수한 승객 명단에서 김용기를 발견했기 때문이다. 김용기도 그쯤의 각오는 하고 있었다.

'그런데 왜 연행을 해 갈까. 내 발로 이동호와 함께 찾아갈 텐데.'

그들은 모르고 있었다. 북한 측의 허위 정보가 있었다는 사실을. 자칫하면 둘이 공모하여 황장엽 암살 계획에 공범으로 몰릴 수도 있다는 것을…….

헬기에서 내린 이들은 커튼으로 외부와 차단된 좀 더 큰 승합차에 올랐다. 이종구를 제외한 기관원들은 모두 교체되어 있었다.

김용기는 이들이 안가安家(안전가옥)로 끌고 간다는 생각을 했지만 그건 틀린 생각이었다. 이들이 도착한 곳은 대북정보처의 취조실이었다.

과거 현역 시절, 자신이 대공 용의자를 취조하던 바로 그 자리다. 그때는 기관원 신분으로 취조자 역할을 맡았지만 지금은 조사를 받는 피 조사자 위치로 바뀌게 되었다.

취조에 앞서 설렁탕으로 가볍게 배를 채웠다.

김용기와 이동호는 별개의 방에서 조사받기 시작했다.

"이동호의 북한 탈출에 어떤 역할을 하셨습니까."

좀 더 젊어 보이는 기관원이 들어와 조사를 시작했다.

"북한 탈출에는 아무 도움도 주지 못했습니다. 탈출 후 귀순하기까지의 도움은 주었습니다만……."

"이동호가 왜 북한을 탈출했는지 아십니까? 알고 계시죠."

"네, 물론 압니다."

"말하시오."

"김정일 체제에 반대했기 때문입니다. 그는 사상에 변화를 일으키게 됐고……."

"좋소. 그 전에 그와 접선하여 부산으로 데려오기까지의 과정을 먼저 설명해 주시오."

김용기는 하나도 빠짐없이 진술했다. 하바로프스크에서 있었던 일, 다시 블라디보스토크에서 러시아 선박을 이용하여 부산으로 들어오게 된 경위. 하지만 이반에 대한 진술은 하지 않았다. 조사가 끝나면 이제부터 이반을 추적해야 하기 때문이다.

"정말 이동호가 북한을 탈출하기로 결심한 것이 사상의 변화 때문이라고 믿습니까?"

"네, 전 그렇게 믿고 있습니다."

"우리가 입수한 첩보와는 다르군요."

"네? 다르다뇨. 한국에서 지금 저만큼 이동호를 잘 아는 사람은 없습니다. 우리는 목숨을 걸고 탈출을 시도했으니까요."

"당신은 속았습니다."

"속다뇨, 뭘요."

"우리 첩보망 실력은 잘 아시지 않습니까."

"아무리 그렇다 하더라도 그의 귀순 의사는 순수합니다. 그는 김정일의 세습, 독선적 통치방법에 엄청난 회의와 갈등을 느꼈습니다. 그래서 귀순을 결심하고 하바로프스크에서 탈출을 시도한 겁니다."

"아니오."

"그럼 뭡니까. 그 외에 그에게 무슨 의도가 있었다는 겁니까."

한편, 지하의 좀 더 밀폐되고 두려움을 갖게 하는 작은 골방에서는 이동호에 대한 조사가 똑같은 방법으로 진행되고 있었다. 이동호는 늦어도 반나절이면 수사가 충분히 종료되리라 믿었다.

수사관은 그들이 압수한 이동호의 가방에서 돈과 자신의 신분증을 책상 위에 올려놓았다.

"기갑여단 사령관 이동호 장군. 그 정도의 신분이라면 특별대우를 받을 수 있을 텐데 왜 목숨을 건 탈출을 시도한 겁니까."

김용기와 똑같은 대답이 나올 수밖에 없었다. 체제가 싫었다. 러시아에서 탈출할 수밖에 없었다. 목숨을 걸었다. 가족을 남겨두고 여기까지 왔다…….

하지만 수사관은 전혀 귀기울이지 않는 태도였다.

"나는 나를 증명하기 위해 이 신분증까지 지참하고 왔습니다. 절 믿지 못하겠다는 겁니까?"

"우리가 가지고 있는 정보와 다르기 때문입니다."

"정보?"

이동호는 머리를 갸우뚱했다. 다른 정보가 있을 리 없다. 그렇다면 이건 수사방법의 하나일 것이다.

처음으로 웃었다. 겨우 이 정도 수준이냐는 뜻이다.

"저에 관한 다른 정보가 있다는 것은 놀라운 일인데요. 그래 그게 무슨 정보입니까. 제가 알면 안 됩니까?"

"물론 알아서 안 될 이유는 없겠죠. 다만 귀관의 입으로 말하는 것을 듣고 싶을 뿐이니까요. 다시 한 번 묻습니다. 한국에 온 진짜 이유가 뭡니까."

"그쪽 체제가 싫어서요."

"진급에 불만이 있거나 그런 건 아니구요."

"진급? 난, 지금까지 초고속 진급을 한 군인입니다."

"좋습니다. 내일 다시 시작합시다. 오늘 밤 곰곰이 생각했다가 심경에 변화가 생기면 그때, 솔직히 털어놓으세요. 귀관이 휴식할 수 있는 휴식처는 여기서 제공해 드릴 테니까요."

대대적인 환영을 하고, 목에 꽃나발을 걸어주는 것까지는 기대하지 않았지만 이건 마치 간첩이라도 잡아 수사하는 듯한 기분이었다.

'아닌데? 이게 아닌데…… 무엇이 어떻게 돼서 이렇게 꼬여 들어가는 거지?'

알 수가 없다. 알 수가 없는 일일 수밖에 없다. 평양에서 그런 상상 밖의 제보를 하리라고 누가 생각이나 할까. '황장엽을 암살하기 위해 이동호가 스스로 탈출하여 남으로 갔다. 북·남 평화공존을 깨려는 강경파 군부의 소행이니 체포하여 조사해 달라'라는 요청이 있을 것이라고 누가 믿겠는가.

첫 번째 조사는 이렇게 끝났고, 영문을 모르는 이동호는 심란한 마음으로 그들이 제공해 준 숙소로 들어섰다. 숙소라야 영내의 방 한 칸인데, 그래도 시설은 만족할 만했다.

김용기에 대한 조사도 그 정도 선에서 끝났지만 돌려보내지는 않았다. 김용기 역시 남북 간 평화 무드에 찬물을 끼얹으려는 야욕을 가진 수구파라고 인정되기 때문이었다.

북의 강경파와 남한의 수구 세력, 그들의 합작품? 가능할 수도 있고, 절대 불가능한 일일 수도 있다. 말하자면 남·북한 모두 극단적인 극우파로 볼 수 있기 때문이다.

견해 차이는 극과 극을 달리지만 대신 추구하는 목표는 일치한다.

다시 냉전상태로 따돌리려는…….

사실 수사를 하면서도 이 수사관은 혼란을 느끼고 있었다.

'북한 군부의 강경파 장성을 돕기 위해 우리의 전직 정보 요원이 협조를 한다? 믿기 어려운 상황이지만 윗선의 정보와 지시가 사실을 증명한다. 그러한 정보가 있었기 때문에 부산에서 연행하지 않았나.'

의문에 휩싸인 것은 김용기도 마찬가지다. 하지만 걱정하지는 않았다. 이동호는 김정일 정권에서 본다면 반체제 인사이고, 이미 언론에 노출되었다. 진실이 있는데 무엇을 두려워하랴.

그날 밤, 각 TV에 이동호에 대한 뉴스가 대대적으로 보도되었다. 부두에서 기관원에 의해 연행되는 이동호의 모습이 연이어 방영되었다.

─북한 장성, 귀순인가, 밀입국인가!

─막심(Maxim)인가, 이동호인가.

─그는 왜 대사관을 통하여 망명하지 않았나. 과연 귀순으로 보아야
 하나.

─장성급 북한군의 귀순. 하지만 아직 당국에서는 발표하는 것이 없음.

─내일쯤 윤곽 밝혀질 것으로 보임.

뉴스는 정규방송과 특보로 틈틈이 보도되고 있었다. 따지고 보면, 한 명의 귀순쯤은 뉴스거리도 되지 않는다. 하지만 이동호는 다르다. 그는 현역장성인데다, 납득하기 어려운 방법으로 들어왔다.

국민들이 의혹에 찬 시선으로 보기에 딱 알맞은 상황이다. 더구나 당국에서 일체 함구하고 있어 의혹은 더욱 증폭되고 있었다. 이렇게

상황이 복잡하게 얽히고 있을 때, 이반은 부산의 한 호텔에서 머리를 갸우뚱이며 뉴스를 보고 있었다.

'이거 이상하게 돌아가는데? 대대적인 환영이 있은 후 돌아와야 하는 거 아냐? 이러면 돈이 그냥 날아갈 텐데.'

상황이 급전되는 뉴스다. 그렇지만 크게 염려할 일은 없을 것이다. 그는 틀림없이 북한을 탈출한데다 서울을 선택하여 귀순했으니까.

이때였다. 객실 전화벨이 요란스럽게 들려왔다. 수화기를 집어들면서도 의아한 생각을 지울 수 없었다. 부산에 오기는 했지만 아직 누구한테도 연락한 일이 없기 때문이다.

'도대체 누가 전화를 했을까?

그는 의문에 휩싸인 채 수화기를 들었다.

"여기 프론트입니다. 501호 손님 맞으시죠."

"네, 그렇습니다만……."

"프론트에 메시지가 와 있습니다. 올려 보낼까요?'

메시지? 그는 다시 머리를 갸우뚱했다. 말하자면 누군가가 자신에게 메모를 남겨놓고 떠났다는 말이다. 의문은 더욱 증폭되었다.

"아닙니다. 제가 내려가죠."

그는 가죽점퍼도 걸치지 않고 털스웨터 차림으로 내려갔다. 프론트 데스크가 정중하게 인사를 하며 밀봉된 작은 봉투 하나를 넘겨주었다.

"직접 전해 드리라고 했는데 괜찮다며 이걸 놓고 갔습니다."

"그래요?'

"고등학교 학생 정도의 어린 나이의 여자아이였습니다."

그렇다면 그 아이는 누군가의 심부름을 해 준 것이리라.

이반은 고맙다는 인사를 한 후 다시 객실로 올라왔다.

평양의 밀사가 한 말이 있다. '일단 한국에 가기만 하면 도움을 줄 사람이 있을 것'이라고. 그렇다면 그들은 부두에서부터 줄곧 미행을 했다는 증거다.

봉투를 뜯자 컴퓨터로 쓴 메모지가 나왔다.

—서울에서 약 한 달 정도 머물 수 있는 은신처를 구하라. 서울역 37번 보관함에 귀중품이 있으니 요긴하게 쓰기 바란다.

메모지 뒤에는 보관함 열쇠가 스카치 테이프로 붙어 있었다.

'한 달? 그렇게 오래……'

이동호의 연행, 그리고 한 달의 기간, 하지만 여기서 후퇴할 수는 없는 일이다. 김용기로부터 받을 돈이 있고 또 평양 측으로부터 받을 돈이 남아 있다. 보관함 열쇠를 속주머니에 깊이 질러넣었다.

밤 9시가 넘었는데도 불구하고 잠을 이룰 수 없었다. 신경이 자꾸 날카로워지고 알 수 없는 불안이 가슴 가득 밀려오고 있었다.

'그럼 이동호는 한 달 정도 되어야 풀려나는 것일까? 그렇다면 황장엽 집이나 알아놓아야겠다.'

그는 밖으로 나와 택시에 몸을 실었다. 부산시청 앞 남포동에 꽤 괜찮은 술집이 있다는 것을 알고 있었다. 오늘은 거기서 한 잔 걸칠 생각이다.

'이동호는 느긋하게 기다리면 된다. 그가 소사를 받고 나온 뒤 에

치워도 그렇게 늦지는 않을 것이다.'

이날, 어느 누구보다도 흥분한 사람은 신문사 김성수 차장이다. 그는 중국으로 건너가 이동호의 부인 김정애를 만났다. 그녀의 말대로 이동호는 마침내 러시아에서 탈출하여 한국에 도착했다. 지금은 조사를 받지만 곧 자유의 몸이 될 것이며, 그의 부인과 아들을 만나게 될 것이다. 북한의 정확한 실정을 알릴 딱 좋은 기회이다. 그는 지금 국장과 그 문제를 토의하고 있는 것이다.

"정말 기적 같은 일이 벌어졌습니다. 제가 베이징엘 다녀온 게 불과 며칠 전 일인데…… 어떡할까요. 이동호 씨가 한국에 와 있다는 것을 부인에게 알리는 것이?"

마음 같으면 당장이라도 달려가 말하고 싶다.

"베이징에 내가 연락해 놓았어. 어쨌든 이동호는 살아서 한국으로 와 있으니 그나마 천만다행이지만 앞으로 또 어떤 일이 생길지 몰라. 이동호를 암살하기 위해 평양에서 공작원을 내려보낼 수도 있고, 또 김정애 씨가 베이징에 있다는 것을 알면 북한에서 압송해 가기 위해 중국과 정치적 흥정을 할 수도 있어."

"그렇겠네요."

"신문사 사정을 생각하면 내일 당장이라도 특종으로 때리고 싶지만, 이건 국가의 승패가 달린 문제야."

그렇다. 김정애가 북경에 있다는 것을 알면 평양의 군 수뇌부는 어떤 희생을 치르더라도 그녀를 다시 압송해 가기 위해 최선을 다할 것이다. 북한 군부는 지금 배신감에 몸을 떨고 있을 것이다.

"어쨌든 이동호는 상징적으로도 평양이 몹시 흔들리고 있다는 것을 암시하고 있거든. 게다가 무슨 폭탄선언이 나올지도 모르고."

"국장님, 그래도 특종인데……."

"그따위 소리 집어치워. 우리가 특종 한 건 하자고, 목숨 걸고 내려온 탈북자 생명을 볼모로 해?…… 이해는 해. 하지만 김 기자. 특종은 좀 더 지난 뒤에 터뜨려도 충분해. 김정애 씨가 우리와 연결되어 있는데 뭐가 걱정이야. 그것보다 기관에서 어떻게 이동호가 러시아 선박에 타고 있다는 것을 알았는지나 취재해 봐."

"아참. 그 말씀을 드린다는 게 깜빡했네요. 저희들에게 취재 제보를 한 사람은 소공동에 소재한 제일무역의 회장이었습니다. 부산에서 잠깐 만나 뵈었는데 그가 이동호를 데려오기 위해 자금을 제공했다고 하더군요."

"제일무역?…… 그 회사는 어떤 회사야."

"러시아 극동지역에 수출기지를 만들어 성공한 사업체입니다."

"어떻게 그가 이동호와 연결되었을까."

"아직은 잘 모릅니다. 하지만 우리 신문이 국내 최대 발행부수를 자랑하는 신문이라 그 권위를 믿고 모든 사실을 털어놓겠다고 말씀하시더군요."

"명함 받은 거 있나?"

"네, 여기 있습니다."

그가 지갑에서 명함을 꺼내 건네주었다.

"좋아. 아무튼 제일무역과 친분 맺어봐. 그건 그렇고 당국에서는 인세니 페아 조사가 끝나는지 그거나 알아봐."

"알겠습니다."

"대북정보처에는 잘 아는 사람이 있으니까 한 번 찾아가 봐. 내일이라도 당장…… 단, 북경의 김정애 존재는 말하지 마. 언론에 노출되면 그 여자는 죽어."

"네, 국장님."

국장과 헤어져 집으로 돌아왔다. 김 차장은 간단하게 저녁식사를 마친 후 자신의 서재에 틀어박혀 생각에 빠지기 시작했다.

김정애의 그 당당하면서도 속을 태우는 모습, 그리고 급성폐렴으로 죽었다는 그녀의 딸 선영이, 이날 오전 부산에서 보았던 이동호.

그는 지금 자신의 아내가 중국에서 가슴을 태우며 기다리고 있다는 사실을 모르고 있다. 딸이 압록강을 건너다 죽었다는 사실은 더욱 모르리라. 그가 알면 얼마나 기쁘고, 또 얼마나 슬퍼하겠는가.

어떻게든 이동호에게 이런 사실을 알려주고 싶지만 참기로 했다. 만에 하나, 김정애가 세상에 노출되면 그야말로 목숨을 걸고 건넌 압록강의 의미가 허무하게 무너질 수 있기 때문이다.

그는 컴퓨터 앞에 앉았다. 지금부터 김정애로부터 들은 탈북과정을 글로 남기기로 했다. 시어머니를 남겨두고 떠날 수밖에 없었던 비극적 사연, 딸 선영이의 급성폐렴, 압록강을 건너던 죽음의 시간들…… 그리고 선영이를 화장하고 눈물을 쏟으며 돌아서던 순간들을…… 언젠가는 모든 국민들이 이 기사를 보게 될 것이다.

만일 이동호와 단독 인터뷰가 있게 된다면 그의 탈북과정도 생생하게 기록할 것이다. 이러한 비극이 이 땅에 다시 있어서는 안 된다. 그리고 후세들을 위해서라도 이러한 비극적인 역사의 시발점을 찾을 것이다.

이동호는 잠을 이룰 수 없었다. 위협적이지도 않았고, 폭력도 없었다. 하지만 조사를 받는 것이 아니라 취조를 받고 있다는 인상을 지울 수가 없었다.

아무리 설명해도 그들은 귀순의 이유를 믿지 않으려 했다. 하루를 보내고 내일은 사실을 털어놓으라는 말뿐이다. 무엇을 어떻게 설명하라는 말인가. 진실이 두 개일 수는 없는 일 아닌가. 왜 말을 믿지 않는가.

그는 점차 불안해지기 시작했다. 그것은 알 수 없는 불안이다. 무엇이 잘못 꼬여가는 것은 아닌가 하는 막연한 불안이었다.

숙소는 웬만한 호텔만큼 훌륭한 시설을 갖추고 있었지만 쾌적함을 느낄 겨를이 없었다.

'내일은 조사를 끝내고 돌려보내 줄 것인가? 더 이상 진술할 내용도 없는데…… 도대체 뭘 말하라는 것인지 알 수가 있어야지.'

그래서 마음이 갑갑한 이동호다.

마침내 그는 잠이 들었고, 긴 잠에서 깨어났을 때는 이미 날이 밝아 있었다. 누군가가 찾아와 식당으로 안내했고 거기서 간단하게 배를 채웠지만, 건장한 두 남자가 계속 옆에 달라붙어 중압감을 느끼게 만들었다.

조사는 아침부터 다시 시작되었는데 이번에는 어제보다 훨씬 더 나이가 들어 보이는 조사관이었다. 그는 먼저 담배를 권했다.

"한 대 하겠소?"

"아니오. 피우고 싶지 않습니다."

"그럼, 시작합시다."

그는 서류를 펴들며 이동호의 얼굴을 바라보았다. 그 눈빛이 싸늘하다고 느꼈다. 이동호는 오늘도 힘든 하루가 될 것이라는 느낌을 받았다.

"북한에 가족은 있습니까?"

"네. 서진희, 저의 모친이십니다. 그리고 아내 김정애, 아들 선규와 딸 선영이가 있습니다."

"이동호 씨. 가족은 남겨두고 내려왔습니까? 왜죠? 무엇 때문에 여길 들어온 거요. 사실을 말하세요. 우리는 이미 다 알고 있습니다."

"이렇게 나오시면 난, 일체 대답하지 않겠소. 난, 여기가 자유의 땅, 주권이 국민에게 있다는 나라로 알고 있었소. 이렇게 밑도 끝도 없이 자백을 하라면 난, 아무것도 할 말이 없어요."

"대한민국 정보기관을 우습게 보지 마시오. 특히 우리 대북정보처를 말이오. 다시 한 번 묻겠소. 이곳에 온 목적이 뭐요."

"……"

"정, 말하지 않겠다면 내가 알려 드리지요. 당신은 요인을 암살하러 온 거요."

"암살?…… 암살이라뇨."

"왜 놀랐소? 대상이 누구요. 누굴 암살하러 왔소."

"암살? 허허허…… 어허허허……."

이동호는 한참 동안 너털웃음을 웃어댔다. 이런 턱도 없는 소리를 들으러 목숨을 걸고, 가족까지 남겨두고 내려온 것이 아니다.

"웃는다고 진실이 감춰질 수 있나요?"

"어처구니가 없어 웃는 거죠. 난, 기갑부대 사령관이오. 암살 같은 일은 못하는 사람입니다."

"그래서 잠입한 거요?"

"난, 잠입하지 않았소. 귀순이 내 목적이었소."

"그렇다면 위장 귀순이겠군."

"당신 똑바로 들으시오."

이동호가 처음으로 고함을 질러댔다. 흥분을 자제하려고 그동안 무척이나 노력했었다. 장성의 위엄을 보이려고 무척이나 노력했었다. 하지만 더 이상 참을 수가 없었다.

"나는 북조선에서 누릴 수 있는 권한은 다 누리는 사람이오. 낯선 이 남조선에 단신으로 찾아와 누굴 암살할 수 있겠소. 암살, 납치 같은 일은 그런 일을 하는 부서가 따로 있고, 또 전문가들도 많아요. 내가 암살하거나 누군가를 죽이겠다는 생각이 있었다면 탱크 포를 평양 권력 핵심부로 돌렸을 겁니다. 하지만 나는 남쪽, 이 대한민국을 선택했어요. 그런데 여기서 나를 이렇게 대접하기요? 거꾸로 묻겠소. 당신들 내게 왜 이러는 거요. 솔직히 말하시오. 당신들 목적이 도대체 뭔지!"

"묻는 건 우리요. 내가, 내가 질문자요."

"왜, 당신 나라 수사원은 이래요. 나도 부산에 첫 발을 내딛는 순간 이제부터 대한민국 국민의 한 사람이 되었다는 감회에 젖어 있었소. 그런데 이게 무슨 대접이오. 적어도 귀순한 장성한테…… 당신들은 예의도 없소?"

이동호는 큰소리로 반박했지만 수사관은 표정도 없이 머리를 절레절레 흔들었다.

"우리에게도 접수된 정보가 있소. 그래서 부산에서 대기하고 있었던 거요. 정말 무례하게 다루기 전에 솔직히 털어놓으시오. 그리고 제일무역과는 어떻게 접선했소. 당신의 밀입국에 자금을 제공한 제일무역 말이오."

"그건 어제 진술하지 않았소!"

"어제 진술받은 사람은 내가 아닙니다."

"제길!"

이동호는 낭패스럽다는 듯 천장을 바라보았다. 입에서 저절로 깊은 한숨이 터져 나왔다.

'이러다가 제일무역까지 피해보는 거 아냐? 나 때문에……'

뭔가 억지로 꿰맞추려는 것 같다. 그렇지 않고서야 어떻게 같은 질문을 계속 되풀이하며 진실을 고백하라고 하는 것일까. 더구나 제일무역까지 들먹인다. 답답하고 환장할 노릇 아닌가.

지리한 공방은 오전 내내 계속되었다.

북한에서 보낸 기밀문서를 무시할 수는 없는 일이다. 만일 서울 한복판에서 황장엽의 암살사건이 터진다면 대통령이 5년간 공들여 쌓아온 '햇볕정책'이 일시에 타격을 받는다. 그리고 테러리스트가 입국한 사실도 모르는 책임이 뒤따른다.

대북정보처는 그래서 더욱 신중하게 다루고 있다. 순수한 귀순자로 밝혀져도 이제는 고민거리고, 테러리스트로 밝혀져도 역시 고민이다.

"이동호 씨. 귀관은 혹 35호실 작전 요원은 아닙니까?"

"네? 지금 뭐라고 하셨습니까? 내가 35호실 공작원이라뇨. 난 기갑여단 사령관이오. 신분증 보지 못했소!"

35호실, 노동당 산하 대남공작부를 일컫는 말이다. 1970~80년대 한국에서는 여성 실종사건이 많이 발생했다. 그리고 KAL 858기 테러사건도 있었다. 이런 대남 테러사건을 지휘한 곳이 바로 이 35호실이다.

70년대 후반부터 이 부서를 지휘해 온 사람이 바로 김정일이다. 전두환—김일성 회담에 반기를 들고 '아웅산 테러사건'을 일으킨 것도 이 35호실의 공작이다.

조사관들은 이동호를 35호 공작원으로 몰아붙여 보았다. 하지만 이동호의 반발은 더 거셌다.

"남·북 화해 무드 조성한다고 나선 사람이 누굽니까. 당신네 대통령과 북조선의 김정일 아닙니까. 그런데 35호실 최고 책임자는 김정일입니다. 말이 안 되는 모순이잖아요."

"그래서 탈출해서 일을 저지르려는 거 아니오."

"난, 공작원이 아니라 현역장성이오. 테러 요원도 아니고 군 강경파는 더욱 아니오. 만일 내가 군 강경파라면 휴전선에서 국지전을 일으키거나 선박과 함정이 빈번하게 교차되는 서해에서 해전이라도 일으키지요."

논리적인 면에서 본다면 조사관은 할 말이 없게 된다. 하지만 윗선에서 철저히 충분한 시간을 두고 수사하라는 지시가 내려졌다.

"그렇다면 왜 대사관을 통해 정식으로 망명을 요구하지 않고 가짜 여권으로 밀입국하려 했습니까."

지리한 공방전이 다시 되풀이되기 시작했다.

그 시간. 대북정보처 대변인은 언론의 성화에 못 이겨 기사회견을 열고 있었다. 그 자리에는 김성수가 제일 앞에 앉아 있었다.

대변인의 발표가 시작되었다. 그는 수사의 진전상황을 발표하기에 앞서 한 가지 선언을 한 것이 있었다. 질문은 절대 받지 않겠다는 것이다.

"그럼 이동호 밀입국사건에 대한 중간 수사내용을 발표하겠습니다…… 저희들은 이동호가 밀입국하여 모 인사를 테러하려 한다는 정보를 입수, 부산항에서 검거하는 성과를 거두었습니다. 그는 '막심 리뜨비노프(Maxim Litvinov)라는 위조여권을 소지하고 있었으며 장성급 복장을 한 사진과 신분증을 소지하고 있었지만 그 신분증이 사실인지 위조된 것인지는 지금 정밀한 조사를 실시 중에 있습니다. 본인은 밀입국이 아니라 귀순이라고 말하지만, 장성급 요인이라면 보통 대사관을 통하여 정식 절차를 밟아 귀순하는 것이 세계적인 관례였습니다. 그 정도의 신분으로 밀입국한다는 것은 납득할 수 없는 일로, 현재 그 문제를 집중으로 수사하고 있습니다. 이상입니다."

김성수 차장이 고함을 치며 질문을 받아줄 것을 요구했지만 대변인은 굳은 얼굴로 사라지고 말았다.

'좋다. 의문점은 기사로 다시 쓰자!'

화가 난 김성수는 자신이 쓴 기사가 실린 조간신문을 옆구리에 끼고 자신의 승용차에 올랐다.

그의 기사는 단순했다. '북한의 한 장성이 러시아 군사훈련 참관차 하바로프스크에 왔다가 거기서 탈출, 한국 기업인에 의해 구출되어 귀순차 부산에 도착. 그러나 그는 당국의 대북정보처에 의하여 연행되어 갔다'라는 사실만 보도했다. 그리고 오늘은 그가 테러리스트일

지도 모른다는 당국의 발표를 듣게 되었다.

'이게 도대체 어떻게 된 거야. 느닷없이 테러리스트로 변하다니, 그것도 요인 암살 계획을 가지고 밀입국이라니…… 내 참 미칠 노릇이군 그래. 알 수가 없다. 어떻게 그런 발상이 나왔는지. 장성급 군인을 테러리스트로 몰고 가다니…… 하지만 진실은 곧 밝혀지겠지.'

신문사로 돌아온 김성수 차장은 부장과 함께 국장실에서 이 문제를 다시 토의하기 시작했다.

"도무지 이해할 수 없는 일입니다. 부인까지 탈출하여 북경에 와 있는데. 면회라도 했으면 좋겠지만 그것도 안 되고요. 국장님, 저 미쳐버리겠습니다."

"성급하게 굴지 마. 일은 차분하게 끌어가는 거야. 좀 더 지켜보자구."

"알겠습니다. 하지만 내일 아침 기사에는 테러리스트일지도 모른다는 논리에 반박하는 글을 싣겠습니다."

"그건 괜찮아. 어차피 수사는 며칠 가지 못할 테니까."

"중국에 있는 김정애 씨를 하루빨리 귀국시키면 어떨까요."

"그게 그렇게 쉽지가 않아. 김정애 씨는 일반 탈북자와 달라. 만일 그녀가 베이징에 있다는 것이 알려지면 북한은 압송하기 위해 최선을 다할 거야. 그런 위험을 감수하면서까지 모험할 수는 없어. 이동호가 조사를 받고 나오면 그때 데려오는 걸로 해. 나도 적극적으로 나설 거니까."

평양의 국가안전보위부는 이틀 동안 긴장된 가운데 회의를 열고 있었다. 탈북한 김정애 때문인 것이다. 압록강을 건넜을 것이라는 정보가 있었고, 지금쯤 베이징 어딘가에 은신해 있을 것이라는 판단을 내렸다.

어떻게든 그녀는 평양으로 압송해 와야 한다. 남조선은 지금 이동호를 놓고 그의 정체를 밝히는데 최선을 다 할 것이다. 하지만 이미 허위 정보를 흘려보낸 뒤이다. 그는 지금쯤 테러리스트라는 엉뚱한 죄목으로 힘든 취조를 받을 것이다.

"이동호는 어찌 됐든 살아남지 못해. 설혹 혐의를 벗고 나온다고 해도 이반이 기다리고 있을 테니까."

"황장엽은요."

"그건 이반 몫이지. 성공하면 다행이고 실패하면 스스로 목숨을 끊을 테니까. 문제는 김정애야. 김정애는 꼭 잡아야 돼. 이동호 죄값까지 한꺼번에 받아야 하니까…… 중국에 간 애들은 어떻게 됐어! 은신처는 찾아냈나?"

"지금 탐문 중입니다만 그리 오래 버티지는 못할 겁니다. 중국에서도 적극 협력하고 있으니까요."

"어떻게 협력하고 있어?"

"네, 남조선에서 탈북자를 돕는 모임을 만들어 중국에서 활동하는 팀이 서너 개 있답니다. 이들을 중심으로 탐문수색을 벌이는 것 같습니다."

"이동호 탈출은 우리가 역으로 이용하고 있지만 김정애는 없애야 돼. 일차 목표는 평양으로 압송하는 것이고, 다음은 중국에서 귀신도 모르게 압송시키는 거야. 이 점 분명히 명심해 둬!"

"넷! 알겠습니다. 유능한 수사원을 더 보내 수사에 협조하도록 하겠습니다."

"남조선에서는 지금 아주 고맙게 생각하고 있어. 이동호의 남조선 잠입에 대한 정보를 제공해 주었다고."

"하지만 만일 무혐의로 석방시키면……."

"그건 이반 몫이지."

같은 날, 아침.

이반은 9시가 넘어서야 잠에서 깨어났다. 지난밤, 남포동 한 술집에서 떡이 되도록 퍼마셨다. 부산까지 무사히 도착한 자축의 의미로 거나하게 한 잔 한 것이다. 침대에서 일어나니 의외로 몸이 거뜬했다. 얼굴을 씻고, 시장에 나가 간단한 식사로 아침을 때운 후 부산역으로 갔다.

경부선 새마을호 표를 끊어 특실에 몸을 실었다. 그는 열차와 밖의 풍경을 바라보며 다시 한 번 한국의 경제성장에 대해 감탄하고 있었다.

'아무튼 대단한 나라야. 그 저력이 어디서 나오는지 모르겠단 말이야.'

지금은 불가능해 보이던 일본을 바짝 추격하고 있다. 그러고 보니 중국의 경제성장도 이제는 아시아의 맹주 자리를 노릴만큼 성큼 자라 있었다.

'역시 사회주의로는 안 돼. 만일 중국이 모택동식 사회주의를 버리지 않았다면 북한과 똑같은 신세가 되었을 거야.'

모택동은 통제 공산주의를 고수했고, 등소평은 실리주의의 반개방, 반사회주의의 노선을 선택했다. 서구와의 교류 없이는 경제성장이 불가능하다는 것을 알아차린 것이다.

'북한이 사는 방법은 딱 하나지. 김정일이 퇴진하고 새 지도자를 뽑아 실질적인 문호를 개방하고 남·북 간 신뢰를 구축해야 해. 그래야 미국도 유럽도 지원을 해 주지. 한국의 DJ식 경제원조는 자칫하면 둘 다 가난에 빠져들게 되거든. 통일은 멀어지기만 하고……'

그런 생각에 잠기다가 깜빡 잠이 들었다. 지난밤의 과음에서 완전히 깨어나지 못했기 때문이다.

그가 다시 눈을 떴을 때, 열차는 어느새 수원을 지나 서울을 향해 숨가쁘게 달리고 있었다. 이반은 조금은 상기된 얼굴로, 조금은 긴장하는 마음으로 서울을 기다리고 있었다.

지도를 꺼내 면밀히 살피기도 했다. 지하철 시설이 잘 되어 있어 움직이는데 큰 불편은 없을 듯싶었다. 그의 손에는 작은 가방이 하나 들려져 있지만 주목받을 만한 것은 아무것도 없다.

열차는 마침내 서울역에 도착했고, 그는 서울역 광장으로 나섰다. 사람들에게 물어 보관함을 찾았다. 주머니에 깊숙이 찔러 두었던 열쇠를 꺼내 문을 열었다. 작은 가방이 있었다. 들어 보니 크기에 비해 제법 묵직했다.

'뭘 넣은 거야.'

그는 재빠르게 꺼내 자신의 가방 속에 우겨넣었다. 당장 풀어 보고 싶었지만 그럴 자리가 아니다. 그는 머릿속으로 지하철 구도를 충분히 숙지시켜 놓았다.

서울역 지하철에서 종로3가역으로, 거기서 다시 5호선을 타고 허름한 집이 많은 천호동 뒷골목으로 접어들었다. 언젠가 이 천호동 유흥가에서 하루를 보낸 기억이 있었다. 그는 뒷골목을 돌아다녔다.

예전과 마찬가지로 집 문짝에 '전세 있음. 월세도 가능함'이라는 쪽지가 겨울바람에 나부끼고 있었다. 한 달 정도 버티는데는 이런 곳이 제일이다. 호텔은 위험하고 아파트는 한 달 정도의 세를 얻기가 하늘의 별 따기다.

집 문 위에는 '여인숙'이라는 간판이 있지만 대개 월세를 놓고 살아가는 집이다. 이런 집을 부산에서도 많이 목격한 이반이다. 이반이 들어서자 뚱뚱한 여자 주인이 호들갑을 떨며 나왔다.

"묵으시려고?"

"네…… 한 달 정도……."

"장기 투숙이네. 저쪽에 조용한 방 하나 드리지."

복장이나 얼굴로 보아 중국에서 돈 벌러 온 조선족 같았다.

'쯧쯧…… 여기서 벌면 얼마나 번다고 이 먼 땅을…….'

돈을 지불하고 방으로 들어섰다. 두 평 반 정도의 좁은 방이지만 청소는 깨끗이 되어 있었다. 오히려 이런 곳이 은신해 있기는 편하다. 이 구석진 여인숙에 처박힌 사내가 러시아의 전직 KGB 요원이며 한때 극동지역을 주름잡던 인물이라고 누가 상상이나 하겠는가.

그는 전혀 서두르는 기색 없이 옷을 벗고 서울역 보관함에서 꺼낸 작은 가방의 지퍼를 열었다. 비닐로 싼 세 개의 뭉치가 나왔다. 하나는 고유번호가 예리한 송곳으로 마구 긁혀 있는 미세 45구경 권총이

20여 발의 탄환과 함께 들어 있었고, 또 하나는 만 원권 한국 지폐 200장이 있었다. 지폐 밑에는 10만 원권 헌 수표 50장도 있었다. 휴대폰도 하나 있었다. 사용법과 함께.

마지막 한 뭉치는 '이동철'이라는 위조 주민등록증이 있는데 사진은 틀림없는 이반 자신의 얼굴이다. 그 주민등록증은 『월간政治』라는 시사지 표지 위에 스카치 테이프로 정성스럽게 부착되어 있었다.

'언제 이런 것까지 준비했어!'

내심 놀라면서도 이러한 준비를 할 수 있는 한국의 여건을 생각하게 되었다. '안보는 없다' 한마디로 요약하면 이런 뜻이 될 것이다.

『월간政治』라는 잡지를 집어들었다. 겉 표지에 〈황장엽은 말한다〉라는 특집 제목이 굵은 글씨로 쓰여져 있었다.

'아—하!'

그는 짧은 신음을 내뱉었다. 낯선 서울 땅에서 황장엽을 찾을 수 있는 방법을 모색하라는 뜻일 것이며, 왜 그가 제거되어야 하는지에 대한 이유를 말하려는 것 같았다. 정말 뜻밖의 선물들이다.

책을 덮어놓고 잠시 휴식을 취했다. 오늘 밤 황장엽의 글을 읽을 것이며, 그를 찾을 방법과 테러할 방책을 구상할 것이다.

이때였다. 갑자기 문 두드리는 소리가 들리더니 채 대답도 하기 전에 벌컥 문이 열렸다. 이반은 기겁을 하며 총과 탄환을 이불 밑으로 쓸어넣었다.

"편하우?"

그 뚱뚱한 주인 여자다.

"웬…… 웬일이세요."

"혼─자…… 주무시나 해서요…… 헤헤헤……."

'혹, 누군가가 미행하여 여기까지 따라온 것은 아닐까? 그래서 주인 여자를 앞세워 문을 연 것은 아닐까?

그는 이불 밑으로 손을 넣어 권총을 슬그머니 움켜잡았다.

"할 말이 있으신가요? 혼자 오셨구요?"

"그럼 혼자지……."

"후후…… 겁은, 뭐 훔쳐갈 거라도 있수? 놀라게…… 다른 게 아니라 아저씨 오늘 첫 날인데 혼자 잘 거냐고 물어보러 온 거예요."

"혼자…… 자다니요."

"음, 여기 사정을 잘 모르지? 내 아가씨 하나 붙여주려고. 예쁘고 참한 아이로. 예때 십만 원이면 내일 아침까지……."

이반은 대충 눈치챘다는 듯 웃으며 말했다.

"내레 요구치 않수다."

다급해서 내뱉는다는 말이 엉뚱하게 평양식 어투가 튀어나왔다.

"어머…… 괜찮은 아인데…… 겨우 스물한 살인데."

주인 여자가 아쉽다는 듯 혀를 차며 문을 닫고 돌아섰다.

'아차!'

그때서야 이반은 자신이 큰 실수를 저질렀다는 것을 깨닫게 되었다. 왜 하필 여기서 북한식 사투리가 나왔는지. 너무 당황했기 때문일 것이다.

그는 귀를 세우고 밖을 살폈다. 주인 여자가 잠시 후, 샌들을 따악 따악 끌며 종종걸음으로 나가는 것이 보였다.

'신고하러 가는 거야.'

그는 긴장한 얼굴로 재빠르게 짐을 챙기고, 옷을 주워 입고, 그리고 뒤도 돌아보지 않고 큰 거리를 향해 내달았다. 그리고 길가에 서 있는 택시의 뒷좌석으로 뛰어들었다.

"어디로 모실까요."

"영…… 영등포역까지요."

택시는 올림픽대로를 따라 질주하기 시작했다.

여인숙 주인 여자는 그때까지만 해도 손님의 묘한 어투를 의식하지 않고 있었다. 시골서 올라왔다는 어린 여자가 있어 그 방에 넣어주려 했던 것이다. 어려운 살림에 방값으로 속 썩이지 않을 손님 하나 오래 잡아둘 요량이었다.

그녀는 과일이라도 두어 개 넣어줄 생각으로 슈퍼엘 가던 중, 커다란 가방을 들고 정신없이 도망치는 사내를 목격하게 되었다.

"이상한데?"

그녀가 도망치는 사내를 의아해하는 얼굴로 바라보았다.

그리고 다시 여인숙으로 되돌아갔다. 방문이 활짝 열려 있고, 방은 처음 그대로 깨끗이 정돈되어 있었다. 그가 황급히 도망쳤다는 것을 확인했을 때서야, 그 사내의 묘한 억양의 목소리가 기억에 떠올랐다.

'내레 요구치 않수다.'

사실 러시아 한인들은 '필요하냐'를 '요구하냐, 요구하십니까'로 사용한다. 그러나 이 여자는 평양식 어투로 알아들었다. 그리고 당황하던 모습, 연이은 도주…… 그렇다면 '간첩 아냐?' 그렇게도 생각하다가 '요즘 간첩이 어디 있어'라는 생각도 하게 되었다. 하지만 그녀의 발길은 파출소로 향하고 있었다. 그리고 그 이상한 사내에 대해 신고했다.

"글쎄, 아무래도 이상해서요. 한 달치 선금을 내고 도망치는 녀석이 어디 있어요. 그리고 다시는 오지 않을 거예요. 올 사람 같으면 가방은 왜 가져가요?"

그녀는 방바닥에 떨어져 있던 유일한 그 사내의 흔적인 책 한 권을 내밀었다. 순경은 사내가 놓고 간 책을 들여다보았다. 흔히 볼 수 있는 시사 월간지 잡지다. 그리고 그 정도로 수배령을 내리거나 추적까지 할 사항은 아니라고 생각했다. 일지에다 사실을 그대로 기록한 뒤에 여인숙 주인 여자를 돌려보냈다.

남한과 북한의 첨예한 대립 속에서도 정부는 통일 준비를 위한 급속한 '햇볕정책'을 추진하고 있다. 그 첫 번째 사업이 현대그룹을 주축으로 하는 금강산 관광사업 등이며, 남북이산가족 상봉 등 해빙 무드가 무르익어 가고 있다.

이제 국민들이나 일선 경찰서의 뇌리에 '간첩신고'는 서서히 사라지고 있다. 말하자면 북한에 대한 공포나 긴장감, 적대감은 서서히 완화되어 가고 있는 것이다.

북한에 대한 공포심리가 느슨해지기 시작하자 간첩신고는 구시대의 유물쯤으로 기억하게 되었다. 만약, 이 사내에 대해 조금만 더 관심을 가졌더라면 이반의 운명은 더욱 다급하게 되었을지도 모르는 일이다.

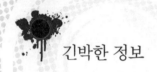

긴박한 정보

이반은 영등포의 한 허름한 여관에서 하룻밤을 보냈다. 그리고 앞으로의 일을 곰곰이 생각하기 시작했다. 그는 무엇보다도 서울생활에 하루빨리 적응해야 한다는 생각을 하게 되었다. 만일 지난밤, 여인숙 주인 여자의 제의를 받아들여, 가볍게 즐긴 후 돌려보냈다면 이렇게 쫓겨다닐 이유는 없었을 것이라는 후회감 때문이었다.

그는 아침 10시가 넘은 뒤에야 여관에서 빠져나왔다. 해장국으로 식사를 끝낸 후 다시 거리로 나섰다. 영등포는 거대한 빌딩과 허름한 주택이 질서없이 공존하고 있었다. 사람들은 아무 의심없이 이반과 스쳐가고 거래했다.

백화점과 거리를 구경한 후 허름한 가정집에 '월세 잇슴'이라는 쪽지가 걸려 있는 집을 찾아갔다. 이반은 한국 책을 많이 읽어 '월세 잇슴'의 맞춤법이 틀리다는 것을 알고 있었다. 그는 새로운 은신처를 찾았다.

영등포 일대와 천호동이 숨어살기에 좋다는 것은 알고 있었다. 부산의 텍사스 골목 완월동도 숨기에는 좋은 곳이지만 여기는 서울이다.

"방 보겠수?"

주인 여자는 호들갑을 떨며 맞아주던 천호동 여인보다는 약해 보였고 또 많이 지쳐 있었다. 무언가를 체념한 듯한 표정이었다. 방은 천호동보다는 조금 더 넓어 보였다. 월세 계약을 치른 후 돈을 지불하자 여인이 몇 가지 주의사항을 얘기해 주었다.

"빨래감 있으면 내놓으시구요. 집이 좀 허술하니 불조심 잘 하셔야 해요. 빨래해 드리는 조건으로 월 사만 원 더 내놓으시면 되구요."

러시아나 북한도 그렇지만 한국은 더 말할 나위도 없이 모든 것이 돈으로 통한다. 모든 길이 로마로 통하듯 돈이면 안 되는 것이 없었다.

그는 서점에서 『월간政治』라는 책을 다시 구입하여 숙소로 돌아왔다. 이제부터 이동호 다음 타자인 황장엽 암살의 치밀한 계획을 세울 차례다.

이동호는 곧 석방될 것이다. 그때 처치해도 늦지는 않겠지만 한 달이라는 시간은 그에게 너무나 길고 지리한 시간이 될 것이다.

숙소로 돌아온 그는 〈황장엽은 말한다〉라는 부분을 펼쳤다. 사회주의의 모순과 북한의 현실을 비판하는 대담 형식의 기사였는데, 그 기사는 이반의 흥미를 끌지 못했다.

'김성수?', 이름 밑에는 그가 소속된 신문사 편집부 차장이라는 직함이 있었다.

'김성수 차장이라. 음, 이녀석이라면 황장엽의 거처를 알고 있겠군. 됐어.'

이 정도면 황장엽 추적의 실마리는 푼 셈이다. 이반의 입에서 오랜만에 미소가 떠올랐다.

김성수는 자신이 쓴 이동호에 관한 특집기사를 읽고 있었다. 〈이동호 미스터리. 귀순자인가, 테러리스트인가〉라는 제호 아래 다음과 같은 기사가 게재되어 있다.

막심 리뜨비노프(Maxim Litvinov)라는 이름의 여권으로 러시아 무역선을 이용하여 귀국하던 이동호 씨가 부산항 현지에서 긴급 체포, 연행되어 지금 조사를 받고 있다.

대북정보처 대변인의 발표에 의하면 이동호는 북한 기갑여단 사령관이라는 장성급 신분증을 소지하고 있지만 이것은 가짜일 가능성이 높다는 것. 이동호는 국내 요인을 암살하기 위한 테러리스트라는 정보를 입수하고 있으며, 그는 북한의 대남공작 부처인 35호실 요원인 것으로 판단된다고 했다. 하지만 본지의 단독 취재에 의한 정보에 따르면 그는 북한 체제에 대한 회의와 반발로 북한을 탈출한 장성급 장교인 것으로 확인하고 있다.

대북정보처는, 그가 요인 암살을 위한 테러리스트로 35호실 공작원이라면 이동호에 대한 정보 입수과정을 즉각 밝히고, 그가 기갑여단 사령관이 아니라는 분명한 증거를 밝혀야 할 것이다.

그가 석방되지 않으면 본지는 그의 신분에 정확한 신분 정보를 밝힐 계획으로 있다. 우리는 그가 테러리스트가 아닌 귀순자라는 확실한 증거를 가지고 있다.

이것은 기사가 아니라 석방을 요구하는 압력이었다. 이동호의 부인 김정애를 면회한 것이 자신감을 심어준 확실한 계기가 되었다.

사실 대북정보처는 이동호가 요인 암살을 위해 밀입국한 테러리스트라는 분명한 증거를 잡지 못하고 있었다. 유일한 증거라면 북측의 밀서 한 장뿐인데, 북한의 정보를 믿을 수는 없는 일이다. 게다가 이동호 본인이 완강히 버티고 있어 난처한 입장에 빠져 있었다.

함께 연행했던 김용기는 이미 아침에 석방되었다. 도주의 우려도 없고, 또 전직 안기부 요원이라는 점과 이동호가 테러리스트라는 확증을 잡지 못한 것이 석방의 요인이 되었다.

의외의 일격을 얻어맞은 김용기는 이제 어디론가로 사라졌을 이반을 찾기 위해 혈안이 될 것이다.

김성수 차장은 의자 뒤로 몸을 젖히며 눈을 감았다. 그의 망막에 사선을 넘어 한국을 찾아온 김정애와 그녀의 남편 이동호가 스쳐가고 있었다.

'김 여사와 아이들은 어떻게 지내고 있지? 탈출 준비는……'

그 자신에게도 외동딸이 있다. 압록강을 건너다 급성폐렴으로 죽었다던 그녀의 딸 선영이와 동갑내기인 희정이다. 아직 아들이 없어 어머님께서 안타까워하시지만 그는 희정이 하나만 낳고 끝내기로 했다.

'선영이가 살아 돌아왔다면 우리 희정이하고 멋진 친구가 되었을 텐데…… 이건 너무나 안타깝고 슬픈 일이다. 자기의 또 하나의 조국을 찾아오는데 목숨을 걸어야 하는 이 비극이 어떻게 설명으로 가능하다는 말인가. 더구나 이동호는 자신의 딸이 그렇게 비참하게 죽있다는 사실도 모르고 있을 텐데…… 그가 석방되면 뭐라고 위로해야 지?

그가 깊은 생각에 잠기고 있을 때, 어디선가 전화벨이 울렸고, 후배 하나가 수화기를 넘겨주었다.

"김 선배, 전화!"

김성수가 수화기를 받아들었다.

"김성수 차장님 맞습니까?"

"?"

그는 수화기를 다시 들여다보았다. 말투가 낯설었는데 연변족 같 기도 하고 북한식 말투도 같았다.

"네, 맞습니다만."

"제보가 있습니다. 뵈었으면 해서요."

"제보? 무슨 내용이죠?"

그의 눈이 반짝 빛났다.

"네, 신문사 앞 '무랑루즈' 라는 카페에 있습니다. 검은색 파카에 쥐색 털 T셔츠를 입고 있습니다. 전, 서울 사람이 아닙니다."

"알았습니다. 곧 가죠."

예감이 이상했다. 국내에서는 좀처럼 듣기 힘든 어투다. 이따금 독 자들로부터 제보가 들어온다. 컴퓨터 인터넷이나 이메일을 통하여 들어오는 제보도 있지만 이렇게 직접 찾아오는 제보도 있다. 엉터리 도 많지만 특종이 걸릴 때도 있었다.

김성수는 수화기를 내려놓고 밖으로 나가 지하도를 건너갔다. 그 맞은편에 카페 '무랑루즈' 가 있었다.

카페로 들어섰다. 제법 많은 손님이 앉아 있지만 쥐색 털 T셔츠를 입은 사람은 보이지 않았다. 그래도 혹시 하여 10분여를 앉아 기다렸지만 그럴 만한 사람은 없었다. 카운터 여자에게 '김성수 찾아오신 분'을 찾게 했지만 결과는 마찬가지였다.

'어떻게 된 거야?'

이따금 장난전화가 오던 시절도 있었지만 지금은 그렇게 한가한 사람이 없다. 김 차장은 가슴에 의문을 품은 채 카페를 나와 신문사로 돌아왔다.

김 차장이 밖으로 나가자 검은 뿔테 안경에 오리털 파카를 입은 건장한 사내가 일어서서 커피값을 지불하고 따라 나섰다. 이반이다.

이반은 황장엽을 찾을 열쇠가 그에게 있다고 생각했다. 그리고 지금 그의 얼굴을 실물로 확인한 것이다. 다음은 그 기자의 집을 알아내는 일이 남았다.

카페에서 김성수의 얼굴을 확인한 그는 택시를 대절하여 퇴근하는 그의 뒤를 미행하기 시작했다. 그는 운전기사에게 적당한 거짓말을 했다.

"전, 귀순한 탈북자거든요. 정착금을 받아 제법 예쁜 마누라를 얻었는데 저 앞차에 운전하고 있는 녀석이 아무래도 내 마누라와 이상한 관계 같아요. 잘 좀 미행해 주세요. 돈은 충분히 드릴 테니."

"그래요? 알겠습니다. 아무 걱정 마세요. 저런 놈은 혼이 나야 합니다."

기사로서는 신나는 미행이다. 요즈음 경기가 만만치 않은데다, 이런 손님은 횡재나 다름없었다.

"아무튼 끝까지 따라붙을 테니 걱정은 꽉 매두시오."

날이 어두워졌지만 운전경력 20년이라는 떠벌이 기사는 잔뜩 밀린 승용차 사이를 이리저리 비집으며 용케도 미행하고 있었다.

"이거 마누라 겁나서 운전질 하겠어요? 옛날하고는 달라요. 요새는 여자들이 먼저 바람이 나서 남자를 꼬시러 다닌다니까요."

서울 도로가 대충 입력되기는 했지만 서울을 벗어나 훤ㅡ히 뚫린 고속도로형 길로 달려 어디가 어딘지 알 수가 없었다.

이들이 도착한 지점은 일산의 한 아파트 광장이었다.

"내렸어요. 저 아파트로 가네요."

"감사합니다."

개나리 아파트 201동이다. 그의 차는 옵티마 1가 5704.

운전기사에게 무려 요금의 두 배가 훨씬 넘는 돈을 주어 돌려보냈다.

김성수 차장이라는 이 기자를 통하여 황장엽의 거주지를 알아낸 후 그를 저격하여 암살할 것이다. 총알 한 방이면 18만 달러가 들어온다.

내일은 소공동의 제일무역 본사에서 이동호 한국 입국 호송비 잔액을 또 받는다. 단숨에 거액을 움켜쥐게 되는 것이다. 이반은 아파트 16층이 뿜어내는 불빛을 바라보며 한국의 경제력에 다시 한 번 감탄했다.

북한이나 러시아와는 비교할 수 없는 눈부신 성과다. 주차장마다 고급 승용차들이 꽉 차 있고, 어린아이나 어른 할 것 없이 모두 휴대폰을 들고 다닌다. 하바로프스크에서는 상상도 할 수 없는 풍경이었다.

'경제는 역시 자본주의야. 사회주의가 풍미하던 한 시대는 끝이

났어.'

그는 사람들이 춥다며 웅크리고 다니는 것이 이상했다. 영하 5도다. 이 정도는 봄날이다.

공원 벤치에 앉아 잠깐 생각에 잠겨 있었다.

'전쟁? 남한은 절대 북침하지 않아. 이렇게 경제가 눈부시게 발전하는데 왜 전쟁을 일으켜. 전쟁! 전쟁! 하는 것은 김정일 정권이지. 북한도 군을 휴전선에서 철수시키고 전부 경제에 투입시켜야지. 그게 어디 나라꼴이야? 어디 김성수하고 토론이나 해 보자. 어떻게 생각하는지.'

잠시 생각에 잠기던 그가 아파트 경비실로 걸어갔다.

나이가 좀 들어 보이는 남자가 경비원이었다.

"저…… 말씀 좀 여쭙겠습니다. 여기 신문사에 다니시는 김성수 씨 살고 계시죠."

"네, 그렇습니다만……."

"신문사에서 뵙기로 하고 시간을 놓쳐 여기까지 찾아온 사람입니다. 연결시켜 주시면 절 아실 겁니다."

경비원의 눈초리는 경계의 빛을 감추지 못했다. 아래위를 몇 번 살펴보던 그가 인터폰으로 연결시켜 주었다.

"김 차장님, 여기 경비실인데요. 손님이 찾아오셨습니다. 어떡할까요."

"그래요? 바꿔줘 보세요."

마침내 통화가 연결되었다. 수화기를 받아든 이반이 먼저 말을 꺼냈다.

"죄송하게 되었습니다. 낮에 제보가 있다고 전화했던 그 사람입니다."

"아…… 네. 알겠습니다. 그런데 왜 나타나지 않았습니까."

"사정이 그렇게 되었습니다. 그래서 신문사에 알아봐서 이렇게 무례하게 찾아오게 된 겁니다."

"알겠습니다. 거기서 잠시 기다리시면 바로 내려가겠습니다."

이반의 전략은 적중했다. 김성수는 호기심을 이기지 못하고 현관까지 단숨에 달려왔다. 틀림없이 중요한 제보라고 생각했다. 그렇지 않으면 이곳까지 찾아올 이유가 없다.

김 차장이 내려와 목격한 사람은 40대 중반으로 보이는, 턱이 사각이 진 매우 다부진 인상의 사내였다.

어깨가 딱 벌어지고 얼굴은 대추처럼 검붉었다. 짙은 눈썹에 꽉 다문 입술이 인상적인, 제법 키가 큰 사내였다. 군 출신으로 딱 알맞는 인상이다.

"여기까지 오시느라 고생 많으셨습니다. 자리를 옮기시죠."

김 차장은 앞 상가 2층 커피숍으로 손님을 안내했다.

인사를 나누었다. 김 차장이 명함을 내밀자 그것을 받아 읽지도 않고 주머니에 질러넣었다. 그런데 이 손님의 어투가 이상했다.

"혹시, 귀순자 아니신가요?"

"아닙니다. 출신은 북한이지만 지금은 러시아 국적을 가지고 있습니다. 이반이라고 합니다."

"아! 그러시군요. 그런데……."

왠지 긴장이 몰려왔다. 이동호도 러시아 선박으로 들어오지 않았

나. 이 사람이 찾아온 이유도 그 문제가 아닐까 생각했다.

이반이라는 사람이 주머니에서 꼬깃꼬깃 접은 신문지 조각을 내밀었다.

"이거 기자님이 쓰신 거죠."

아침 기사를 뜯어온 것이다.

"네, 그렇습니다. 이 사건과 관계가 있으십니까?"

"그래서 찾아온 겁니다. 전, 이동호를 잘 알거든요."

"네!"

김 차장은 화들짝 놀라 고함을 질렀다. 사람들이 모두 그를 바라보았다.

"어떻게요…… 어떻게 이동호를 아십니까."

"이동호는 지금 음모에 빠져 있습니다. 그를 구출해야 합니다. 아침에 기자님 기사를 읽고 저도 용기백배하여 이렇게 밤중에 찾아뵙게 되었습니다."

"그건 동감입니다. 그런데 선생께서 어떻게 그를 아시는지……."

"제일무역의 김용기는 어떻게 되었습니까. 아직도 조사 중인가요?"

"김용기 씨를 아십니까?"

"제 궁금증부터 풀어주시면 고맙겠습니다. 걱정이 되어서요."

"일단 자택으로 돌아갔습니다. 그것밖에는 아는 것이 없습니다."

"다행이군요. 궁금하시죠? 제가 누군가…… 이동호를 러시아에서 탈출시킬 때 위조여권을 제가 만들어 주었습니다. 또 각 기관에 손을 써서 무사히 탈출시킨 장본인이죠. 김용기 씨와 하바로프스크에서 접선이 되어 이 일에 뛰어들게 된 겁니다."

김성수는 넋이 빠져 할 말조차 잊고 있었다.

이동호의 부인 김정애를 베이징에서 만났고, 부산항에서 이동호가 연행되어 가는 모습을 보았다. 그런데 지금은 그를 탈출시킨 장본인을 만나고 있는 것이다. 그는 온몸에 경련이 일어나는 것을 느꼈다.

'이것이 무슨 인연인가. 이동호가 빠져나올 구멍이라도 생길 것인가.'

"이동호 씨는 훌륭한 군인입니다. 북한 체제에 반기를 든 것도, 자신의 부하들에게 배불리 먹이지 못하고 입히지 못하는 죄책감을 더 크게 생각했기 때문이죠. 그런 지휘관입니다."

"……."

"기자님은 이동호 사령관이 테러리스트가 아니라는 확증을 가지고 계시다고 했는데, 그건 제게도 있습니다."

"네? 확증!"

"확실한 확증을 가지고 있습니다."

"제가 알아도 될까요?"

"이동호 사령관이 석방될 수 있다면 제가 무엇을 감추겠습니까. 하지만 지금 한국은 저 같은 사람이 활동하기에는 위험한 나라입니다. 언제, 어디서, 누구한테 암살당할지 모르니까요."

"충분히 이해합니다."

"이동호 씨가 석방되면 한 번 만나 보고 러시아로 돌아갈 생각입니다. 문제는 하루 빨리 그를 자유 세상으로 내보내야 하는데 그게 어디 제가 할 수 있는 일이라야 말이지요."

이반이라는 사람은 이동호의 연행과 조사를 너무나 안타까워하고 있었다. 그의 진지한 표정이 그것을 증명하고 있었다.

"그래서 제가 찾아온 겁니다. 도움을 드리기 위해서."

"말씀하십시오."

"황장엽 선생을 만나면 일거에 해결됩니다. 꼭 한 번 뵐 수 있도록 도와주십시오. 그럼 해결됩니다."

"황장엽…… 선생님을……."

"네."

"제 취재에 의하면 이동호 씨가 황 선생님을 테러하기 위해 내려왔다는 의심을 받고 있는 것으로 아는데……."

"허허허…… 그러니까요, 그건 평양의 장난입니다. 한국에 허위 정보를 제공한 거죠. 이동호에게 보복하기 위해서요. 손 안 대고 코 풀자는 뜻이죠."

무슨 짓을 해서라도 이동호를 석방시켜야 한다. 이동호가 석방되어야 그를 제거할 기회를 갖게 되고, 그를 제거시켜야 돈을 받을 수 있다. 그런데 김성수가 가지고 있다는 또 하나의 정보는 무엇일까.

하지만 김성수는 쉴 틈 없이 재차 질문을 던졌다.

"지금 황 선생님 테러 운운하는 판에 어떻게 뵙게 해 드릴 수 있겠습니까. 그건 시간이 좀 필요하겠는데요?"

"좋습니다. 그럼 가서 뵐 수 있다면 이렇게 전해 주십시오. 혹 연두흠 선생을 아시느냐고, 이동호와 연두흠 선생은 밀접한 관계입니다. 그러면 절 만나주실 겁니다."

"연두흠? 얼마 전 사망한 것으로 알고 있는데……."

"더 이상은 말씀 드리지 못합니다."

"좋습니다. 즉시 연락 드리죠. 이반 선생님의 연락처는?"

"제겐 특별히 연락받을 장치가 되어 있지 않습니다. 제가 수시로 연락 드리겠습니다."

"필요하시면 휴대폰 하나 준비해 드리죠."

"빈거롭습니다. 적어도 하루 서너 차례 전화하겠습니다…… 그런데 김 기자님, 김 기자님이 가지고 계시다는 확증은 무엇입니까. 이동호가 테러리스트가 아니라는 그 증거 말입니다."

김성수는 잠시 생각에 잠겼다.

'이동호가 테러리스트라면 그의 아내가 목숨을 걸고 압록강을 건너지 않았을 것이다. 이 부부는 오래전부터 탈북을 계획해 왔다. 그런데…… 이반은 이동호 탈출에 앞장서 준 사람이다. 감출 이유가 없다.'

"좋습니다. 저도 말씀 드리죠. 이동호 씨의 부인과 아이가 지금 중국에 은신해 있습니다. 제가 가서 만나 보고 왔습니다."

"아! 알겠습니다. 참 다행입니다. 하루 빨리 이동호도 석방되고 그 부인도 한국으로 왔으면 좋겠습니다."

"다 잘 되겠지요."

"내일 저녁에 제 휴대폰으로 전화하세요. 명함에 번호 있으니까. 그럼 황장엽 선생님 문제는 내일 연락 드리기로 하겠습니다."

뜻밖의 제보다. 이반이라는 낯선 자의 방문은 김 차장의 피를 다시 끓게 만들었다. 목숨을 걸고 탈출한 부부다. 남편은 서울까지 왔어도 자유의 몸이 되지 못하고 있고, 그의 아내는 아들과 베이징에서 하루하루 죽음 같은 시간을 보내고 있다.

이동호 문제도 바쁘고 김정애 일도 바쁘다. 이동호 귀순에 자금을 제공했다는 제일무역도 취재를 해 보아야 하고, 김용기라는 사람도 만나 보아야 한다. 그러나 그보다 더 바쁜 일은 황장엽 선생을 만나는 일이다.

황장엽과 연두흠, 연두흠과 이동호의 연결 끈을 찾으면 이동호 석방에 결정적인 계기가 될 것이기 때문이다.

이반은 악수도 하지 않고 돌아갔다. 그가 돌아간 후에도 김성수는 테이블에서 일어나지 못했다. 무엇인가 정리가 되는 듯하면서도 얽힌 실타래처럼 복잡하기만 했다.

'그렇다. 먼저 김용기를 만나자. 그래야 이반의 정체를 밝힐 수 있다. 그에 대한 신뢰가 먼저 쌓여야 황장엽 선생을 만나게 해 줄 수 있지 않은가. 그리고 이동호 석방을 위한 좀 더 강력한 글을 써야겠어. 이동호는 테러리스트가 아냐, 귀순자야!'

집으로 돌아온 후, 김성수는 홍봉수 국장에게 먼저 전화를 걸었다. 그리고 이반이라는 자의 출현에 대해 간단히 보고했다.

홍 국장의 반응은 좀 더 신중했다.

"이반이란 사람 너무 믿지 마. 러시아 사람이라면 틀림없이 돈을 받고 도와주는 케이스의 사람일 테니까."

"저는 내일 아침 제일무역에……."

"아, 거긴 갈 필요 없어. 지금 난, 김용기 씨와 술 한 잔 하고 있으니까."

"네! 김용기 씨와요?"

"음, 그렇지 않아도 지금 막 이반에 대한 얘기가 나오려는 참이었어. 음…… 잠깐……."

잠시 통화가 중단되다가 1분 정도 지난 후 다시 국장의 목소리가 들려왔다.

"내일 김용기 선생과 만날 시간 만들 테니 그리 알고 앞으로는 이반과 지속적으로 연락 취하도록 해."

"알겠습니다."

"김 선생님. 이반이 우리 김 차장을 찾아갔었답니다."

"이반이?…… 그래 특별한 대화 내용은 없었구요?"

"한 가지 목적이 있었답니다. 이동호가 테러리스트가 아니라는 증거가 있는데 그건 이반이 황장엽 씨를 만나면 말하겠다는 것이었습니다."

"다른 말은……."

"이동호 씨 부인이 베이징에 은신해 있다는 것을 말해 주었다고 하던데요."

"네!"

김용기는 깜짝 놀라며 비명 같은 고함을 질러댔다.

"위험할지도 모르겠는데요."

"위험하다뇨, 누가요?"

"이동호 부인 말입니다. 아직 정확히 뭐라고 말씀 드리기는 곤란하지만…… 이반이 남·북한 양쪽에 양다리를 걸치고 있는 것이 아닌가 의심하기 시작한 지 오래되었구요. 녀석은 평양의 신임을 얻기 위해 베이징에 김정애가 은신해 있다는 사실을 밀고할지도 모릅니다."

"알겠습니다. 내일이라도 당장 은신처를 옮겨 보라고 해 보겠습니다. 그런데…… 황장엽 씨는 왜 만나겠다는 겁니까."

"그건 좀 더 생각할 필요가 있겠는데요…… 아무튼 연두흠 사망과 이동호 탈출은 밀접한 관계가 있습니다. 탈출의 증거는 거기서부터 시작됩니다."

"복잡하게 꼬여가는데요…… 자…… 오늘은 다 잊고 술이나 한 잔 합시다. 우리 김용기 선생의 노고를 치하하는 뜻에서……."

술잔이 허공으로 높이 들어올려졌다. 하지만 김용기의 머리는 마치 톱니바퀴처럼 돌아가고 있었다.

연두흠, 황장엽 그리고 이동호와 이반. 이 간단 명료하면서도 출구를 찾을 수 없는 퍼즐게임에 그의 머리는 참으로 혼란스러웠다.

'과연 이반이 노리는 것은 제일무역의 이동호 탈출에 대한 대가인 '돈' 뿐일까?'

단 한 번의 거짓말과, 그의 노련함. 동물적인 감각이 이 사건들을 계속 생각하게 만들었다.

'왜 그는 블라디보스토크에서 내게 거짓말을 했을까. 한 시간여의 공백, 그는 어디서 누구를 만나고 돌아온 것인가?'

숙소로 돌아온 이반은 낡은 이불 위에 머리를 올려놓고 생각에 잠기기 시작했다.

'이동호는 곧 석방되어 귀순 절차를 밟게 될 것이다. 당국은 더 이상 그를 억류시킬 명분이 없다. 그렇다면 그와 황장엽을 어떻게 제거시킬 것인가가 문제다.'

서울을 돌아보며 그는 생각보다 쉽게 일을 처리할 수 있다는 자신감을 얻었다. 한마디로, 서울은 물론 각 도시마다 삼엄한 보안장치를 전혀 발견할 수 없었다. 천호동에서 그렇게 도망쳐 나왔지만 한 번도 추적당하고 있다는 느낌을 가져 본 일이 없었다.

'이동호는 석방만 되면 끝이고, 황장엽은 거처만 알면 된다.'

이때였나. 돈과 권총과 휴대폰을 지급빈은 이후 처음으로 휴대폰 벨이 울렸다. 이반이 깜짝 놀라 전화기를 집어들었다.

"누구…십니까."

굵은 남자의 목소리가 들려왔다.

"당신을 돕고 있는 자요. 계약을 충실히 이행하리라 믿소. 휴대폰 에 내 번호가 입력되어 있을 겁니다. 지원을 요청할 일이 있으면 간 단 명료하게 말하시오. 언제든 돈은 블라디보스토크 영사관에서 한 푼 오차 없이 지급될 거요. 달리 보고사항은 없습니까?"

"아, 잠깐. 이동호의 가족이 베이징에 은신해 있습니다. 이건 내 정 보요."

"베이징? 알겠습니다."

김정애! 그의 은신처가 베이징에 있다는 정보는 이렇게 흘러 나가 게 되었다. 이 정보는 즉각 '오로라'에게 전달되었고, '오로라'는 중 국 북한 대사관으로 이 사실을 통보했다.

같은 시간.

이동호는 침통한 심정으로 의자에 앉아 있었다. 도무지 잠을 이룰 수 없었다. 목숨을 건 탈출의 대가는 어이없게도 테러리스트라는 상 상도 할 수 없는 누명이다.

먼저 탈출한 황장엽 선생이 마음대로 활동하지 못한다는 말은 몇 번인가 들은 기억이 있다. 연두흠 선생은 늘 그것을 안타까워했었다.

"우리 북조선은 사회주의라는 단 하나의 사상으로 뭉쳐져 있지만 남조선은 그렇지가 않아. 보수 세력도 있고, 진보 세력도 있고, 친북 세력도 있어. 황 선생이 내려갈 때는 그래도 비교적 온건 진보 세력과 보수 세력이 힘을 얻고 있었지만 지금은 달라. 진보 세력을 가장한 친북 세력도 상당수 있지. 또 그런 세력이 활보할 수 있는 곳이 남조선의 현실이야. 지금 남한은 혼란에 빠져 있어. 통일의 원칙이 남·북이 다른데, 남쪽이 지금 묘하게 흐르고 있단 말이야. 생각해 봐. 김일성은 사회주의식 통일을 원했으며 무력통일만이 최선의 방법이라고 생각했지. 김정일도 처음엔 그랬지, 아니 더 심했을지도 몰라. 그런데 세월이 흘러 공산권이 붕괴되고 경제가 악화되자 김일성은 연방제 통일론을 적극 추진, 평화 무드를 만들려 했어. 그래서 전두환, 노태우, 김영삼과 북·남 영수회담을 꾸준히 추진했지만, 그럴 때마다 강경파 군부의 방해가 있었어. 그게 테러나 무장공비 침투잖아. 그런데 변화가 생긴 거야. 김일성이 사망하고 남쪽에선 김대중이 정권을 잡았거든. 묘한 변화가 생겼어. 연방제 통일론은 김대중이 남쪽에서 추진하던 통일방식이었거든. 전두환 시절, 그가 사형선고를 받은 배경도 '연방제 통일론' 때문이었어. 김정일과 김대중은 의기 투합하여 연합제니 낮은 단계 연방제니 하며 서로 끌어안고 난리를 쳤지."

"연합제와 낮은 연방제는 같은 건가요?"

"간난히 설명하며 이래. 이건 김대중 씨의 삼 단계 통일론이기도 한데, 잘 들어. 이건 정치니까."

1단계는 북·남 연합제, 즉 지금의 양 체제가 공동협의 하에 나라를 끌어가는 것이고, 2단계는, 연방제 즉, 외교권은 중앙정부가 갖고 내정內政은 지방정부, 즉 북조선, 남조선이 갖는다는 것이다. 이것이 잘 운영되면 3단계인 완전 통일로 가는 것이다.

이것이 비슷하게 남·북 간 서로 맞아떨어졌다는 것이다.

"이렇게 되면 남쪽에서 친북 세력이 생길 수밖에 없게 되겠지."

"남쪽에선 반대할 이유가 없잖아요."

"허허…… 그래서 전문가들도 혼동을 하지. 여기서 중요한 것이 설명되지 않았어. 이건 기본인데…… 즉, 연방제로 나갈 때 중앙정부가 군사·외교권을 갖게 되거든. 그럼 중앙정부는 어떤 체제로 운영해 나갈 것이냐. 즉 사상 체제를 사회주의식으로 하느냐, 자본주의식으로 할 거냐. 허허허…… 여기엔 공통점이 하나 없지. 사회주의와 자본주의의 공통점이 어디 있어! 물과 불인데…… 그런데 DJ는 국무회의에서 '김정일의 낮은 단계 연방제 얘기가 나왔다. 그것은 내용적으로(우리가 추구하는) 연합제와 같은 얘기다. 그래서 접점接點이 나오기 시작했다. 이것이 실제로 이번 합의(6·15선언) 중에서 가장 역사적이고 분단 55년의 과제인 통일방안에 의견을 접근한 의미 있는 합의다(2000년 6월 15일 국무회의 브리핑—청와대 인터넷 사이트:『월간조선』 2002. 7)' 라고 했거든. 말하자면 김대중 씨는 김정일식 통일론에 동조한 셈이지. 왜! 그동안 남조선에서 계속 추진하던 연합제는 자본주의식 통일론에 입각하고 있었거든. 그래서 성사가 안 됐는데, 이제 접점接點이 이뤄졌다는 것은 '당신 뜻에 따르겠소' 하는 거나 마찬가지니까."

"그럼 남조선 보수 세력이 가만있었나요?"

"왜! 이동복, 조갑제 많은 사람들이 반기를 들었지만 내용이 워낙 복잡한데다 국민들은 관심이 없던 거야. 말하자면 공부하는 보수 세력이 적었던 거지."

"그렇다면 외형적으로는 많은 변화가 있겠네요."

"변화는 무슨…… 변하는 건 우리가 아냐. 남쪽이지. 우리 체제는 조금도 변함이 없어. 하지만 남쪽은 꽤 흔들릴 거야. 보수, 진보, 친북 세력이 아귀다툼을 벌일 테고…… 거기에 언론까지 양분되어 치고 받을 테고…… 호떡집에 불이 난 격이지. 허허허…… 그래서 황장엽 선생이 힘을 잃어가고 있는 거야."

"그럼 연방제에서 대통령은 어떻게 뽑나요?"

"북·남 인민들이 모두 같이 뽑지."

"그럼 불리하잖아요. 우린 겨우 2천 2백만 정도밖에 안 되는데, 남쪽은 그 배가 넘고요."

"이봐, 이 사령관. 그래서 남쪽에서 진보, 친북 세력이 지지자들을 확장시키려 하는 거야. 북쪽 단일사상 인민들, 남쪽 진보 세력들 합쳐서 2, 남쪽 보수 세력 1, 2:1 싸움이지. 일반인들은 대중 선동에 강한 진보 세력을 따라가거나, 보수 세력에 붙을 테고, 이게 바로 2:1 전략이라는 거야."

"그럼…….."

"대통령이 되면 그때부터는 힘으로 밀어붙이는 거지. 그렇게 되면 대한민국과 북조선인민공화국은 통일은 되지만, 얼마 지나지 않으면 지금 우리처럼 또 불행하게 돼. 물론 지금 남쪽도 고쳐야 될 것이 한두 가지가 아냐. 난, 남쪽에 대해 많은 연구를 할 기회가 있었어. 무엇보다 가진 자와 갖지 못한 자의 화해! 즉 공동체 인식을 회복해야 해. 그리고 가진 자의 도덕적 해이감도 큰 문제고. 이게 해결되면 진보 세력은 자연히 사라져. 황장엽 선생도 이런 양쪽 문제점을 놓고 심각하게 고민했지만 그래도 김일성, 김정일식 정치로는 불행만 되풀이되고 인민만 굶어 죽는다는 것을 알고 남쪽을 선택한 것이지. 그런데 문제가 생겼어."

"문제요?"

"황 선생님이 암살 위협을 느끼시고 계시는 것 같아. 이젠 나도 남쪽 상황에 어두워. 공부할 자리를 빼앗겼거든. 하지만 내 정보로는 그래. 남쪽도 위험해지기 시작했어."

이동호는 자신이 지금 그 연장선상에 있다는 것을 알아차렸다. 절망은 아니지만 그는 지금 크게 실망하고 있었다. 만일 기자회견 기회가 생긴다면 꼭 하고 싶은 말이 있다.

'우리가 무기 구입에 광분하고 사상 통일에 열을 올릴 때, 여러분들은 경제를 이룩하기 위해 수없는 피와 땀을 흘렸습니다. 왜 조건 없이 그 돈을 김정일에게 바치는 겁니까. 차라리 그 돈으로 탈북자 돕고, 굶는 인민에게 식량과 약을 보내주세요. 여러분! 김정일에게 속지 마세요. 그는 국민이 뽑은 통치자도 아니고 뽑을 기회도 없이 선택된 독재자입니다!'

그는 한시 바삐 서울 거리로 뛰쳐나가고 싶었다. 남쪽 국민들이 무엇을 얼마나 알며, 어떤 생각을 어떻게 하는지 알고 싶어 안달이 났다. 지식인들도 만나고 싶고, 언론인들과도 대화하고 싶었다. 군 장성들도 그렇고 황장엽 선생은 더더욱 그렇다.

'가야 한다. 나가야 한다. 귀순자가 왜 거리를 나가지 못하는가. 누가 나를 테러리스트라고 거짓말했나! 누가, 누구에게……'

그러다 문득 가족들 생각이 다시 뇌리에 떠올랐다. 가슴이 미어지는 듯했다. 가족들 생각만 나면 돌이킬 수 없는 죄를 지은 것 같아 흐르는 눈물을 참을 수가 없었다.

'어머님. 아내, 그리고 두 아이들……'

용케도 평양을 탈출했다면 모르지만 연행되어 갔다면 그 고통을 견디지 못할 것이다.

'아!―'

그의 깊은 한숨은 겨울 밤보다 더 깊고 차가웠다. 앞으로 자신의 생애가 어떻게 바뀔지는 몰라도 죽는 순간까지 그 그늘을 벗어나지는 못할 것이다. 틀림없이 어머님은 일찍 돌아가실 테고 아이들과 어머니는 분리될 것이다. 아마도 아내는 정치 수용소에 갇히게 될 것이다.

지옥, 한마디로 지옥이라고 할 수밖에 없는 수용소. 굶어 죽고, 맞아 죽고, 병들어 죽어도 누구 하나 저항할 수 없는 인권 사각지대死角地帶. 불평분자와 성분 불량자, 그리고 그 가족들이 수용되는 지옥이다. 지금 한 20만 명 정도가 갇혀 있는 것으로 알고 있다.

'밖에 있는 사람도 굶어 죽는데 그곳이야 말해서 무엇하랴.'

이를 악물고 품위를 지키려 했지만 가족들 생각은 쉽사리 떠나지 않았다. 그는 무릎 사이에 얼굴을 파묻고 꺼이꺼이 울어댔다. 언젠가 블라디보스토크 본부장이 들었던 그 참을 수 없는 울음이다.

그렇게 한참 울어대던 그가 머리를 번쩍 들어올렸다.

'울어서 될 일이 아니다. 살아남아야 한다. 어떻게든 살아서 가족들을 데려와야 한다. 어떤 희생을 치르더라도…… 그리고 그 폐쇄되고 왜곡된 이상한 나라를 세계에 알리고 고발할 것이다. 가장 잘 알아야 할 남조선 국민들이 모르고 있다. 나는 내가 아는 모든 것을 폭로할 것이다.'

아마도, 김정일이 6·25에 대한 책임이 없다고 말하는 한국 국민들의 말을 그가 들었다면 심장이 터져 그 자리에서 죽어버렸을 것이다.

'왜 책임이 없나. 6·25의 체제와 권력을 고스란히 물려받았는데. 김정일은 김일성의 아들이다. 고로 6·25는 직접적인 책임이 없다는 논리가 팽배하다. 이건 친북 세력이나 하는 말이다. 그렇다면 우리나라나 북한은 일본에게 식민지 보상을 청구할 수 없다. 대동아전쟁, 조선식민지화 인물들은 지금 다 죽고 없다. 지금 천황은 그때는 몇 살이었나?

평양은 긴급으로 들어온 정보에 회심의 미소를 지으며 회의를 하고 있었다. 이동호의 부인 김정애가 베이징의 모처에 은신 중이라는 놀라운 정보가 들어온 것이다. 물론 이 정보의 최초 보고자는 이반이다.

"됐습니다. 이동호는 남쪽에서 죽고 김정애는 평양에서 죽는다. 조국의 배신자의 말로가 한눈에 들어오는 얘기 아닙니까."

"체포 방법은?"

"이미 중국 외무 관계에 긴급으로 통보해 놓았습니다. 공안당국에서 며칠 내에 수색하여 체포할 것입니다."

"며칠? 당장이 아니고?"

"그렇게 쉽게 잡히지는 않습니다. 찾는 시간이 필요할 겁니다."

"지금 이동호는 어떻게 되어가고 있나."

"아직도 연금상태일 겁니다. 단순 탈북자로 보기에는 취약점이 너무나 많거든요. 대사관이나 영사관을 통한 탈출이 아니었으니까요. 하지만 언젠가는 석방될 것으로 봅니다."

"그렇겠지. 그럼 그건 이반 몫이구만."

"네, 지금 잘 움직이고 있습니다."

"이동호 제거는 몰라도 황장엽은 어려울 거야. 아무튼 이반도 남조선을 떠나지 못하고 거기서 희생될 테니까…… 베이징 우리 대사관에 한 번 더 긴급으로 훈령을 내려. 하루라도 빨리 체포케 하라고. 그리고 내일 새벽, 잘 훈련된 우리 수색조도 베이징으로 보내. 비행기편으로."

"알겠습니다. 걱정하지 마십시오."

지휘자인 듯한 사내가 잠시 턱을 매만지더니 다시 머리를 들어올렸다.

"참, 99년 서해 교전 보복전은 어떻게 돼가고 있는 거야."

"네, 포 명중률을 위해 함정에 탱크 포를 설치하자는 제안이 들어와 검토 중에 있습니다."

"탱크 포를 함정에다? 어허허허…… 그거 아주 좋은 생각이군. 명중률 백 프로니까. 우리가 발포하기 전에는 절대 남조선 애들이 먼저 쏘지는 못해. 한 방 갈겨대고 도망쳐 오라구."

"알겠습니다."

"시기는?"

"아무래도 우리와 남조선 어선들이 붐비는 6월 하순이 좋은 듯 싶습니다. 그런데…… 그때가…… 마침 월드컵 종반전을 치르는 때라 좀……."

"지금 무슨 말을 하는 거요. 이미 말하지 않았소. 복수도 복수지만 남조선 반응을 보자는 게 주 목적이라 하지 않았소. 오히려 잘 됐지! 그보다 김정애나 빨리 체포해 오도록 하시오."

그의 어투는 좀 더 강한 톤으로 바뀌었고, 요원들은 작심을 한 듯, 입술을 물며 체포를 맹세했다.

다음날, 아침.

조간신문을 펴든 국민들은 호기심에 찬 얼굴로 한 기사를 읽고 있었다. 그것은 짧은 일상의 기사가 아니라 거의 한 페이지를 장식하는 특집기사였다. 그 주제는 바로 며칠 전 부산항에서 연행된 이동호에 관한 기사였다.

〈이동호! 귀순자로 확인. 테러리스트라는 의혹에 종지부 찍을 증거 확보!〉, 제목만으로도 시선을 끌기에 충분했다.

그 요지는 다음과 같다.

이동호 부부는 이미 2년 전부터 탈북을 계획하고 있었음이 밝혀졌다. 북한군 기갑여단 사령관인 이동호 씨는 러ㆍ북 군사관계 우호 촉진의 일환으로 하바로프스크를 방문, 러시아 기갑부대 훈련을 참관하던 중,

부대를 이탈하여 하바로프스크에서 잠적하는데 성공했다.

그는 도심에 위치한 한국인이 경영하는 상사商社 제일무역에 귀순 의사를 밝히며 도움을 요청했고, 제일무역은 인도적 차원에서 그를 지원, 블라디보스토크를 거쳐 부산에 입항시키는데 성공했다.

당국에서는 이동호에 대한 정보를 입수, 부산항 입국 현장에서 체포, 연행했는데 이동호는 국내 요인의 암살 임무를 띠고 밀입국한 테러 미수자로 보고 있다.

하지만 본지 단독 취재에 의하면, 이미 그의 아내인 김정애 씨와 아들 선규 군은 북한을 탈출, 중국 모처에 은신 중이며 곧 귀순 입국할 준비를 하고 있는 것으로 밝혀졌다. 불행하게도 그의 부인은 탈북과정에서 압록강 도강 중 딸 선영이가 급성폐렴으로 사망했다고 말했다.

기사와 함께 아들을 안고 있는 김정애의 사진이 지면을 장식하고 있었다. 난처해진 것은 대북정보처였다.

이동호는 누군지 알 수 없는 요인 암살을 위해 밀입국한 테러리스트라는 분명한 정보를 제공받았다. 하지만 아무리 조사를 해도 그가 테러를 위해 입국했다는 정황을 발견하지 못했다. 설상가상으로 이동호의 아내까지 탈북하여 중국에 체류 중이라는 것이다.

그런데 때맞춰 평양에서 이동호에 대한 자료를 방송으로 보도해주었다. 대단히 이례적인 일이다.

이동호는 북·남 평화 무드에 불만을 품은 강경파 일원으로 위대한 지도자 김정일 위원장의 우려에도 불구하고 남조선으로 침투, 남조선 요인을 암살하고자한 반통일, 반민족주의자임을 천명하는 바입니다.

이동호는 이러한 테러를 통하여 북·남을 다시 긴장상태와 전쟁상태로 몰아넣어 영구 분산을 꾀함으로써 자신들의 입지를 구축하겠다는 불순한 의도를 가지고 있는 패륜아적 인물입니다. 그럼에도 불구하고, 그의 아내 김정애는 이러한 사실을 모르고 평양을 탈출하여 남편을 만나겠다는 일심으로 현재 중국에 머물고 있습니다.

당국은 김정애를 설득하여 평양에 귀환시킴으로써 이동호의 작태를 만천하에 폭로코자 합니다. 애국동지 김정애는 머지않아 평양으로 귀환할 것을 의심치 않습니다. 우리의 위대한 지도자 김정일 위원장께서는 이번 사태에 대해 심심한 유감의 뜻을 표하시는 동시에 북·남 화해와 통일을 위해 12월 부산아시안게임에 우리 측 선수단을 파견하시기로 결정하였습니다.

통일과 민족의 깃발을 드높이시고, 북·남의 신뢰구축과 통일기반을 마련키 위한 이번의 조치로 우리는 하나가 되는 단단한 기초를 쌓을 것입니다.

이동호 석방을 신중히 고려하던 당국은 이러한 계획을 다시 보류시켰고, 보수 언론과 세력들은 평양방송을 일제히 비난하고 나섰다.

―평양의 모략이다.
―김정애를 하루 빨리 귀국시켜 사실을 확인하자.
―평양은 이동호를 두려워하고 있다.
―이동호를 즉각 석방하고 김정애를 귀국시켜라!
―장성 출신이 어떻게 테러를 한다는 말인가. 테러를 위해서는 전문

적인 고도의 훈련을 필요로 하는데 이동호는 현역장성급 장교다.

　—당국은 이동호 수사상황을 공개하라!

김성수는 다시 강한 톤의 반박문을 게재했다.

　평양은 지금 거짓말을 하고 있다. 이동호 씨가 평양을 탈출한 것은 김
정일식 체제와 세계 무대에서 고립된 북한의 실정에 반기를 들었기 때
문이다.

　이동호 씨는 '자신의 부하들에게 따뜻한 밥과 충분한 의류를 공급하
지 못한데 대한 죄책감에 시달려 왔으며, 체제나 사상을 떠나 사령관으
로서 임무를 다하지 못한 원인이 자신보다 김정일 체제에 있다고 보고
탈출을 결심했다' 고 말했던 것으로 알려지고 있다.

　특히 체제에 비관적인 시각을 갖게 된 요인은 얼마 전 사망한 북한의
사상 이론가 연두흠의 죽음에 영향을 받은 것으로 확인되었다. 그가 테
러리스트라는 말은 빨간 거짓말이다.

　그러나 이러한 함성은 또 하나의 함성에 묻히고 말았다. 그것은 평
양방송에 신뢰를 보내는 일부 진보 세력의 언론들이었다.

　—남·북 화해 무드에 찬물을 끼얹기 위해 한국에 침투했다면 그는
　　반민족주의자이며, 반통일 세력이다. 또한 이동호를 옹호하는 세
　　력도 마찬가지다.

　—역사의 수레바퀴를 뒤로 돌리겠다는 말인가. 남한과 북한은 이제
　　반목의 시대를 뛰어넘어 민족 공동체로서, 화해와 협력의 시대를

활짝 열어 통일을 위해 달리고 있다.

—민족의 반역자 이동호를 즉각 처형하든가 북으로 돌려보내라.

—전 근대적 수구 세력은 즉각 반성하고 이동호를 옹호하지 마라. 수 구 세력도 냉전과 전쟁을 원한다면 이동호에 동조하라. 서로 전쟁 하자는 게 목적이리면, 그래서 이동호를 옹호한다면 이건 적과의 동침이 아닌가.

—황장엽, 연두흠은 사회주의 이론을 정립시켰다. 그러나 남·북한이 화해와 평화의 무드에 젖자, 이에 반발, 북한을 탈출한 위선자에 불 과하다.

많은 언론들이 반격의 포문을 열었다. 그리고 국민들은 머리가 혼 란스러워졌다. 다방에서 술집에서, 심지어 가정에서 부부들 사이에 서도 치열한 공방이 벌어졌다.

"지금 같은 세상에 요인 암살이라니. 말도 안 돼. 부인까지 중국에 와 있다는데 무슨 테러야 테러가."

"모르는 소리 말아요. 북한에서 뭔 짓은 못해요. 무장공비 생각도 나지 않아요? 이동호인가 뭔가 하는 녀석, 틀림없이 냉전상태를 만 들려고 내려온 거예요."

완전히 뒤죽박죽이다. 그야말로 '콩가루 집안'이 되었다. 사상 논 쟁은 남·남 갈등으로 이어져 가고 있었다. 여·야가 싸우고, 보수와 진보가 싸우고, 언론과 언론이 싸우고 부부 간의 싸움까지 일으켰다.

대통령은 세계평화에 기여했다고 '노벨 평화상'까지 탔는데, 대한 민국은 평화는커녕, 갈등과 대립과 반목과 편가르기만 증폭되고 있 었다.

한참 말싸움을 하던 남편이 아내에게 복사된 신문조각 하나를 내밀었다.

"맞아, 당신 말이 맞아. 평양은 무슨 짓을 할지 모르는 집단이야. 이거 읽어 봐. 김정일 행보는 평화를 가장한 북한식 통일론에 집착하고 있어. 그건 무력통일, 남·남 갈등에 의한 자체 붕괴를 노리는 거지."

아내가 복사본을 받아들었다. 모 작가가 쓴 칼럼의 일부다.

〈전쟁이 무서워 안방까지 양보하랴〉

……정부와 집권당의 통일을 위한 접근방식에도 비판을 가하지 않을 수 없다. '햇볕정책' 의 실패에 대해서는 이론異論의 여지가 없다고 생각한다.

'햇볕정책' 은 남북 통일을 한 걸음 접근시켰다는 평가를 받기보다는 '남남南南 갈등' 만 증폭시키고 국민의 안보의식만 흐리게 했다.

북한 상선이 제주 영해를 침범했을 때, 여당의 모 의원은 "그래도 전쟁의 위험은 피하지 않았느냐"며 큰소리를 쳤다. 전쟁이 무서워서 영해 침범과 같은 중대한 국가 주권문제를 외면한다면 이것은 대한민국 5천만 국민과 60만 국군에 대한 모독 행위에 불과하다. 전쟁이 무서워서 안방까지 양보하라는 말인가.

정부는 북한에 '들어붓기 식' 경제지원을 해 주었지만, 북한 김정일 위원장은 서울엔 오지 않고 러시아 군수공장에서 최신형 탱크 성능에만 지대한 관심을 보였다.

북한이 만약 러시아제 탱크를 구입한다면 그 포구砲口가 겨냥할 방향은 어디일까. 바로 한국이 될 것이다. 우리의 지원은 굶주린 북한 동포를 위한 지원이 아니라 우리를 향해 총구를 겨눌 바로 그 무기 구입에 돈을 지원하는 셈이 될 것이다.

이것저것 세금, 건강보험료를 비롯한 각종 세금이 정신없이 뛰고 있다. 늘어난 세금이 북한으로 흘러가 무기 구입에 사용되는 것은 아닌지 섬뜩하기만 하다.

통일은 단순히 경제지원만으로 이뤄지는 것이 아니다. 남북 분단은 경제문제로 야기된 것이 아니고, 이념과 체제문제로 야기된 것이다. 이념과 체제에 대한 논의 없이 통일 논의는 이뤄질 수 없다.(어느 쪽 이념과 체제로 통일할 것이냐 하는……)

남북 양 정상의 포옹 한 번만으로 이념과 체제 양보가 가능하겠는가? 어느 한쪽도 이를 포기하지 못한다. 그래서 김정일 위원장이 서울을 선뜻 찾아오지 못하는 것이다.

대통령은 노벨상을 수상했지만, 이 나라는 평화는커녕, 갈등과 반목, 대립과 편가르기만 증폭되고 있다. 여와 야, 보수와 진보, 노와 사, 빈과 부, 언론과 언론…….

항룡유회亢龍有悔라는 말이 있다. 용이 무작정 하늘을 향해 치솟기만 하다가 하늘에 머리를 들이박으면 그제서야 땅에 추락하며 후회한다는 말이다. 적당한 때에 멈추지 않고 무리하게 밀고 나가다가는 도리어 실패하고 후회한다는 뜻이다.

정부와 집권당은 이 뜻을 곰곰 씹어주기 바란다.(『주간조선』 8. 16. 태평로 칼럼 중에서)

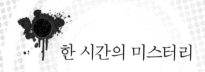

한 시간의 미스터리

　김용기는 몹시 긴장하고 있었다. 여의도 자신의 오피스텔로 돌아
오기는 했지만 그에게는 대단히 불리한 정보만 입수되고 있었다.

　제일무역 회장이 조사를 받기 시작했다는 것과 이동호가 구금상태
에서 계속 심문을 당하고 있다는 소식이었다. 게다가 평양방송은 연
일 이동호를 몰아붙이고 있었다.

　이동호는 지금 대한민국에서 통분할 대접을 받고 있다. 그는 김정
일 체제에 회의를 느낀데다 숙청의 위기를 느껴 북한을 탈출한 장성
급 장교가 아니라, 반민족주의, 반통일론자, 민족의 반역자로 몰려
구금상태에 있는 것이다.

　남 · 북한을 다시 냉전상태로 몰아가 군의 위치를 확고히 하겠다는
군 강경파의 과격분자가 되어가고 있던 것이다. 그런데다, 도움을 요
청하는 탈북 장성을 도운 제일무역은 여러 가지 혐의로 조사를 받고
있었다. 한 번 호된 조사를 받았지만 김용기도 언제 또 불려가 조사

를 받게 될지 알 수 없는 일이었다.

오늘은 이반이 제일무역으로 찾아오는 날이다. 돈의 나머지를 받겠다는 계산이지만 김용기는 지금 제일무역이 그럴 처지가 아님을 말해야 한다.

오후에는 하바로프스크에서 이동호 탈출에 1등 공을 세운 박정남이 귀국한다. 그 역시 조사를 받기 위해서다. 훈장은 받지 못할망정, 테러리스트를 도와 귀국시켰다는 혐의로 박정남 역시 호된 수사를 받게 될 것이다.

야당 일각에서 이동호 사건에 대한 객관적 조사를 위해서는 '국정조사'가 필요하다고 했지만 '수사 중'이라는 이유로 여지없이 거절당했다.

김용기는 답답한 마음을 이기지 못해 몇 번이나 끊겠다고 벼르는 담배를 다시 입에 물고 불을 붙였다. 니코틴이 몸에 해롭다는 것은 알지만 이런 스트레스를 푸는 데는 그래도 담배만한 것이 없다.

"휴—"

그는 연기를 길게 내뿜었다.

'세상이 변해도 너무 변해버렸어.'

이동호를 데려오기 위해 정말 최선을 다했다. 그는 대한민국에서 북한의 실정과 그들이 가지고 있는 많은 비밀을 털어놓으려 했다. 하지만 그의 뜻은 지금 꺾여가고 있다.

'테러리스트라니. 이동호에 대해 한국에서 나만큼 잘 아는 사람이 어디 있다고…….'

그를 하바로프스크 한족 민가에서 처음 보았을 때, 그의 눈에 떠올랐던 두려움과 공포, 그리고 자신도 들었던 숨죽이며 울던 울음소리…… 한국 땅에서 저 부조리의 국가를 고발하겠다며 투지를 불태우던 정열, 군인으로서는 보기 드물게 갖춘 해박한 지식의 사상론, 자유에의 탈출, 그리고 그가 품었던 대한민국에의 열망. 이제 그런 모든 것을 박탈당한 채 그는 연일 피로한 조사를 받고 있다.

한동안 생각에 잠겨 있던 그의 머리에 이반이 떠올랐다. 이제 한 시간 뒤에 그를 만난다. 그동안 어디서 무엇을 했는지 종적이 묘연했다. 만나기로 한 날짜를 이틀이나 넘긴 뒤에야 연락이 왔다. 약속한 돈을 받겠다는 것이다.

민첩한 그의 두뇌가 다시 움직이기 시작했다.

'도대체 대북정보처는 어떻게 이동호의 입국 사실을 알았을까. 여권은 맥심으로 되어 있고, 그가 부산항에 도착한다는 사실을 아는 사람은 극히 제한되어 있다. 그게 이상하단 말이야. 나, 이반, 박정남 본부장과 서울의 제일무역 회장 정도가 알 뿐인데…….'

그는 머릿속으로 부지런히 주판알을 튕기기 시작했다.

'당국에서 이동호의 입국 사실을 알고 있다면 그건 우리 중에서 누군가가 당국에 통보했어야 했다. 그럼 나는 아니다. 박정남이나 본부장, 회장은 모든 행동에 대한 책임을 내게 맡겼다. 그리고 그들이 당국에 통보했을 리 없다. 나는 입국 후, 당국에 신고하려 했는데 당국이 먼저 알아차리고 연행해 갔다.'

결국 남는 사람은 이반이다.

'만일, 이동호가 현장에서 연행되지 않았다면, 부산항에서 대한민국 만세를 부르고, 기자들과 공개 인터뷰를 한 뒤 당국에 신고하려

했던 것이다. 그렇다면 이반이 당국에 알렸다는 계산이 나오는데, 그 건 불가능한 일이다…… 누가, 어떻게, 무슨 방법으로 당국에 알렸기에 이동호의 현장 연행이 가능했을까!'

그는 한강이 한눈에 내려다보이는 여의도 오피스텔 의자에 앉아 하염없는 생각에 잠기고 있었다.

'아무리 계산을 해도 답이 나오지 않았다. 김성수 차장이 언론을 통해 이동호가 테러리스트라는 정보를 어디서 받았는지 발표하라며 고함을 쳐도 대북정보처는 반응을 보이지 않았다. 하기야 언론에서 요구한다고 들어줄 기관은 없겠지만…… 그렇다면 누가, 어떤 방법으로 당국에 신고했을까. 이반! 그래도 의심할 만한 사람은 이반밖에 없다. 그렇다면 왜 이반인가? 왜 이반인가 하는 답이 나오기 전에는 함부로 행동할 수도, 말을 할 수도 없다. 그걸 찾아야 한다. 왜 이반인가를…….'

그의 기억에 다시 블라디보스토크가 떠올랐다.

'새벽, 새벽 한 시간. 그 공백…… 술과 여자에 취해 호텔에서 밤을 보내고 아침 늦게야 자리에서 일어났다고 했지만 이미 호텔이 아닌 어디선가 새벽 한 시간을 보냈던 이반…… 그 한 시간, 그는 어디서 누구와 있었을까? 여자는 아니다. 여자라면 호텔로 데려와도 무어라 할 사람이 없다. 그건 미스터리다.'

시계를 들여다보았다. 소공동 제일무역 본사까지 갈 시간으로는 그리 넉넉하지 않았다. 심신이 피로한 그는 자신의 승용차를 차고에 두고 택시를 이용하여 가기로 했다. 책상을 정리하고 막 일어서려는 순간, 전화벨이 요란스럽게 울려왔다. 그는 다시 의자에 앉아 수화기를 집어 들었다.

"저, 김용기입니다."

"네, 마침 계시는군요. 저, 신문사 김성수 차장입니다."

"아, 네! 음성사서함에 메시지 남기셨더군요. 그렇지 않아도 한 번 뵐까 했는데, 전화 잘 주셨습니다."

"바쁘실 텐데 죄송합니다만 지금 시간 좀 내주실 수 있겠습니까?"

"지금은 곤란합니다. 앞으로 세 시간 뒤에는 가능합니다."

"그럼 위치와 정확한 시간을……."

"제가 앞으로 세 시간 후 소공동 조선호텔 커피숍에서 기다리고 있겠습니다. 제가 기자님 얼굴을 알아볼 수 있을 겁니다."

김 차장과의 약속을 미뤄놓은 것은 제일무역에서의 일이 바빴기 때문이다. 통화를 끝내고 곧바로 소공동 사무실로 찾아갔다. 걱정이 태산이었지만 의외로 회장은 태연한 모습이었다.

"괜찮으시겠습니까? 괜히 이 일에 끼어들어 피해보시는 건 아닌지……."

"피해라뇨. 저, 피해볼 일 하나 없습니다. 제가 뭐 잘못한 게 있어야죠. 이동호 씨가 문제죠."

"글쎄요. 일이 참 묘하게 꼬여가네요."

"그러다 말겠죠. 워낙 거물이다 보니 부작용도 있을 수 있겠지만 설마 그 사람이 요인을 암살하러 왔겠어요?"

"그건 그렇고…… 이반이 잔금 받으러 온다고 했다던데……."

"아! 그 문제도 끝을 맺어야죠. 아무튼 서울까지 무사히 데려왔으니 돈은 줘야죠. 약속은 약속이니까."

"회장님, 한 사흘만 미뤄놓으세요. 딱 사흘만."

"사흘? 왜죠."

"제가 좀 생각하고 있는 것이 있어 그렇습니다. 당국과 오해가 생겨 잠시만 기다리시면 지급하겠다고 해 주십시오."

"김 선생님이 그렇게 하시라면 그래야죠. 알겠습니다…… 가만 있자. 이반 씨가 올 시간이 됐는데……."

"그렇습니까? ……회장님, 피해 계세요. 제가 만나겠습니다. 밖에 외출해 있다가 제게 전화하십시오. 제가 알아서 하겠습니다. 그런데…… 당국에서는 뭐라고 합니까."

"담당관들은 오히려 윗선을 이해하지 못하겠다고 했어요. 솔직히 말하더라구요. 그 윗선도 어디까지인지도 확실히 모르겠지만 신분과 입국 목적이 완전히 밝혀져도 지시가 있을 때까지는 내보내지 말라구요. 사실 조사를 담당했던 실무자들은 이동호가 북한 체제에 대한 증오심을 가지고 있었고, 부인을 만나 서울에서 하루빨리 정착하고 싶어하더라고 말했습니다."

"알겠습니다. 그럼 먼저 나가 계세요. 이반은 제가 만나겠습니다."

회장이 일어서며 김용기의 손을 힘차게 잡아주었다.

"나야말로 김 선생을 끌어들여 고생만 시키고 있습니다."

"아닙니다. 저는 사명감을 가지고 일을 맡았습니다. 이런 일은 사명감 없이는 하지 못합니다."

회장이 자리를 피하기 위한 외출을 했고, 이반은 그가 떠난 지 채 30분도 지나지 않아 찾아왔다. 두 사람은 악수도 하지 않고 소파에 마주앉았다.

"약속대로 잔금을 받으러 왔습니다."

"그래요? 드려야죠. 하지만 이동호 씨가 석방되기 전까지는 지급하지 못합니다."

"나는 이동호를 한국에 데려오는 조건이었지 그 후의 일에 대해서는 아무것도 약속한 것이 없지요. 이런 일에는 깨끗하게 지불하는 게 도리가 아니겠소!"

"이동호 씨가 테러리스트라는 이유로 구금상태에 있다는 것은 알고 계시죠? 북한에서도 매일 공격하고 있고요."

"그게 나와 무슨 상관이오."

"있지요."

"나는 그의 석방을 위해 최선을 다하고 있소. 김성수 차장을 만나 그 방법까지 알려주었소."

"방법?"

"그렇소. 황장엽 씨를 만나게 해 주면 이동호는 혐의를 벗고 풀려날 것이라고 말했소. 당신도 알다시피 이동호 탈출에는 연두홈의 사망과 관계가 있고 연두홈은 황장엽과 밀접한 관계가 있소. 이동호는 연두홈을 선생으로 모셨었소. 그렇다면 연두홈의 총애를 받는 이동호가 왜 테러리스트가 되어 한국에 밀입국하겠소. 논리가 그렇지 않소. 연두홈은 북한의 반체제 인사 아니오."

전직 KGB의 이반과 한국의 KCIA 요원 김용기의 머리 싸움이 시작되었다.

"나는 아직 당신의 존재를 당국에 말하지 않았소."

"그건 고마운 일이오."

"이동호도 나도, 오늘 입국한 박정남도 당신만큼은 보호해 주기로 심정적 약속이 있던 거요."

"또 고맙소."

"하지만 이동호 씨가 석방되기 전에는 돈을 지불하지 못합니다."

"왜죠?"

"당신 때문에 구금당하고 있으니까."

"그건 또 무슨 말이오. 나 때문이라니."

"당신이 북한에 이동호의 남한행南韓行을 알려줬기 때문이오."

"허! 어허허허……."

그는 한동안 너털웃음을 웃어댔다.

"유치한 방법 쓰지 마시오. 우리 세계가 이런 방법을 쓰는 데는 아니지 않소."

"이반 선생. 당신은 서울·평양 양쪽 모두에게서 돈을 받으려 했소. 이미 일부는 받았고……."

"그래요? 그거 참 좋은 방법이군요. 증거는 있소?"

"증거 없이 말하겠소? 우선 당신 자신이 증거요. 양심, 진실. 안 그렇소?"

"자, 농담 그만하시지요. 어서 약속한 잔금을 주시오."

"좋습니다. 드리죠. 하지만 조건이 있어요. 내일 떠나시오. 떠나는 현장에서 지불하겠소. 아니면 이동호 석방에 적극적으로 나서든가."

'이것 봐라!'

이반은 섬뜩한 기운에 몸을 떨었다. 내일 당장 떠나든가, 이동호 석방에 적극적으로 나서라는 것이다.

"내가 이동호 석방에 나설 위치가 아니지 않소. 난, 러시아인이오."

"하지만 그를 도운 사람이지요."

"난, 음지에서만 일합니다."

뒤에서 돕는 일이야 이반이 더 바쁜 일이다. 이동호가 밖으로 나와야 하니까. 하지만 전면에 나서지는 못한다. 만일 김용기의 말 그대로 평양에서 자신이 양다리 걸친 것을 알면 모든 계약조건은 수포로 돌아간다.

"난, 며칠 더 지나야 돌아갑니다. 또 이동호 문제도 뒤에서 적극 돕겠소. 그러니 돈은 내가 떠나기 전날 주시오. 이건 내 마지막 양보요."

이반은 처음과 마찬가지로 악수도 없이, 또 뒤도 돌아보지 않고 돌아갔다.

첫 판은 김용기의 승리였다. 돌아가는 그의 뒷모습을 보며 김용기는 코웃음 쳤다.

'바보 아냐? 내가 그렇게 눈치가 없는 사람인 줄 알았어? 블라디보스토크에서의 한 시간 공백의 미스터리를 찾아냈거든. 넌, 그 시간 북한 영사관을 다녀왔어. 그리고 이동호 탈출을 북한에 알려줬지. 북한은 민족공동체, 평화라는 이름을 앞세워 이동호가 테러리스트라고 한국 정부에 통보했고…… 후후후…… 이반! 너도 이용만 당하고 헛물켜고 있는 거야. 우리도, 평양도 더 이상 줄 돈이 없어.'

마치 풀리지 않던 숙제가 풀린 것처럼 머리가 홀가분했다. 그 한 시간의 공백이 모든 의문을 일시에 해소한 것이다.

1. 이반은 북한의 제의를 수락한다. 그것은 이동호를 제거해 달라는 것이다.

2. 이반은 나와 박정남이 같은 비행기에 탑승하여 러시아로 입국한 것에 차안, 내게 접근한다.

3. 돈 욕심이 생긴 이반은 거액의 달러를 조건으로 러시아 탈출 지원을 나와 약속한다.

4. 이반은 '러시아에서 이동호 제거는 상당한 어려움이 따를 것으로 판단, 한국에서 제거하겠다' 는 조건을 북한 측에 제시한다.

5. 이반은 최선을 다하여 이동호를 한국으로 입성시키는데 성공한다.

6. 이반은 한국에서 이동호를 암살하고 양쪽, 즉 남과 북 모두에게서 돈을 받을 계산이었다.

7. 하지만 의외의 상황이 돌발한다. 이동호가 부두에서 연행, 구금된다.

8. 이동호에 관한 정보는 북한이 제공한다. 이동호를 한국에서 처벌받게 하면 이동호에 대한 복수도 되고, 이반에게는 돈을 지불하지 않아도 된다.

9. 그래서 이반은 출국을 못하고 있다. 따라서 나도 이반이 이동호를 해치지 못하고 떠나는 순간에야 돈을 지불할 수 있다고 말했다.

10. 단, 이동호가 북한의 반체제 요인으로 테러리스트가 아니라는 것을 이반이 입증해 주어야 돈을 지불한다.

11. 그러나 이반은 그렇게 못한다. 이동호를 암살하지도 못하고, 오히려 석방에 앞장서면 그는 북한으로부터 보복을 당하기 때문이다.

"그거 되게 재미있게 되었는 걸?"

이반이 불쌍하게 되었다는 뜻이다. 하지만 이반은 아직도 평양 측의 배신을 눈치채지 못하고 있다.

'이동호를 구금하도록 허위 정보를 남측에 흘린 것은 나의 활동의 폭을 넓혀주려는 계산일 것이다. 어차피 이동호는 자유의 몸이 되지 못한다. 그렇다면 나는 황장엽만 제거하면 된다. 그러나 문제가 있다. 김용기가 뭔가 냄새를 맡은 것이다. 그것이 그의 상상력에서 나왔으리라 믿기는 하지만, 사실을 너무나 정확히 말하고 있다. 우연의 일치일 것이다. 그런 말에까지 신경을 쓰다가는 아무것도 하지 못한다.'

그렇다. 이반의 입장에서 본다면 이동호는 사실 제거된 것이나 다름없다. 한국에서 수고료를 받는 것에는 아무 지장이 없다. 또 김용기 정도라면 돈을 떼어먹지는 않을 것이다. 이동호야 죽이든 죽이지 못하든 남쪽이나 북쪽이나 모두 뜻을 이뤘으니까.

'후후후…… 이동호는 어쨌든 서울까지 왔어, 그럼 됐지. 또 이동호는 구속되어 아무것도 할 수 없어. 그럼 평양은 그것으로 만족해야지. 난, 양쪽 모두로부터 돈을 받을 권리가 있단 말이야. 문제는 황장엽인데…… 그 김성수라는 애숭이 기자를 이용하여 황장엽을 없애는 수밖에 없어.'

이반은 거리에 서서 무엇인가 잠깐 생각에 잠기더니, 가까이 있는 롯데호텔로 발걸음을 옮겼다. 그는 거기서 고급 양복과 Y셔츠, 그리고 넥타이와 싯가 200만 원이 넘는 오버코트를 구입하여 마포로 달려갔다.

그는 '홀리데이 인 서울'이라는 호텔로 들어가서 객실을 예약하고 있었다.

"더블 룸 있습니까?"

"몇 층을 원하십니까. 4층부터 12층까지 있는데……."

12층이면 전망이 좋을 것이다. 1일 숙박료 19만 원 정도라면 가격도 괜찮았다. 그는 12층 더블 룸을 얻었다. 객실은 생각보다 훨씬 깨끗하고 쾌적했다. 투숙은 러시아 여권으로 등록했다.

이중생활을 하자는 것이다. 멋있는 여행객으로, 또 하나는 연변에서 돈을 벌러 온 촌놈으로 이렇게 전혀 다른 이중생활을 하며 황장엽을 노릴 기회를 기다릴 것이다. 맹수가 먹이를 노리듯 살금살금 기어가 뒤꿈치를 물어버릴 것이다.

그러자면 공간이 넓어야 한다. 공간이 넓으면 활동의 폭이 넓어진다. 러시아의 재벌급으로 행세하기도 하고 푼돈을 벌기 위해 서울을 찾아온 조선족으로 행세할 수도 있다. 이것도 하나의 은신 방법이다.

옷을 갈아입고 거울 앞에 서 보니 알아보기 힘들 정도의 멋쟁이가 되어 있었다. 이 말끔한 정장의 신사가 때로는 군밤장수처럼 꾀죄죄한 모습으로 활동할 수도 있다. 이런 일이 처음은 아니니까.

정장을 벗어 옷장에 넣어놓고 다시 가죽점퍼로 갈아입었다. 그는 호텔을 나와 5호선 지하철을 이용하여 다시 영등포 숙소로 돌아왔다.

자물쇠를 열고 안으로 들어갔다. 그는 그래도 만일을 생각하여 침입자가 있었는지를 점검할 장치를 해 놓았는데, 문에 살짝 스카치 테이프를 붙여놓았었다. 그것은 변함없이 그대로 붙어 있어 침입자는 없었던 것으로 판단되었다.

방문을 안에서 걸어 잠그고 권총을 꺼냈다. 권총을 분해하고 런닝

셔츠를 찢어 정성껏 닦았다. 그는 이럴 때가 가장 행복하다. 먹이사냥을 위해 맹수가 발톱을 갈아대는 시간이다. 총구와 총열, 격발장치를 닦고 재봉틀 기름으로 정성껏 기름을 칠 때는 짜릿한 전율까지 느낀다.

다시 조립하여 노리쇠를 후퇴시키고 허공을 향해 격발을 하면 '딸깍!' 하는 금속성 소리가 들리는데 기분은 이때 절정에 이르른다. 섹스할 때에 느끼는 오르가슴 같은 희열이다.

총알을 꺼내 그것도 한 알, 한 알 정성껏 닦았다. 그의 기분은 최고조에 이르고 있었다.

이반이 돌아간 뒤 김용기는 차 한 잔을 마시고 있었다. 김성수 차장과의 약속은 아직도 50분이나 남아 있었다. 그는 먼저 회장에게 전화를 걸었다.

"이반은 갔습니다."

자세한 설명을 하지 않았다. 회장은 그에게 대가를 지불하고 잊어버리자고 했지만 지금은 돈이 문제가 아니었다.

"그럼 그렇게 아시고 기다리십시오. 제가 이반의 뒤를 좀 뒤져 봐야 할 것 같습니다. 염려하지 마십시오."

회장은 통이 큰 사람이다. 그렇기 때문에 혹한의 시베리아에 냉장고를 판다. 이동호 문제로 조사를 받고 있지만 태연하기 짝이 없다. 탈출하여 오갈 데 없는 북한의 장성을 한국으로 데려오는 데 뭐가 잘못이냐는 배짱이다. 그래서 김용기에게는 더욱 든든한 회장이다.

그는 천천히 일어나 소선호텔을 향해 길이갔다. 걸어서 채 5분도 되지 않는 거리였다. 날씨는 영하 5도. 평소 같으면 추위를 느낄 만한 기온이지만, 러시아를 다녀온 이후, 이 정도의 날씨는 오히려 푸근한 느낌을 줄 정도였다. 어깨를 웅크리고 종종걸음을 걷는 사람들 틈을 빠져 호텔에 도착했다.

30분 전.

제법 많은 사람들이 추위를 피해 모여앉았다. 김성수 차장은 아직 보이지 않았다. 김용기는 의자에 앉아 이반에 대한 생각으로 가득 차 있었다.

'도대체 그 작자가 노리는 실체는 무엇인 거야. 무엇을 노리고 여기까지 왔는지 정확히 알 수가 있어야지?

북한으로부터 이동호를 제거해 달라는 청탁을 받았는지는 알 수 없다. 하지만 여러 가지 상황으로 볼 때, 그가 북한과 연계되어 있다는 징후는 상당히 많았다.

오늘 이반에게 협박성 발언을 한 것도 그의 속내를 알아보기 위한 제스처였다. 그의 미세한 표정 하나하나를 읽을 셈이었지만 표면상 드러난 변화는 없었다. 하지만 결정적으로 걸려든 것이 있었다. 돈을 준다고 해도 좀 더 있다가 떠나겠다는 것이다.

오로지 돈만이 목표인 그가 당장이라도 한국을 떠나면 돈을 주겠다는데도 멈칫거리는 이유는 무엇일까. 그것은 아직 그가 할 일이 남아 있다는 뜻이다.

그 남은 일이란 것이 바로 이동호 문제일 것이다. 이동호가 조사를 마치고 자유의 몸이 되면, 북한과 약속한 '처치' 를 해야 할 것이다.

"흠— 요상한 놈이야!"

그런 관점에서 본다면 북한은 아주 적절한 녀석을 선택한 셈이다. 한국어에 능통한데다가 또 한국 지리나 사정에도 밝다. 지금 러시아인이 한국을 방문하는 것은 돈과 여권만 있다면 이웃집 드나드는 것과 다를 바 없다. 더구나 이반은 한국에 진출해 있는 많은 러시아인들과 친분을 맺고 있다고 했다.

한마디로 한국은 이반의 안방이나 다름없었다. 더 중요한 점은 그가 러시아인이면서도 혈통은 한민족이라는 것이다. 서울 한복판에 섞어놓으면, 꽃밭에 꽃 한 송이 섞여 있는 것과 마찬가지다.

하지만 여기는 서울이다. 지금은 정보기관 계통을 떠나왔지만 인맥이나 솜씨는 여전하다. 까짓 손 안에 들어온 콩떡을 주무르는 것은 식은 죽 먹기보다 쉬운 일일 것이다.

'어떻게든 녀석의 목적을 알아내야 할 텐데……'

이때였다. 커피숍 여직원이 판에다 이름을 쓰고 방울을 딸랑대며 돌아다니기 시작했다. 사람을 찾을 때 쓰는 방법이다.

그 판에 '김용기'라고 씌여져 있었다. 커피숍 카운터에 남자 하나가 가방을 어깨에 메고 있는데, 그가 김성수 차장이었다. 얼굴은 지면을 통해 본 일이 있었다.

김용기가 자리에서 일어서려 하자, 그가 먼저 알아보고 다가왔다.

"저…… 김용기 선생님……"

"그렇습니다, 반갑습니다."

두 사람은 굳은 악수를 나눈 뒤 의자에 앉았다.

커피를 주문하여 마시기 시작하면서 대화는 시작되었다. 김성수 차장은 먼저 이반이 자신을 미행하여 찾아왔던 일을 말해 주었다

"웬일인지 이반은 이동호 석방에 모든 것을 다 거는 듯한 모습이었습니다. 석방할 수 있는 방법. 그러니까, 그가 테러리스트가 아니라는 증명까지 할 수 있다고 했습니다."

"증명?"

"네! 황장엽 선생을 만나 할 얘기가 있다고 하더군요."

"내용은 알고 계십니까?"

"숨기지는 않았습니다. 황장엽 선생과 북한의 연두흠은 모두 김정일에 비판적인 시각을 가지고 있고, 또 정면으로 비판하는 세력이라고 말했습니다. 황장엽 선생은 남으로 탈출했고, 연두흠은 북한에서 암살당했는데, 이동호가 바로 연두흠의 총애를 받고 있었다는 겁니다. 그건 제가 부인 김정애 씨를 통해 들은 이야기와 같습니다. 그래서 황장엽 선생을 설득시켜 이동호 구출에 앞장서 달라는 부탁을 하겠답니다."

"그래요? 허허허…… 자식!"

"?"

"이반이 왜 이동호를 석방시키지 못해 안달하는지 아십니까?"

"그는 이동호를 훌륭한 군인으로 평가하던데요. 그리고 음모에 빠졌기 때문에 어떡해서라도 구출해야 한다고 했고요."

"교활한 놈이군요."

"네? 교활…… 하다니요. 그게……."

"좋습니다. 그래서 어떻게 하시기로 했습니까."

"아침 일찍 황 선생님을 찾아뵈었습니다. 내가 나서서 해결될 일이라면 나서겠지만 그렇지 못할 것이라고 말씀하셨습니다. 이동호가 연두흠의 중매로 결혼한 것은 기억하고 계시더군요."

"다른 말씀은?"

"늘 말씀하시는 것이지만 우리는 북한의 심중을 정확히 꿰뚫어야 하는데 한국엔 그런 능력을 가진 사람이 몇 안 돼 안타깝다고 하셨구요. 지금은 북한 전략에 의해 평화 무드가 일어나고 있지만 언제 뒤집어질지 모른다고 하셨습니다."

"이동호에 관한 견해는 어떠하시던가요."

"웃으셨어요. 귀순자, 그것도 장성급인데 테러리스트로 몰아가는 것은 난센스라고요…… 하지만…… 그 이반이라는 사람은 조심하는 게 좋을 것이라고 충고하셨습니다. 러시아에서 그 정도 실력을 갖춘 사람이라면 기관 출신이 분명한데 러시아 사람을 믿는 것은 어리석은 일이라구요."

"구체적으로…… 어떤……."

"그냥 조심하라고 하셨구요. 이반을 만나지는 않겠다고 하셨습니다. 별로 마음에 내켜하시지 않았습니다."

'역시, 같은 생각이었어. 그런데 왜 이반이 황장엽 씨까지 만나려 했을까?

하지만 김용기도 이반의 또 하나의 목표가 황장엽이라는 것은 미처 예감하지 못하고 있었다.

"그런데…… 참. 이반을 교활한 놈이라고 하셨는데……."

"아! 네. 하여튼 이반은 교활한 놈이 틀림없습니다. 김 차장님도 조심하세요. 늘 경계하시고요."

"알겠습니다. 그런데 이동호 씨 석방문제는 뾰족한 빙빕이 없겠습니까?"

"대북정보처에서 과감히 석방시키기 전까지는 힘들겠죠."

"제가 지금 장문의 기사를 쓰고 있습니다. 내일쯤 마무리 지으려 합니다."

김 차장은 최후의 수단으로 장문의 사실 규명 기사를 쓰겠다고 했다. 그것은 일간지 지면으로서는 불가능하고 자매지 주간지나 월간지는 가능하다고 했다.

"참, 베이징의 김정애 씨 소식은 들었나요?"

김용기는 갑자기 이동호 부인이 머리에 떠올랐다. 그녀라도 와준다면 도움이 될 것이다.

"모르기는 하지만 지금쯤 베이징은 떠났을 겁니다. 평양 측 추적을 피해서요. 제가 너무나 다급한 나머지 김정애 씨 베이징 은둔을 보도했는데 북한은 그녀를 체포하기 위한 작업에 들어갔을 겁니다."

"어떻게든 한국으로 빨리 돌아와야 하는데……."

정보가 있으면 계속 교환하자고 했다. 그리고 헤어졌다.

다시 여의도로 돌아오면서도 김용기는 이반에 대한 생각을 떨쳐내지 못하고 있었다.

이반은 권총을 다시 집어넣었다. 러시아처럼 광활한 지역을 찾아가 마음놓고 사격 연습을 할 수 없는 것이 안타깝지만 어쩔 수 없는 일이었다. 탄환 없이 수차례 격발 연습을 했지만 찜찜하기 짝이 없었다. 쾅! 탄환 튀어나가는 소리가 귀에 쟁쟁하다. 하지만 어쩔 수 없다. 이것이 한국의 현실이다.

다음날, 이반은 분주하게 움직이기 시작했다. 한국에 와서 여자 장사를 하는 놈들 몇몇을 찾아가 무엇인가 도움을 요구하기도 했다.

어떤 일이 있어도 목적을 달성해야 한다. 까짓 돈이 문제가 아니다. 평양의 요구만 들어주면 그는 북한군 무기 구입의 로비스트가 된다. 잘 하면, 북한의 유도탄이나 화학무기를 중동에 팔 수도 있다. 이것은 이반이 평생 꿈꾸어 오던 사업이다.

그날 저녁.

이반은 호텔로 돌아가 정장을 한 다음 이태원을 찾아갔다. 이태원에는 많은 나이트클럽이 있는데 러시아에서 온 무용수들이 이 지역을 중심으로 활동하고 있었다.

밤 10시. 지금부터 나이트클럽은 본격적인 영업이 시작된다. 이반이 찾아온 이 영업장은 한국에 러시아 여성을 전문으로 공급하는 러시아인이 한국인과 공동으로 투자하여 경영하는 곳이다.

본명은 '울리야노프' 지만 한국에서는 그냥 '주먹' 으로 불리운다. 워낙 주먹이 강해서 이곳 웬만한 건달들도 '주먹' 을 만나면 슬슬 도망칠 정도다.

찢어질 듯한 랩 뮤직과 번쩍이는 사이키, 무용수들의 현란한 춤 솜씨에 이반은 잠시 넋을 잃었다.

"멋지군!"

하지만 이 소란스러운 분위기에 비해 손님은 그리 많지 않았다. 자정 가까이 되어야 북적이기 시작하는 영업장이다.

그는 빈 테이블을 찾아가 앉았다. 의자에 앉은 그는 두 다리를 테이블 위에 올려놓았다. 이 모습을 본 웨이터가 달려왔다.

"발 내려놓으세요. 여기는 영업장입니다."

"임마! 내 발 내가 올려놓는데 웬 말이 많아. 술 가져와!"

"그래도 발은……."

"이 자식이—"

이반은 테이블 위의 집기들을 발로 걸어찼다. 쩽그렁, 유리컵이 깨지고 재떨이가 날아갔다. 듬성듬성 앉아 있던 고객들이 흘끔거리며 이 모습을 훔쳐보았다.

"술, 가져오라니까 뭐 하고 있어. 이 자식들."

그리고 러시아어로 욕지거리를 퍼붓기 시작했다.

웨이터들은 낯선 침입자에 대항할 방법이 없었다. 건장한 체격, 무서운 눈빛, 그리고 자신감에 넘치는 횡포. 두려운 얼굴로 이반을 지켜보던 이들은 마침내 러시아인 '주먹'을 찾아갔다.

러시아 말로 횡포를 부리는 이상한 녀석이 찾아왔다고 일러주었다.

"뭐야? 여기서 감히."

고릴라처럼 덩치가 큰 그가 사무실에서 영업장으로 단숨에 달려나왔다.

러시아에서 한국으로 돈을 벌기 위해 찾아오는 많은 사람들은 그를 '큰형님 혹은 보스'라고 부른다. 그는 이 세계에서 한국을 거의 다 장악하고 있었다. 러시아 여성의 취업도 그의 허락을 받아야 한다.

이 바닥에서는 '주먹'이 그 유명한 러시아 마피아의 '중간 보스'라는 것을 잘 알고 있다. 그렇기 때문에 그가 나타나면 홀은 일시에 해결될 것이라 믿었다.

그가 홀을 향해 뛰쳐나왔을 때, 저쪽에 멋진 오버코트를 입은, 어깨가 딱 벌어진 사내가 의자를 발로 걷어차는 뒷모습을 볼 수 있었다.

러시아어로 욕을 퍼붓는데 그건 자신을 향한 것이었다.

"저녀석이 죽고 싶어 환장을 했나?"

'주먹'은 팔짱을 낀 채 웃으며 바라보았다. 저렇게 겁이 없는 녀석이 있다는 게 신기했다.

의자를 걷어차던 발이 이번에는 옆 테이블을 향해 날아들었다.

"뭐야, 임마."

참다 못한 그가 달려들어 행패 부리는 건달의 뒷덜미를 움켜잡았다.

퍽! 둔탁한 소리가 들려왔다. 그리고 뒷덜미를 잡았던 손이 얼굴을 감싸안고 옆으로 고꾸라졌다.

어떻게 어떤 방법으로 걷어찼는지 정확히는 모르지만 낯선 방문자는 앉은 자세에서 뒤의 사내 얼굴을 발로 걷어차 버렸고, 그 큰 덩치는 단 일격에 쓰러지고 말았다.

쓰러진 그가 다시 비틀거리며 일어섰다. 몸을 가누고 2차 공격을 시도하려 할 때, 발길질을 한 그가 고함을 지르며 몸을 돌렸다.

"나, 하바로프스크 이반이다. 형님이 오셨으면 인사가 있어야지!"

"이반? 이반 형님이…… 여길 어떻게."

코가 터져 피가 범벅이 되었다. 그는 웨이터가 건네준 수건으로 피를 닦으며 이반을 바라보았다.

"아이쿠, 형님!…… 접니다…… 얘들아. 안으로 모셔라."

그가 소리쳤고, 이반은 웨이터들의 안내를 받으며 시설이 좋은 밀실로 들어갔다.

한국에 진출하여 제법 성공한 케이스의 사내나. 서울, 의정부, 인천, 세 곳의 나이트클럽에 투자하여 많은 수익을 올리고 있으며 러시아 무희들을 공급하는 이 시장의 알아주는 실력자다.

하지만 그는 이반을 너무나 잘 안다. 블라디보스토크 항구에서 다섯 명의 주먹들을 한꺼번에 때려눕힌 천하의 주먹이다. 그의 권총 솜씨는 하늘을 날으는 새도 떨어뜨린다. 하지만 그를 무서워하는 진짜 이유는 따로 있었다.

아무리 세월이 흘러도 러시아 사람들에게 전 KGB 요원이라는 이미지는 바로 공포의 대상이다. 이반이 그 출신이라는 것은 대개가 다 안다. 그는 오금이 저려 말도 제대로 하지 못했다.

"부산에 다녀가신다는…… 소문은 가끔 들었지만…… 이렇게 갑자기 서울에……."

"음, 볼 일이 좀 있어서."

'주먹'이 벌벌 떨며 의자에 앉았다.

"서울에 자주 좀 오시지 않으시고……."

"자꾸 드나들어 봐야 너희들만 괴롭지. 그건 그렇고. 여기서 제일 인기 없는 무용수 아이가 누구야."

"네?"

이건 또 무슨 말인가. 예쁘고 인기 있는 무희를 찾는다면 모르지만…….

"네, 저…… 소냐라고, 나이도 좀 있고 뚱뚱해서…… 그런데…… 그건 왜……."

"불러와!"

두 말이 필요없다. 주먹은 무용수 대기실로 달려가 소냐를 불러냈

다. 잠시 멈추었던 코피가 다시 흘렀지만 이런 일로 시간을 끌 일이
아니다.

불려온 여자는 상상보다는 나은 편이지만 지금 인물을 따질 때가
아니다. 무슨 말을 들었는지 소냐도 잔뜩 주눅이 든 채 앉아 있었다.

"네가 소냐야?"

"네…… 소냐예요, 여기서는……."

"본명은 필요없어. 너, 얼마나 벌었어. 돈 말야."

"많이 벌지 못했어요…… 이차를 나가야…… 돈을 버는데…… 저
는 별…… 인기가 없어서."

"이차가 뭐야. 손님하고 자러 가는 거?"

"네, 그거…… 그거 해야 돈을 버는데……."

"야! 주먹."

"네! 네, 형님."

"소냐, 내일 당장 의정부로 보내. 내가 한 천 달러 줄 테니. 그거 소
냐 주고 그리고 말이야. 뒤에 넓은 차 있지. 큰 거. 여럿이 탈 수 있
는……."

"네, 승합차."

"그거 렌트 카에서 한 대 빌려봐, 내일. 그리고 소냐에겐 의정부에
집 하나 얻어줘. 합숙하지 않게."

부산에서 많은 현장을 목격하여 이 세계를 잘 안다. 이반은 주먹을
시켜 소냐를 의정부로 옮기되, 독채로 쓸 수 있는 작은 다세대주택
한 채를 얻어주라고 했다. 그리고 승합차 한 대를 렌트하라고 했다.

주먹은 아무것도 묻지 않았다. 이반에게 실례를 끼쳤다가는 이 비

닥에서 살아남지 못한다. 한국에서 보복하지 않으면 러시아의 가족이 다칠 수도 있다.

"뭐…… 그런 부탁이셨습니까. 걱정하지 마십시오."

"그리고 남자가 한 명 필요한데 대가는 충분히 줄 거야. 이십대 젊은 아이로 하나 구해 줘. 운전은 필수고."

"한국에서 운전 못하는 사람은 없습니다. 할머니들도 운전을 합니다. 마침 석 달 뒤에 입대할 아이가 있는데 괜찮겠습니까?"

주먹이 사내 하나를 데려왔다. 이곳에서 웨이터로 일 년간 일했다는 아이다. 석 달 뒤 입대라 데려가 일시키기가 아주 알맞다고 했다.

"그냥 '미스터 서' 라고 부르시면 됩니다."

"좋아, 딱 좋군. 그럼 이 아이는 내가 당분간 데려다 쓰겠다."

이반은 빳빳한 만 원권 지폐 100장을 사내아이에게 건네주었다.

"내일 승합차 렌트되면 마포 '홀리데이 인 서울' 이라는 호텔로 찾아와. 그리고 소냐. 넌, 오늘 밤 날 따라와. 나하고 이차 가는 거야."

이반은 주먹에게 고맙다고 했다.

"일주일 후에는 원상태로 돌아간다. 난, 그때쯤 러시아로 돌아갈 거야. 소냐는 나 없더라도 대접 잘해 주고."

"네 네. 알겠습니다."

몸집이 커서 잘 굽혀지지도 않는 허리를 계속 꺾어대며 머리를 굽혔다. 이반은 소냐에게 100달러 열 장을 주었고, 그녀는 이반 모르게 두 장을 접어 주먹의 손에 쥐어주었다.

그녀는 입이 찢어질 정도로 기뻤다. 1천 달러의 생각지도 않은 수입에, 의정부 독채 집까지 얻게 되었다. 이 멋있게 생긴 한족 사내가 어떻게 이런 호의를 베풀 수 있는지 신기하게만 느껴졌다. 그것도 제일 인기 없는 자신을……

나이트클럽을 빠져나온 이들은 다시 택시에 몸을 실었다. 운전기사에게 마포에 있는 호텔을 알려주고 러시아어로 대화를 나누기 시작했다.

"정말 감사합니다. 저를 도와주셔서."

하지만 이반의 말투는 조금 전보다 더 투박스러웠다.

"공짜는 아니오. 의정부에 집을 얻으면 소냐가 할 일이 있소."

"말씀하세요. 무엇이든 할 테니."

"계집아이 하나를 데려다 줄 거요. 한 오 일 정도 보호하고 있으면 됩니다."

"그럼!…… 유괴?"

"그렇소. 하지만 나는 절대 여자에게 피해를 입히지는 않아요. 또 돈 때문에 유괴하는 것도 아니고, 내가 맡기겠지만 사, 오 일 후 되찾아갈 사람도 내가 될 거요. 며칠간 일은 하지 않아도 되니 도망치지 않게만 하시오. 일을 잘 끝내면 돈을 더 주겠소. 한 천 달러 정도. 하지만 거절하면 소냐는 한국에서 죽어요. 승낙하는 것으로 알겠소."

소냐는 새파랗게 질린 얼굴로 이반을 바라보았다. 그런 무서운 말을 하면서도 얼굴 한 번 찡그리지 않았다.

무섭기는 하지만 묫돈이 생기는 데다 좀 더 자유로운 생활을 할 수가 있다. 그리고 더 이상 도망칠 탈출구가 없다는 것도 알고 있었다.

그녀는 웃으며 머리를 끄덕였다. 그리고 이반의 팔을 끼었다. 이반은 눈을 감았다. 늘씬한 미녀는 아니지만 여자 냄새를 맡아 본 것이

꽤 오래전 일이라는 생각을 하고 있었다.

호텔 로비에서 이들은 팔짱을 끼고 객실로 들어갔다.

김용기는 자신의 오피스텔에서 아무 일도 하지 않은 채, 전화기만 뚫어져라 바라보고 있었다.

옛날의 부하 한 사람을 불러 지시를 내린 것이 있었다. 적어도 저녁 10시경에는 한 번 정도 중간보고를 지시해 놓았다.

그리고 분침이 5분으로 밀고 올라갈 때서야 벨이 울어대기 시작했다.

"응, 나야. 보고사항이 있는가?"

"네, 어제 제일무역을 나온 이반은 롯데호텔에서 다량의 정장을 구입한 후 마포 옛날 가든호텔 있지 않습니까. 그곳으로 갔습니다. 잠시 후 호텔을 나와 영등포 허름한 한옥으로 들어갔습니다. 오늘은 저녁부터 움직이기 시작했는데 이태원 한 나이트클럽으로 갔다가 두 시간 정도 지체한 후 러시아 여인 한 명을 데리고 나와 다시 호텔로 들어갔습니다. 마포 그 호텔로요. 확인한 결과 그곳에 투숙해 있는 것으로 밝혀졌습니다."

"그럼 영등포는 뭐야."

"제 추측으로는…… 아마 그곳에도 은신처를 마련한 듯했습니다."

"이중생활을 하고 있구만!"

"네, 틀림없습니다."

"수고했어. 오늘은 푹 쉬고 내일부터 다시 미행해 봐."

비슷한 처지로 정보기관을 떠난 옛날 부하다. 지금은 작은 규모의 사업을 하고 있지만, 이동호 사건을 얘기하자 기꺼이 일을 수락한 사람이다. 현역 시절 김용기가 무척이나 아끼던 똑똑한 부하였다.

'녀석 움직이는 게 점점 더 수상해지고 있단 말이야. 호텔과 영등포 양쪽에 방을 얻어? 그렇다면 할 일이 있지.'

좀 불법적인 일이긴 하지만, 녀석이 사용하는 방을 뒤져 볼 생각이다.

'러시아에서는 네가 왕이지만 여기는 아냐. 여긴 대한민국 서울이라는 점을 분명히 인식하고 있어야 돼. 그리고 난, 양다리 걸치는 놈은 딱 질색이거든. 이녀석, 블라디보스토크에서 미행시키지 않았으면 깜쪽같이 속을 뻔했잖아. 여우 같은 놈!'

블라디보스토크에서의 한 시간 공백을 알아내지 못했다면 이반에게 꼼짝없이 당했을 것이다. 김용기는 확신하고 있었다. 이반이 더블 플레이를 하고 있다는 사실을. 그래서 평양의 전략을 완전히 파악하게 되었다.

'도대체 내가 왜 진작 눈치채지 못했을까. 그녀석이 내게 접근했을 때 알아차렸어야 했는데…….'

모든 시선을 이동호에게 집중하도록 만들고 진짜 테러는 이반이 하는 것이다.

'요인 암살은 이동호가 하는 것이 아니라 이반이 하는 것이다. 그리고 이동호가 알고 있는 북한의 비밀을 말하지 못하도록 입을 막기 위해 평양방송이 그렇게 떠들어대는 것이다.'

그는 자신의 아둔함을 두고두고 원망했다. 자신의 감각이 녹슬었다며 자학하고 있었다. 그러면 그럴수록 하루빨리 이동호를 지유롭게 만들고 이반에게 결정타를 입혀야 한다며 의지를 불태우고 있었다.

'오로라'는 이동호의 부산항 연행 이후 첫 보고문을 작성하고 있었다. 그는 대단히 만족스럽게 생각하고 있었다.

상황이 너무나 순조롭게 진행되고 있습니다. 이동호는 언젠가 반드시 풀려날 것으로 봅니다. 하지만 그는 아무런 발표도 하지 못하고 저격당할 것입니다. 그렇다고 남조선 내에서 특별한 상황이 전개되리라고는 보지 않습니다.

6월, 서해 교전 보복 계획도 차질없이 진행하십시오. 당분간은 소란스럽겠지만 결국 남조선이 이 문제를 확대시키지는 못합니다. 남조선은 지금 평화 무드에 흠뻑 젖어 있습니다. 우리가 보유하고 있는, 핵 개발을 위한 농축 우라늄 보유는 상상도 하지 않고 있을 겁니다. 어느 정도냐 하면 서울에서는 북한 비난 발언자가 욕을 먹는 세상이 되었다는 것입니다.

이반은 지금 황장엽을 암살하기 위해 최선을 다하고 있습니다만 그의 계획이 무르익을 무렵 제거시켜야 합니다.

남조선 인민들은 지금 황장엽에 대해서는 절대 무관심입니다. 관심 밖의 인물을 없애는 것은 필요없는 소모전입니다. 이반을 제거시키면 우리가 얻는 것이 많습니다.

이동호는 그가 풀려나는 순간 제거시켜야 합니다. 그러자면 중국에 숨어 있는 김정애를 반드시 체포해야 합니다. 김정애만 체포하면 이동호의 죽음은 서울에서 자연스럽게 해결됩니다.

정치권도 잘 진행되고 있는 것 같습니다. 반DJ 측, 냉전자, 전쟁론자 같은 수구 세력은 발만 구를 겁니다. 동해의 지뢰 제거는 신속히 진행시키십시오. 평화 무드는 더욱 드높이 깃발을 날릴 겁니다.

김정일 위원장께서는 서울에 오시지 않는 게 좋을 것으로 판단됩니다. 다른 문제는 추후 보고하겠습니다.

간단 명료한 보고문을 작성한 후, 그는 두 팔을 벌려 한껏 기지개를 펴고 있었다. 새벽 2시가 되었다.

저쪽 길 맞은편에 한 남자가 술 취한 여자를 부축하며 걸어가고 있는 모습이 보였다. '오로라'는 회심의 미소를 짓고 있었다.

'오로라', 그의 정체는 무엇이며 왜 회심의 미소를 짓고 있는가. '오로라'의 본명은 송돈구. 현재 나이 58세. 32세 되던 해 독일로 건너가 뮌헨대학에서 철학을 전공했다. 하지만 그는 귀국하지 못했다. 독일에서 평양으로 건너가 김일성대학에서 1년간 정치학을 전공한 학자 출신이기 때문이다.

평양에서 연수를 마친 뒤, 다시 독일로 돌아오기는 했지만 그는 오랜 세월 한국 땅을 밟지 못했다. 사상적으로 한국 정부의 의심을 받아왔고, 친북親北 인사로 분류되어 귀국이 좌절되었었다. 하지만 남·북 화해 무드에 편승, 가까스로 입국을 허락받았다. 그는 대학에서 철학교수로 근무하면서 대학생들을 상대로 '외세를 배격한 남·북 평화통일'을 주입시키고 있었다.

하지만 '외세의 배격' 이면에는 반미反美 감정 고취, 과거 정권에 대한 비판 등 여전히 친북적 발언을 서슴지 않고 있으며, 한국 국민의 정서 변화, 이에 따른 북한 정권의 대남 대응정책 등 폭 넓은 의견을 평양으로 보내고 있는 인물이다.

그는 일부 대학생들로부터 폭 넓은 지지를 받고 있어 민주 지향 교수로 행세하는데 성공했다. 독일에서 귀국승인을 받은 지 겨우 5년 만에 그는 철저한 이중생활을 하며 때로는 신문에 글도 쓰고, 저서도 출판하고 있다.

그는 지금 왜 회심의 미소를 짓고 있는가. 그는 남한을 '술 취한 사회'로 보고 있다. 술 취한 여성을 부축한 채, 밤길을 걷는 남자를 보면서 한 생각이다.

'햇볕정책'을 놓고 여·야가 치열한 공방을 벌이면서도 근본적인 사상투쟁은 찾아볼 수 없고, 언론은 보수와 진보로 나뉘어 같은 사안事案을 놓고 정반대의 해석을 내놓으며 싸우고 있다.

국민들은 이런 일에 관심도 없고, 오직 돈과 섹스에만 몰두하고 있다. 관료들은 부패하고 군인들은 주적主敵을 놓고 아직도 설왕설래다. 그러니 술 취한 사회, 술 취한 국가로 볼 수밖에 없다.

'민족공동체로서의 대화합'이란 이름으로, '햇볕정책'이란 이름으로, 돈을 무제한 퍼붓고 있지만, 돈이 떨어지면 북한은 한 치의 변화도 없이 제자리로 돌아간다는 것을 한국은 모르고 있다.

평양의 타격 목표는 언제나 '서울', '도쿄', '워싱턴'이라는 만고불변의 진리를 깨닫지 못하고 있는 정부 체제다.

문제는 무엇인가. 돈을 주어 식량을 해결해 주면 된다는 자본주의식 통일론이 잘못되었다는 것이다. 그렇게 해서 변할 북한이 아니라는 것을 모른다. 그래서 '술 취한 국가', '술 취한 사회'라며 비웃는 것이다.

통일이란 무엇인가. 그것은 한쪽 체제가 다른 한쪽 체제를 지배하는 것이다. 그리고 지도자들에 대한 책임을 묻는 것이다.

두 체제가 공존해서는 절대 통일되지 않는다. 두 나라는 모든 체제가 정반대의 길을 걷고 있다. 정치, 경제, 사회, 문화, 교육, 법률, 종교까지도 일치하는 것이 하나도 없다. 그러므로 통일을 지배하는 쪽에서 이 모든 체제를 소유하게 되는 것이다.

북한이 통일을 지배하면 이 나라는 사회주의 체제로 전환되고, 남한이 통일을 지배하면 통일 한국은 자본주의, 자유민주주의 국가로 새 출발하게 된다.

남한 국민들은 지금 그것을 깨닫지 못한 채, 정부가 주도하는 통일론에만 시각을 고정시키고 있다. 통일 환상에 마취되어 있다는 것이다. 그래서 '오로라'는 북한식 통일론에 자신감을 갖고 있는 것이다.

이동호나 황장엽 같은 거물들이 이따금 이탈하기는 하지만 대부분의 탈북자들은 북한 측에서 볼 때는 없어도 그만인 쓰레기들이다. 적어도 평양 측 시각에서 볼 때는 그렇다는 것이다. 체제에 반대하고 사회주의 사상에 불만이 있어 탈출하는 거물급 인사는 극소수이다.

그래서 그는 두 가지 대 모험을 시도하는 것이다. 하나는 1999년 서해 교전에 대한 보복을 감행함으로써 남한의 대응을 분석해 보겠다는 것이며, 또 하나는 남한 정부가 이동호 문제를 어떻게 처리하느냐를 지켜보는 것이다.

내딘히 흥미로운 일이다. 어쩌면 통일로 가는 길이 훨씬 빨라질 수도 있다. 서해 교전 보복전에서 북한은 틀림없이 승리할 섯이다. 그것은 전략적으로 승리하게 되어 있다.

만일 남한 해군이 침몰하는데도 적절한 대응을 하지 못한다면, 그건 북한에 대한 두려움과 함께, 현 정부의 '햇볕정책'을 고수하기 위한 방법으로 보면 되는 것이다. 이렇게 된다면 평양은 대단한 승리를 하는 셈이다.

그리고 이에 대한 보상으로 미인들을 뽑아 '아시안게임'에 응원단으로 보내면, 잠시 울분했던 감정은 금세 또 풀어질 것이다. 무엇이든 잘 잊어버리는 것이 남한 국민의 특성이니까. 이것이 고도의 심리전술이라는 것이다. 그래서 '오로라'는 웃는 것이다.

하지만 '오로라' 송돈구도 한 기자와의 인터뷰 내용으로 곤욕을 치른 일이 있었다. 몇몇 제자들이 기사내용 중 일부에 대해 문제제기를 하며 강력히 항의하는 소동이 벌어진 것이다.

"과거 독재자(박정희) 세력에 대해 그 폭력을 미화하거나 옹호하는 세력이 있다. 그들에게 다시 묻겠다. 당신들이 감옥에 가고 고문으로 자식들이 죽음을 당하는 그런 사회에 다시 살고 싶은가?"라고 했고, 일부 학생들은

"그렇다면 교수님은 폐쇄된 국가, 테러국가, 인권의 사각지대인 북한 김정일 정권에 대해서는 왜 침묵하십니까. 한국 기자들도 마음대로 취재하지 못하고 굶는 백성들이 탈북하고, 1인 독재 정치로 끌어가는 나라, 일본인, 한국인을 무수히 납치해 간 평양에 대해서는 어떤 견해를 가지고 있는지, 과연 김정일 정권이 박정희 정권보다 더 민주적이라고 생각하는지에 대해 말씀하십시오."

"북한도 문제는 있다고 봅니다."

"북한이 문제가 더 많죠. 훨씬 많죠. 아버지한테 권력을 물려받는 집단 아닙니까? 그런 나라에 대해 침묵하는 것도 지성인이 할 일은 아니라고 생각합니다. 그런 나라에 다시 가서 연수받고 싶으신 겁니까?"라고.

비극과 희극

"일어나세요. 일어나세요 사모님."

숨죽인 작은 목소리가 매우 다급하게 들려왔다. 김정애는 깜짝 놀라 깨어 일어났다. 압록강을 건널 때 도와주었던 '장씨' 라는 사람이다.

그녀는 정신없이 옷을 주워입고 문을 열었다. 아직 날이 밝지 않은 미명未明의 아침이다.

"네! 무슨 일이세요."

가슴이 두근거려 견딜 수 없었다. 이 아파트로 흘러 들어온 이후 하루하루가 살얼음판 같은 생활이었다. 탈북자들이 공안원에 잡혔다는 소문은 부지기수로 들었고, 떼지어 외국 대사관으로 뛰어들었다는 말도 들었다.

'장씨' 가 거실로 들어섰다. 얼굴이 무엇에 놀랐는지 하얗게 질려 있고 말은 입속에서만 맴도는지 계속 더듬어댔다.

"저…… 저…… 신문에…… 신문…… 그러니까."

"무슨 말씀이세요. 신문이라뇨."

"네, 저 한국에서 발행되는 신문에 김 여사님이 중국에 은신하고 있다는 보도가 났습니다. 평양에서 틀림없이 중국 공안당국에 체포를 부탁했을 겁니다. 피해야 합니다."

사실, 김정애도 몇 번이나 외국공관 침입을 시도했지만 요즈음은 경비가 너무나 삼엄하다. 그런데다, 탈북 당사자가 이동호의 부인 김정애라는 것을 알면 중국이나 북조선은 수단과 방법을 가리지 않고 망명을 방해할 것이다. 더구나 선규까지 딸려 있어 지금까지 기회만 노리고 있었다.

"어떻게…… 내 기사가…… 전의 그 기자가 썼나요?"

"네!"

이미 '장씨'를 통해 남편이 한국에 도착해 있다는 것을 알았다. 그리고 테러리스트로 오인되어 석방되지 않고 계속 구금 중이라는 말도 들었다. 그런데 이번에는 자신의 은신처까지 알려지게 되었다는 것이다.

"그 기자가 거짓말했군요."

"아닙니다. 남편께서 혐의를 벗지 못해 마지막 방법으로 기사를 쓴 것이라고 했습니다. 자, 이러고 있을 때가 아닙니다. 수사망이 좁혀 올 것이 분명합니다."

"어떻게요. 어디로 도망치죠? 돈도 많이 썼는데……."

"가짜 여권을 만들어 동남아를 통해 서울로 가려 했었습니다. 그런데 미처 준비도 되기 전에 이런 불상사가 생겼습니다. 지금 캐나다, 독일 등 우호적인 몇몇 대사관은 중국 공안원들이 철통같이 지키고 있습니다."

"그럼…… 어떡하면 좋지요. 무슨 다른 방법은 없겠습니까."

"제 경험으로는, 이미 북한은 중국 공안당국에 수색을 부탁했을 것으로 보고 있고요. 중국 당국은 최선을 다해 찾으려 노력할 겁니다. 일반 탈북자와는 입장이 다르지 않습니까!"

눈앞이 캄캄했다. 저 어린것을 데리고 또 도주의 길을 걸어야 하다니…… 가슴이 막혀 말도 나오지 않았다.

"어디로 어떻게 가야죠?"

"어려우시겠지만 육로로의 탈출구는 하나뿐입니다."

"육로요? 이 넓은 땅에서……."

"몽골로 가는 겁니다."

"몽골로요? 거기는 안전합니까?"

"일단 몽골까지만 도착하면 됩니다. 중국 공안원들의 추적을 따돌릴 수 있고 또 한국 대사관의 도움도 가능합니다. 중국 주재 한국 대사관은 중국 정부의 눈치를 보기 때문에 이런 일에 선뜻 나서지 않거든요."

"그래요? 그럼 차편은……."

"차는 많습니다만…… 몽골로 가는 보따리장수 트럭이 많거든요. 그런데……."

"왜요?"

"거긴…… 위험합니다. 육로에는 검문소가 많거든요. 하지만 다른 통로는 없습니다. 목숨을 걸고 일본 대사관으로 가던가 몽골로 가던가 해야 하는데, 일본 대사관은 비협조적입니다. 다른 나라는 경비가 삼엄하구요. 비밀리 접촉하여 도움을 받을 생각도 해 보았지만 남편께서 아직 조사가 끝나지 않아 각국 대사관들이 받아들이지 않을 것이 분명해서……."

'장씨'는 긴 한숨을 내쉬었다. 이렇게 일이 뒤틀리는 것은 이번이 처음이다. 압록강을 건너 이곳에 도착했을 때만 해도, 이제 한국에 거의 다 왔다며 안도의 숨을 쉴 수 있었다.

문제는 이동호 때문이다. 어떻게 된 일인지 그는 상상도 할 수 없는 테러리스트 혐의를 받고 있다. 그리고 조사가 끝나지 않아 한국의 입국이 어려워지게 된 것이다.

"그럼 어떡하죠?"

김정애는 새파랗게 질린 얼굴로 '장씨'를 바라보았다.

'장씨'는 서울의 홍봉수 국장으로부터도 한 통의 연락을 받은 바 있었다. 빨리 북경을 떠나 피신시키라는 것이었다.

"지금 떠나는 트럭이 있습니다. 운전기사에게 돈을 줬죠. 오늘, 내일 중국 공안원들이 이곳을 수색하러 올 겁니다. 나는 이미 중국 당국에서 요주의 인물로 낙인찍혀 제 행적을 조사했을 테니까요…… 급합니다. 시간이 없습니다."

"그렇게 생각할 줄은 몰랐는데……."

그렇게 당당하게 행동하던 그녀도 그만 눈물을 흘리고 말았다. 어린 딸은 죽고, 한국에서 할 일이 많다며 내려간 남편은 아직도 구금 상태고 자신은 다시 떠돌이 생활을 해야 한다. 남편이 석방되기 전까지는 아무래도 한국 땅을 밟지 못할 것 같았다.

그렇게 울먹이던 그녀가 분연히 일어섰다.

'그래. 어차피 죽음을 등에 짊어지고 시작한 일이다. 그래도 남편이 살아 있다니 그만해도 천만다행이다. 빨리 서울엘 가야 한다. 남편이 석방되어 자유의 몸이 되면 우리는 만나서 하염없이 울고, 먼저 간 선영이 명복을 빌 것이다. 그런데 남한은 왜 남편을 내보내지 않는 거야. 북조선이 싫어서 내려간 사람을……'

그녀는 잠든 선규를 깨워 옷을 입혔다. 영문을 모르는 아이는 어딜 가느냐고 채근댔지만 뭐라 변명거리를 찾지 못했다.

"여기도 위험하단다. 그래서 다시 피하러 가는 거야."

"알았어요, 엄마."

선규의 얼굴에 일순 두려움의 그림자가 스쳐갔지만 그는 옷을 입고 자신의 짐을 챙겨들었다. 김정애는 탄환이 장전된 권총을 거울 점퍼 속주머니에 질러넣었다. 최악의 경우 선규와 자살할 각오였다.

짐을 챙기자 '장씨'가 따라나오라고 신호를 했다. 길 건너 저쪽에 화물트럭이 한 대 서 있었다. 트럭 뒤에 천막 같은 천이 씌워져 있어 추위는 피할 수 있을 것 같았다.

"갑시다."

'장씨'가 먼저 달려갔다. 그는 운전기사와 한참 대화를 나눈 뒤 돈을 집어주었고, 김정애 모자는 화물 짐 틈으로 올라갔다.

"죄송합니다. 저는 가지 못합니다."

'장씨'는 굳은 얼굴로 말했다. 이제부터 이들의 운명은 그 자신들의 몫이다. '장씨'로서는 더 이상 그들을 보살펴 줄 수 없게 되었다. '장씨' 자신도 당분간 몸을 숨겨야 할만큼 위기감을 느끼고 있었다.

트럭 짐칸에 오르는 김정애 모자를 부축한 뒤 그는 착잡하고 안타까운 심정으로 그녀에게 마지막 말을 남겨주었다.

"조심해서 가십시오. 몽골에 무사히 도착하시거든 무조건 한국 대사관을 찾아가십시오. 가서 서울로 가겠다고 떼거지를 쓰십시오. 몽골에만 도착하시면 서울까지 가는 것은 그리 어렵지 않을 겁니다."

김정애는 불안으로 휩싸였다. 지금까지는 '장씨'가 있어 마음 든든했지만 이제부터 모든 것을 혼자 책임져야 한다. 압록강을 건넌 이후 '장씨'와 헤어지는 것은 이번이 처음이다. 슬픔도 불안도 그녀의 곁을 떠나지 못한 채 맴돌고 있다. 앞으로 또 어떤 위기가 닥쳐올지 아무도 모른다. 그녀는 '장씨'에게 고마웠다는 인사도 못했다.

"서울서…… 다시…… 뵈었으면 좋겠네요."

'장씨'는 억지로 웃었다.

"당연히 그래야죠."

드디어 트럭의 시동이 걸리고 털털대는 엔진음을 뿌리며 출발하기 시작했다. '장씨'는 답답한 마음으로 사라져가는 트럭을 바라보았다. 육로를 통하여 몽골로 탈출해서 성공할 확률은 30%도 되지 못했다.

'호로'라고 하는 천막 같은 덮개를 씌우기는 했지만 찬바람은 매몰차게 불어댔다. 선규는 짐 틈 사이에 몸을 끼워넣고 죽은 듯 누워 있었다. 어린 선규도 자신의 미래를 운명에 맡겨버린 듯한 태도였다.

'어린것이……'

그녀는 슬픔과 미래에 대한 불안을 지울 수 없었다. 어린 아들과 급성폐렴으로 갑자기 죽어버린 선영이의 얼굴이 그녀의 가슴을 갈가리 찢어놓고 있었다.

'왜 하필 이 저주받은 땅에서 태어났니, 이 불쌍한 것아! 아니지! 아니야. 아직은 포기할 때가 아니야.'

그녀의 눈동자에 다시 불꽃이 튀었다. 생존에 대한 열정과 한국으로 들어가 남편을 만나야겠다는 의지의 불꽃이었다.

'아직은 체포당하지도, 죽지도 않았다. 그렇다면 희망을 가져야지.'

'희망', 그것은 지금 그녀가 가지고 있는 유일한 무기이다. 희망이라는 마지막 무기를 잃을 때는 죽음뿐이다.

'체포되어 수용소에 갇히게 되느니 차라리 죽음을 선택하자…… 하지만…… 선영이도 그렇게 죽였는데 선규마저? 안 돼. 살아서 반드시 서울로 갈 거야! 가서 남은 세 식구만이라도 열심히 일하며 행복하게 살아야지. 그것이 선영이한테 보답하는 길이니까.'

몸을 잔뜩 웅크린 채, 짐 틈에 누워 있던 선규는 어느새 잠이 들어 있었다. 그녀는 점퍼를 벗어 선규를 덮어주었다.

도시를 벗어난 지 오래되었다. 찬바람과 함께 이번에는 흙먼지가 쏟아져 들어왔다. 아무리 털어도 흙먼지는 끊임없이 불어왔다. 입 안에서 어적어적 모래가 씹혔다. 그녀는 가방에서 수건을 꺼내 덮어쓰고 작은 손수건으로 코를 막았다.

트럭은 자갈밭을 지나는지 덜컹덜컹 요동을 쳤다. 금방이라도 엉덩이뼈가 부스러질 것만 같았다.

평양은 김정애를 체포하기 위해 혈안이 되어 있었다. 자존심에 관한 문제라고 생각했다. 주중駐中 대사는 외교부를 찾아가 강력히 요구했다.

"조선을 탈출하여 중국으로 불법 입국하는데도 중국은 강력한 조치를 취하지 않고 있어요! 이건 우리 정부를 무시하는 처사로밖에는 볼 수 없다고 봅니다…… 좋습니다. 지금까지는 그랬다고 합시다. 다 이해하겠습니다. 하지만 지금까지의 모두를 양보하는 한이 있더라도 김정애는 안 됩니다. 중국 공안당국의 명예를 걸고 체포하도록 해 주세요. 아직 베이징을 벗어나지는 못했을 겁니다. 특히 남조선에서 건너와 활동하는 탈북자 돕기 요원들을 색출해서 이것도 뿌리를 뽑구요."

대사는 김정애의 사진을 건네주었다. 수색 벽보도 만들고 검문소에도 배치하라는 압력이다. 대사와 외교부장의 회담이 끝난 후, 즉각 실무회담이 개최되었다. 이 문제는 시간을 둘 문제가 아니었다.

수배를 위한 벽보 50만 장이 제작되고 공안당국은 블랙리스트에 오른 독일인, 한국인을 상대로 면밀한 조사에 들어갔다. 탐문수사와 정보수집을 시작했다. 이들에게 '장씨'가 지목되는 것은 당연한 일이었다. '장씨'의 행적에 대한 수사와 함께, 각 공항과 항만, 국경 경비대에 이르기까지 김정애의 사진이 붙어 있지 않은 곳이 없고, 각 초소마다 수배 벽보가 지급되었다.

하지만 중국은 중국 하나만으로도 거대한 대륙이랄 만큼 큰 땅덩이를 가진 나라이다. 사람 하나 찾는 것은 덤불에서 바늘 찾기나 마찬가지였다.

공안당국은 그래서 더욱 긴장하고 있었다. 누가 뭐라고 해도 중국의 북조선은 혈맹국이 아닌가. 북조선이 중국과 헤어지지는 못한다. 그리고 러시아와 가까워지는 것도 골치 아픈 일이다. 북조선의 요구를 충족시켜 주어야 한다.

검문은 요소요소에서 이뤄졌다. 차량마다 검문을 받았다. 그래도 중국 땅은 넓고도 넓었다. 김정애를 태운 트럭은 고비사막을 넘는 한 마리 낙타처럼 외롭게 벌판을 달리고 있었다. 깜빡 잠들기도 하지만 그래도 깨어나면 선규부터 보살폈다. 선영이를 잃은 후 그녀의 신경은 오로지 선규에게만 꽂혀 있었다.

모래바람이 얼굴을 때릴 때마다 살갗이 찢겨지는 것만 같았다. 그녀는 자신의 점퍼로 덮어씌웠던 선규의 얼굴을 보기 위해 들어올렸다.

세 시간 이상을 달려왔는데도 그대로 잠든 채 누워 있었다. 얼굴이 형편없이 말라 있었다. 제대로 먹지도 못한 데다 지나치게 긴장하고 있었기 때문이다. 점퍼를 다시 덮어주었다.

'그래, 선규야. 그래도 생명은 질긴 것이다. 선영이는 갔지만 너는 살아남아야지. 살아서 아버지 얼굴을 봐야지.'

털털거리는 트럭 짐칸에 쪼그리고 앉아 있는 김정애의 가슴은 우울한 상념으로 가득했다.

'왜 우리 북조선은 이렇게 사는가. 세계 흐름에 발맞추지 못했고, 경제생산보다는 군사력 증강에 힘을 쏟았기 때문이었어. 그리고 김정일 1인 지배 체제로 갔기 때문이었어. 지금 세계가 어떻게 변하고 있는데…….'

생각할수록 한심하고 답답하다.

'경제의 장기 계획은 고사하고 단 1년 예산도 제대로 세울 수 없다. 이건 구걸이다. 여기저기, 이런저런 핑계와 협박으로 하루하루 버텨가면서도 '남조선 괴뢰도당', '미 제국주의', '인민의 결속'만 외치고 있다. 이래서 언제 세계 무대에 어깨를 나란히 하고 당당히

걸을 수 있겠는가. 체제의 모순을 극복하지 못한 죄를 불쌍한 내 딸 선영이와 어린 선규가 짊어지다니……'

선영이가 머리에 떠오르자 그녀는 다시 참을 수 없는 뜨거운 눈물을 흘리기 시작했다.

'얼어붙은 땅에서 한 줌 재가 되어버린 그 예쁘고 총명하던 내 딸, 선영이……'

선규가 깰까 봐 숨죽이며 흐느껴 울었지만 선규는 이미 잠에서 깨어나 울고 있는 어머니의 손을 잡고 있었다. 선규도 선영이가 불쌍해 눈물을 흘리고 있었다. 그러나 어머니가 눈치채지 못하게 입술을 악물며 울었다.

'아버지, 보고 싶어. 엄마와 하루 빨리 찾으러 갈 거야.'

'덜컹!'

갑자기 급브레이크를 밟았는지 트럭이 몸체를 뒤흔들며 멈추어 섰다. 밖에서 시끄러운 대화 소리가 들려왔다. 긴장한 김정애는 귀를 세워 이들의 말을 엿들었다. 다행히 중국어를 전공으로 하여 말은 알아듣기 쉬웠다.

"검문을 해야겠소."

"이거, 늘 다니는 길인데 검문은 무슨 검문이요. 빨리 가게 두시오."

"글쎄…… 그야 그렇지만 검문을 철저히 하라는 지시가 있어서."

"왜, 무슨 일 있었어요?"

"몰라. 밑도 끝도 없이 검문을 철저히 하라고 하니."

김정애는 덮개 사이로 밖을 내다보았다. 조그만 콘크리트 초소가 있는데 두 명의 군인이 총을 어깨에 메고 운전기사와 대화하는 것이 보였다. 그녀는 짐과 짐의 틈새를 벌려 선규를 우겨박았다. 그리고 그 위로 가방을 올려놓았다.

"그래 볼 게 뭐가 있다는 거요. 나 원참, 볼 테면 봐요. 말리지 않을 테니……."

검문소 초병들은 운전석을 들여다본 후 뒤로 돌아갔다. 운전기사와 기사를 돕는 조수가 새파랗게 질리고 있었다. 짐칸에 북조선 모자가 타고 있기 때문이었다.

군인 하나가 덮개 천을 들추며 안을 들여다보았다. 잔뜩 쌓인 짐 위에 한 여자가 앉아 있는 것이 보였다.

"뭐요, 당신. 어디 가는 거요."

김정애는 놀란 가슴을 진정시키며 유창한 중국어로 대답했다.

"몽골로 돈 벌러 가는 길이에요. 장사하려요."

"신분증 있어요?"

군인의 말투가 좀 더 거칠어졌다. 선규는 짐에 깔려 숨쉬기조차 힘들었지만 얼굴을 내밀 수 없어 이를 악물고 참았다.

"거참, 군인아저씨 왜 이래…… 자, 신분증. 됐어요?"

그녀는 준비한 10달러 지폐를 꼬깃꼬깃 접어 손을 내미는 그의 손바닥에 쥐어주었다. 군인 초병은 이런 돈 감촉을 잘 안다. 트럭이 떠날 때쯤이면 기사도 한 10달러 정도 손에 쥐어줄 것이다.

돈을 움켜쥔 군인이 씩— 웃어 보였다.

"무슨 장사를 하시오."

"옷이에요. 몽골에서는 우리 중국 털 점퍼가 제일 인기가 좋죠."

군인이 머리를 끄덕였다.

"다음에 올 때는 내 것도 하나 부탁해요. 이 벌판 추위가 너무 심해서…… 그럼 돈 많이 벌어오슈."

군인이 천막 같은 덮개 문을 닫고 앞으로 돌아 운전석으로 갔다. 그리고 주먹으로 트럭 문짝을 탁탁 두드렸다. 가도 좋다는 신호다.

운전기사가 웃으며 군인에게 손을 내밀었고 군인은 그의 손을 잡았다. 손바닥에 있는 두 장의 지폐를 움켜잡았다. 10달러 지폐 두 장이 쥐어져 있었다. 트럭은 껐던 시동을 켜고 다시 움직이기 시작했다.

"휴—"

김정애는 놀란 가슴을 쓸어내렸다. 신분이 밝혀지면 다시 베이징으로 끌려갈 것이며, 거기서 대사관으로, 대사관에서 다시 평양으로 끌려갈 것이다.

첫 번째 위기를 넘겼다. 한 번 위기를 넘기자 자신감이 생겼다. 여기도 달러만 있으면 충분히 통할 수 있다는 그런 자신감이다.

다행스럽게도 이 촌락의 검문소까지는 정확한 명령이 하달되지 않았다. 김정애의 사진은 물론 왜, 무슨 이유로 검문을 철저히 하라는 것인지 검문소의 군인들은 모르고 있었다.

검문소를 지나자 약 1천 가구 정도의 마을이 나타났다. 트럭은 마을 한가운데 번화가에서 잠시 멈추어 섰다. 김정애 모자와 운전기사, 조수, 네 명은 만두집을 찾아 들어가 배를 채웠다.

고기가 푸짐히 들어 있는 만두는 맛이 참 좋았다. 선규는 쩝쩝거리며 그 큰 만두를 다섯 개나 해치웠다.

"진짜 어딜 가려는 거요."

운전기사가 처음으로 입을 열었다.

"몽골에요. 거기서 남조선으로 갈 생각입니다."

운전기사의 얼굴이 좀 더 굳어졌다. 몽골을 가는 길이 얼마나 위험한지 이 여자는 모르는 것 같았다. 자신이야 이런저런 변명으로 책임을 면할 수 있지만, 이 북조선 여인은 한 번 체포되면 그대로 북조선행 압송이다. 그것은 곧 사상범 수용소로 가게 된다는 것을 이 기사는 잘 알고 있었다.

"쉽지 않은 길입니다."

"알고 있어요. 하지만 선택의 여지가 없는 걸요. 시간적 여유가 없습니다."

"탈북자들은 대개 산속에서 헤매거나 굶어 죽는다고 하는데 부인께서는 그 지경은 아닌 것 같아요."

"네, 사실입니다. 전, 굶음을 견디지 못해 탈출한 사람이 아닙니다. 더 이상 묻지는 말아주세요."

"그러죠, 그러고 말고요. 우리도 대충 압니다. 우리 중국도 모택동 시절에는 그 정권, 그 체제가 세상에서 제일 좋은 줄 알았죠. 문화혁명 시절에는 더욱 그랬습니다. 하지만 우리들 눈을 뜨게 한 어른이 등소평이죠. 등소평은 실용노선을 선택했습니다. 중국의 사회주의 사상이나 경직된 체제로는 나라를 지탱하기 어렵다. 인민의 삶에 대한 질적 향상은 경제성장이 수반되어야 한다. 체제는 사회주의식이되 칠십 프로는 개방되어야 세계 조류를 따라간다. 물론 주은래가 물꼬는 텄지만, 꽃은 등소평이 활짝 피웠죠. 실용정책은 대단한 성공을 이루었습니다. 오십 년 내에 우리는 미국을 따라잡을 수 있습니다. 경제, 군사 모든 면에서요. 러시아는 이미 우리의 적수가 아닙니다."

"예, 와서 보니 그럴 것 같더군요."

"모택동과 등소평의 차이점이 무엇인지 아십니까?"

"말씀해 보세요."

김정애도 알고 있다. 중국 정치사가 전공이다. 모택동의 1인 지배, 1인 사상의 시대를 등소평이 깬 것이다. 그리고 등소평은 자신에 대한 개인숭배를 거부했고 경제의 시장원리에 충실했다. 둘 다 비슷한 점이 있다면, 적어도 '부패' 하지는 않았다는 정도뿐이다.

"중국의 선택은 옳았습니다. 잠자는 사자에서 잠깬 사자로 바뀐 거지요. 죽(竹)의장막을 걷어치우자, 거기 '대화의 희망' 이 보였던 겁니다. 등소평은 모험을 했습니다. 그리고 성공했습니다. 모험이 두려웠다면 중국은 아직도 경제 빈국에서 허덕이고 있을 겁니다. 생각해 보세요. 나라가 찌들어 빠지는데 이념이 무슨 소용이 있습니까. 이념도 인민이 잘 살아 보자고 만든 거 아닙니까? 지금 북조선이 필요로 하는 것은 북조선의 등소평입니다. 김정일로는 안 됩니다. 언제까지 구걸해서 먹고 살 작정입니까."

"잘 알고 계시네요."

50이 넘어 보이는 트럭 기사가 겸연쩍은 웃음을 웃어 보였다.

"나도 젊었을 때는 열렬히 모택동식 공산주의를 지지했던 사람입니다. 그런데 이게 영 바뀌지는 않더란 말입니다."

"뭐가요?"

"사는 거 말이요. 구호는 우렁차고 꽹과리 소리는 요란한데 사는 모습은 어제나 오늘이나 꼬질꼬질한 것이 영 바뀌지를 않더란 말입니다. 모택동이 죽고 등소평이 들어서자 징젝이 벗겨기 시자하는데,

이건 눈이 부시더라구요. 등소평 사망 후에도 정책은 바뀌지 않았습니다. 정책의 통일성을 위해 당 체제는 바뀌지 않았습니다만 지금 우리는 적어도 자본주의 수준에 와 있다고 해도 과언이 아닙니다."

"그렇습니다. 엄청 발전했습니다. 그 짧은 시간에……."

"김일성이 죽고 김정일이 정권을 잡았다는 뉴스를 들었을 때, 어쩌면 김정일은 제2의 등소평이 될 수도 있다고 생각했었죠. 그런데 실망했습니다. 개인숭배는 여전하고, 외국에 대해 필요 이상으로 배타적이었습니다. 자유는 여전히 없고 개인의 사유재산을 인정하지 않았습니다. 그래서 생각했죠. 김정일은 제2의 등소평이 아니라 김일성 세상의 재판이라고요. 그러니 나라가 굶주리고 살죠."

"잘 보셨습니다."

"지금 남조선도 뭔가 잘못하고 있어요. 북조선 정책에 대해서."

"어떻게 그렇게 보시죠?"

"북조선 경제는 더 이상 탈출구가 없습니다. 갈 데가 없어요. 막막한 상태죠."

"그렇습니다. 그건 인정합니다."

"그럼 북조선이 왜 이렇게 찢어지게 가난하게 되었나, 남조선은 그걸 생각하지 않는다는 말입니다."

"……."

"왜 북한이 가난하게 되었나. 그 원인을 알고 도와줘야 경제가 회생되는 겁니다. 그걸 찾지 못하고 도와주기만 하다가는 양쪽이 다 결딴나죠. 옛말에 가난은 나라도 구제하지 못한다고 했습니다."

"네…… 맞는…… 말입니다."

김정애는 할 말이 없었다. 중국에서는 이런 트럭 운전기사도 다 알고 있는 말이다.

"그럼 왜 북조선이 가난하게 되었느냐. 아까도 말씀 드렸습니다만 국제사회와 발을 맞춰 나가지 못하고 있기 때문입니다. 민간인도 외국으로 장사하러 나가고 외자도 과감히 도입하고 외국인도 마음대로 들어오게 하고……."

"그게 안 되니 걱정이죠."

"김정일은 지금을 오십년대로 착각하는 거 아닙니까? 스탈린이나 모택동 초기 시절 말입니다. 남조선은 북한의 체제를 바꾸는데 노력해야 합니다. 김정일의 '개혁'이냐 '퇴진'이냐, 둘 중 하나를 선택해야 통일이 됩니다. 그런 건 하지 않고 현물지원만 한다면……그건 밑 빠진 독에 물 붓기죠."

구구절절 옳은 말이다. 그리고 그런 생각은 밖에서 보면 개똥이, 쇠똥이도 다 할 수 있는 생각이다. 사실 김정일의 딜레마도 그것이 아닌가? 개혁은 곧 자신의 퇴진이며, 퇴진은 곧 자신의 종말이라는 것을 잘 아는 그가 아닌가. 그렇다고 끝없이 남조선의 경제협력을 받을 수도 없고, 핵核을 무기로 미국에 구걸할 수도 없는 일 아닌가. 언제까지 이렇게 버틸 작정인가.

식사는 다시 무거운 분위기 속에서 끝을 냈다. 트럭 운전기사는 지방에서 학교 선생을 하다가 북경으로 돈을 벌겠다며 올라온 사람이라고 했다.

중국은 자신감에 넘쳐 있었다. 기초산업에서 첨단과학까지, 한국은 물론 일본, 미국을 따라잡을 날도 얼마 남지 않았나고 호인하고 있는데 그건 결코 헛기침이 아니다.

"자, 가시죠. 아직도 검문소는 수도 없이 많습니다. 급할 때는 부부
로 행세해도 좋습니다. 돈도 좀 준비하시고요."

김정애는 만두와 물을 구입하여 차에 올랐다. 선규도 음식을 먹더
니 조금은 활기를 되찾는 듯했다. 기사는 트럭에 연료를 가득 채운
후 다시 출발했다.

몽골은 한국에 대해 대단히 우호적이며 북한의 영향이 크게 미치
지 않는 나라다. 그리고 한국 기업들이 많이 진출해 있어 김정애가
무사히 도착만 하면 살 길이 뚫리게 되어 있다.

'다퉁' 이라는 도시를 지나고, 이 작은 마을에 도착하는 동안 검문
은 한 번밖에 없다. 하지만 몽골이 가까워지면 크고 작은 많은 검문
소가 있다.

위험은 지금부터다. '돈' 을 받아서가 아니라, 어린 아들과 함께 북
조선을 탈출한 이 여인을 몽골까지 꼭 데려다 주고 싶었다.

다행히 이 여인은 중국어에 능통하여 검문소를 빠져나가기가 쉬울
듯싶었다. 그런데다 2년 가까이 몽골로 상품을 실어 날라 낯익은 군
인들이 많다. 별 문제 없이 몽골의 '울란바토르' 까지 데려다 줄 수
있을 것 같았다.

가장 큰 애로는 바람이다. 고비사막의 영향을 받아 엄청난 모래바
람과 싸워가며 가야 하는 강행군 코스다. 거기에 시베리아 찬바람까
지 몰아쳐 어려움은 더할 것이다.

마을을 빠져 세 시간을 더 달리자 마침내 그가 두려워하던 모래바
람과 맞부딪치게 되었다. 바람은 대각선으로 모래를 뿌리며 강하게

불어댔다. 그 바람 속에 눈발까지 날려 앞을 구분하기도 힘들었다.

황갈색 모래는 뒤의 덮개까지 휘몰아쳐 털어도 털어도 끝없이 쌓여갔다. '장씨'의 충고로 대형 수건을 몇 개 가져와 선규와 자신의 얼굴을 감쌌지만 어디로 들어오는지 입 안은 흙먼지로 가득했다.

트럭은 바람의 저항도 있지만 앞이 보이지 않아 시속 30km를 올리지 못했다. 경험이 있는 노련한 기사의 실력이 아니라면 트럭은 멈춰서 버렸을 것이다.

'윙― 윙―'

얼어붙은 칼바람에 모래가 실려 눈을 뜰 수 없다. 그래도 김정애는 선규의 손과 발을 꺼내 계속 마찰을 시켜주었다. 그렇게 하지 않으면 동상이 걸릴 것이다. 선규는 잘 참았다. 추위가 선영이 생각을 지워버리게 했다. 그리고 살아야 한다는 본능까지 일깨웠다.

'언젠가는 도착하겠지. 설마 이렇게 며칠씩 가지는 않을 거야!'

"잠들지 마? 여기서 자면 얼어 죽어. 배고프면 엄마한테 얘기하고."

귀에 대고 속삭이지만 아마도 잘 들리지 않을 것이다.

모질게 불어대던 바람이 한풀 꺾였다. 트럭은 커다란 바위 뒤에서 잠깐 멈추어 섰다. 기사가 보온병의 따뜻한 음료를 가져와 두 모자에게 한 컵씩 따라부었다.

"고맙습니다. 정말 고맙습니다."

"괜찮아요. 다 운명이라고 생각하세요. 어떻게든 한국으로 가서 행복하게 사세요. 한국에서 정착하시게 되면 베이징으로 한 번 놀러 오십시오. 지금과는 다른 입상으로 날입니다."

"네, 그렇게 하겠습니다. 꼭 그렇게 하겠습니다."

"그리고 아이는 앞자리로 옮기세요. 거긴 따뜻하니까요."

"글쎄, 그렇게 하라고 해도 아이가 말을 듣지 않아요…… 제 에미 품을 떠나려 하겠어요? 괜찮아요."

조수가 트럭에서 야전삽을 꺼내 깊은 구덩이를 파고 마른 나뭇가 지를 꺾어와 불을 붙였다.

"앞으로 한 시간 뒤에 출발합니다."

"날이 어두웠는데 왜 시간을……."

"한 시간 뒤에 출발하면 다음 검문소 보초병들이 교대를 하는 시간 입니다. 교대하는 팀의 조장이 저와 친하거든요. 그리고 이거요!"

그가 운전석에서 비닐 봉투 하나를 꺼내 보였다. 그 속에는 작고 예쁜 카메라가 들어 있었다.

"한국산 소형 카메라죠. '장씨'가 뇌물용으로 쓰라며 선물한 것입 니다. 이거면 충분히 해결됩니다."

"신세만 지는군요. 오나가나……."

목이 메었다. '장씨'며, 이 트럭 기사며 모두에게 신세만 지웠을 뿐, 갚을 방법이 없는 처지다.

"사는 게 다 그런 거죠. 괜찮습니다."

모닥불은 따뜻했다. 모처럼 얼굴이 발갛게 익었다. 선규도 엄마 옆 에 잔뜩 달라붙어 두 손을 비비며 쬐고 있다.

"배고프지 않니?"

선규는 머리를 가로저었다.

1시간 정도, 언 몸을 녹이고 충분한 휴식을 끝낸 이들의 몸에 어느 정도의 힘이 다시 축적되었다. 트럭은 다시 출발했다.

선규는 어머니의 뜻을 따라 운전사와 조수 사이에 끼어 앉았다. 뒤의 짐칸보다는 한결 따뜻하고 편했다. 트럭의 성능은 괜찮은 편이었다. 힘도 좋고 속력도 제법 올랐다. 라이트 불빛으로 어둠을 밝히며 몽골을 향해 달리고 또 달렸다.

얼마나 달렸을까? 깜빡 잠이 들었던 김정애는 시끄러운 소리에 잠에서 깨어났다. 아마도 검문소에 도착한 듯싶었다.

트럭 기사는 검문소 군인들을 보며 의아하게 생각했다. 검문 군인들이 모두 낯선 데다, 마치 전투에 출정하는 듯 중무장을 하고 있었다. 앞에는 바리케이드가 길을 가로막고 있었고, 무장한 군인들은 손에 뭔가 종이를 들고 있었다.

"검문이 있습니다."

군인 하나가 거수 경례도 없이 트럭 기사를 향해 다가왔다.

"어디 가는 거요?"

"네, 몽골엘 갑니다. 정기 화물트럭입니다. 근데 왜 그러시는지……."

기사와 조수가 증명서를 꺼내 보여주었다.

"이 아이는 누굽니까?"

"네…… 저…… 제 아들입죠. 몽골 구경 좀 시켜주려구요."

이때였다. 뒤에서 고함 소리가 들려왔다.

"당신은 누구야! 나와 봐!"

손전등으로 짐칸을 조사하던 군인 하나가 잔뜩 웅크리고 있는 여인을 발견하고 친 고함 소리였다.

검문소 군인이 여인을 향해 총부리를 겨누었다.

"저…… 저요. 몽골 가는 사람입니다."

군인들이 우르르 몰려왔다. 그들이 짐칸으로 뛰어올라 김정애를 강제로 끌어내렸다. 보따리에서 권총을 꺼낼까 했지만 그렇게 하지는 않았다. 그녀는 방심하고 있었다. 지난 검문처럼 적당히 빠져나올 것으로 믿었다. 그래서 그 경황 중에도 달러를 꺼내 손으로 단단히 움켜쥐고 있었다.

군인들은 백열구가 비치는 검문소로 김정애를 끌고 왔다.

"앗!"

검문소로 끌려온 그녀가 비명을 지르며 자신의 손으로 입을 막았다. 그것은 절망의 비명이었다. 그녀의 시선은 검문소 벽에 붙어 있는 한 장의 사진에서 떨어지지 못하고 있었다.

'수배자'라는 고딕체 한문이 크게 써 있는 글자 밑에 자신의 얼굴이 보였던 것이다. 군인들은 그녀의 얼굴과 행동을 보는 순간 사령부에서 하달된 수배자가 이 여인이라는 것을 알아차렸다.

잠시 후 운전기사와 조수, 선규가 군인들에 의해 끌려오고 있는데, 그들은 짐칸을 조사했는지 김정애의 보따리를 들고 들어오고 있었다.

김정애는 다리의 힘이 풀려 그 자리에 털썩 주저앉았다. 그 당당하던 그녀도 이 순간은 어쩔 수 없었는지 안색이 창백하게 변하고 있었다. 손으로 움켜쥐고 있던 달러마저 놓쳐 바닥으로 굴러 떨어졌다.

군인들은 김정애의 보따리를 뒤지기 시작했다. 옷가지와 만두, 음료가 나왔고, 달러가 들어 있는 지갑도 있었다. 그리고…… 가방 바닥에 방금 감춰놓았던 권총과 탄환이 나왔다.

'방심했어. 내가 너무 방심했어. 총을 가슴에서 떼어놓지 말았어야 했는데…….'

선규는 하얗게 질린 얼굴로 엄마의 바지를 잔뜩 움켜쥐고 있었다. 트럭 기사는 검문소 군인들을 향해 끝없는 변명을 늘어놓고 있었다. 몽골로 장사를 하러 가고 싶다고 해서 돈 몇 푼 받고 태워준 죄밖에 없다고 했다.

이들이 조사를 더 받는 동안, 군인들은 트럭을 샅샅이 뒤졌지만 더 이상 의심할 만한 물건은 나오지 않았다. 군인들은 트럭 기사의 신분증을 몇 번이나 거듭 확인했다.

"정말 모르고 태웠소!"

"그렇습니다. 정말입니다. 저 여자가 수배받는 여자일 줄은 꿈에도 몰랐습니다."

"좋소. 모르고 태웠다면……."

이때였다. 그들이 운전기사에 신경을 쓰는 동안 김정애는 번개같이 달려들어 권총을 낚아챘다. 권총을 빼앗아 선규와 함께 자살할 작정이었다.

이 이후의 일을 그녀는 너무나 잘 알고 있었다. 이들은 조선 대사관으로 압송될 것이며, 다시 평양으로 끌려가게 될 것이다. 그리고 총살 아니면 사상범 수용소로 끌려가 비참한 최후를 맞게 될 것이다.

이제 더 이상의 탈출구는 없다. 최후의 선택이 남았는데 그것은 스스로 목숨을 끊는 것이다. 그리고 기회는 지금뿐이다. 그러나 상대는 다섯 명의 무장 군인이다. 그들이 김정애의 권총 탈취를 그냥 보고 있지만은 않았다.

군인 하나가 소총 개머리판으로 김정애의 이마를 갈겨댔고, 권총을 눈앞에 두고 그녀는 바닥에 쓰러졌다. 얻어맞은 이마에서 피가 흘러내렸다.

"엄마—!"

선규가 비명을 질렀다.

"이 아이는 누구요. 이 여자 아들이오?"

운전기사가 머리를 끄덕였다. 군인 하나가 쓰러진 그녀의 손에 수갑을 채웠다. 그래도 못 믿어웠는지 포승줄을 꺼내 몸을 단단히 묶었다. 그래도 김정애는 깨어나지 못했는데, 얻어맞은 이마에서 피가 계속 흘러 내렸다.

"너 이자식, 울면 너부터 죽여버릴 거야. 알았어."

"모르고 태웠지만 피는 닦아줘야죠."

기사가 모래바람을 막기 위해 목에 감고 있던 수건을 꺼내 이마의 피를 닦아주었다. 부하인 듯한 군인 하나가 쓰러진 김정애를 일으켜 의자에 앉혔지만 떨어진 머리를 들어올리지 못했다. 정신을 잃었기 때문이다.

선규가 또 한 번 비명을 지르며 엄마의 품으로 달려가 안겼다.

"엄마— 엄마— 죽으면 안 돼!"

김정애를 일으켜 세운 군인이 선규를 떼어놓았다.

"이녀석은 어떡할까요?"

책임자인 듯한 군인이 선규를 내려다보았다.

"이 어린 녀석까지 끌고 가기엔 귀찮은 일이 너무나 많을 것 같다.

우리가 명령받은 수배자는 이 여자뿐이야…… 야! 기사."

그가 트럭 기사를 향해 소리쳤다.

"네… 네…… 말씀만 하세요."

"이 수배자를 여기까지 데려온 책임은 묻지 않겠다. 즉시 떠나라. 그 대신, 이 어린 녀석은 네가 데려가라. 갔다 버리든, 죽이든, 키우든 네가 데려온 아이니까 네가 책임질 의무가 있단 말이야. 알겠나. 아니면 수배자를 데려온 책임을 지든가?"

"아— 알겠습니다. 제가…… 데려가겠습니다. 감사합니다. 정말 감사합니다."

그는 계속 허리를 굽히며 절을 했다. 그리고 울부짖는 선규의 팔뚝을 끌었다. 하지만 엄마와 떨어질 선규가 아니다. 엄마의 허리를 잔뜩 움켜잡고 놓지를 않았다.

"안 가. 난, 가지 않아. 엄마와 함께 있을 거야."

군인들과 트럭 기사와 조수는 이 아이가 뭐라고 울부짖는지 알 수 없지만 죽어도 엄마와 떨어지지 않겠다는 분명한 의지는 읽을 수 있었다.

"안 되겠군!"

좀 더 어려 보이는 군인이 선규에게 다가와 무작정 주먹을 내질렀다. 턱을 강타당한 선규는 비명도 지르지 못하고 그 자리에 쓰러져 기절하고 말았다.

"데려가. 빨리!"

그 군인이 기사를 향해 소리쳤다. 기사는 쓰러진 선규를 둘러메고 허겁지겁 밖으로 도망쳐 나왔다. 그는 선규를 운전석에 올려놓고 소수와 함께 도망치듯 떠나버렸다. 검문소를 훨씬 벗어났지만 두려움을 떨쳐내지 못하고 있는 그는 있는 힘을 다해 속력을 올리고 있었다.

군인들은 수건으로 김정애의 이마를 묶어 지혈을 시킨 다음, 군용 지프에 실어 어둠 속 어디론가로 끌고 가버렸다.

밤은 훨씬 더 깊어졌고, 칼 같은 모래바람은 더욱 세차게 불어댔다.

같은 날, 오전.

장충체육관 근처 한신韓信빌딩 S층을 향해 많은 기자들이 몰려들고 있었다. 정치부, 사회부 기자, 카메라 기자, TV기자들로 좁은 사무실은 콩나물 시루처럼 빽빽했다.

이곳은 '탈북자인권협회' 사무실인데 황장엽 씨가 각 언론사에 특별담화가 있다고 발표했던 것이다.

탈북자인권협회의 회장을 맡고 있는 황장엽 씨는 도수 높은 안경을 연신 추켜 올리며 오늘 발표할 내용을 한 번 더 점검하고 있었다. 그가 갑자기 기자들을 불러모은 것은 지난밤, 자택으로 찾아왔던 김성수 차장과의 대화 때문이다.

그는 늦게 찾아왔다. 그리고 이동호에 대해 많은 이야기를 했다. 특히 이동호의 신분을 밝혀 그를 자유의 몸이 되게 할 수 있는 분은 황 선생님 한 분뿐이라는데 역점을 두었다.

'과연 이 정부에서 어떤 태도를 보일 것인가. 오히려 역효과를 일으켜 이동호가 더 어려워지는 것은 아닐까?'를 두려워하여 그동안 침묵을 지켜온 황장엽이다. 하지만 이제는 더 이상 침묵을 지키고만 있을 수는 없다는 판단을 내렸다.

지금의 DJ정부로서는 꽤나 거추장스러운 인물이다. DJ의 '햇볕정책'을 맹비난하고 있다. 전 의원이며 명지대 교수로 있는 이동복, 조선일보사 조갑제와 더불어 정부의 대북정책을 가장 비난하는 인물 중 하나가 황장엽이다.

그가 자청하여 기자회견을 요청했으며 그 주제는 이동호일 것이라고 했다. 그래서 기자들이 구름처럼 모여들게 된 것이다.

정각 10시. 황장엽 씨는 메모지 몇 장을 들고 회견장에 나타났다.

일순, 물을 끼얹은 듯 조용해졌다. 안경 테를 몇 번 추스르며 메모지를 들여다보던 그가 마침내 입을 열기 시작했다.

"여러분들도 잘 아시다시피 얼마 전 귀순길에 올랐던 북한의 장성급 인사 이동호가 귀순자냐, 요인 암살을 위해 내려온 테러리스트냐로 설왕설래하고 있습니다. 이에 본인은 그가 절대 테러리스트일 수 없다는 점을 분명히 밝히며 그 증거 몇 가지를 여러분에게 공개하고자 합니다."

그의 목소리는 차분하면서도 카랑카랑한 힘이 있어 보였다.

"얼마 전, 북한에서 한 인사가 사망했습니다. 연두흠이라는 사람으로 내가 김일성종합대학 총장으로 재직할 당시 내 밑에 있었으며 내가 총장을 그만두고 인민회의 의장, 조선노동당 국제담당 비서로 일할 때까지 상당히 깊은 교류를 맺고 있는 인물이었습니다. 내가 북한을 탈출하기 직전, 수차례 만나 많은 의견을 나누었는데, 그는 김정일 현 체제에 대해 극한적인 비판을 서슴지 않았습니다. 김정일 측에서 본다면 연두흠은 격렬한 반체제 인사인 것입니다. 그런 그가 사망했다고 평양방송은 보도했습니다. 그가 사망했다는 소식을 이봉호는 러시아 하바로프스크에서 듣게 되고, 그는 즉각 탈출을 시도했습니다. 목숨을 건 탈출이었겠죠…… 이동호와 연두흠은 어떤 관계인가. 나도 평양에서 이동호 이야기를 들은 일이 있었습니다. 그는 연두흠의 중매로 김정애라는 여성과 결혼했는데, 이동호는 연두흠의 사상에 상당한 영향을 받았으며 그를 몹시 흠모했던 것으로 알려지고 있습니다. 김정일 체제에 회의를 느낀 이동호는 하바로프스크에서 잠적했다가 한국 기업인의 도움을 받아 귀순길에 올랐습니다. 그런데 정부는 확실한 근거도 발표하지 않은 채, 그를 테러리스트 용의자로 몰아 현재까지 자유의 품으로 돌려주지 않고 있습니다…… 그는 분명한 귀순자입니다. 그 부인 김정애는 이동호의 사망 통보를 받는 순간, 사망이 아니라 탈출임을 직감하고 어린 자식들과 함께 평양을 탈출, 압록강을 건너 현재 중국 모처에 은신하고 있으며, 곧 서울로의 귀순을 준비하고 있는 상태입니다. 지금 평양은 이동호에 대해 '반통일론자', '반민족주의자'로 몰아세우며, 그가 한국 요인을 암살하러 밀입국한 테러리스트라고 맹공을 퍼붓고 있지만, 이것은 완전히 날조된 사실로 이동호의 탈출에 대한 군부의 동요를 막겠다는 의도가 분명합니다. 이에 따라 본인은 이동호의 즉각 석방을 강력히 요청하는 바이며, 당국은 이동호가 왜 테러리스트인가를 분명히 밝혀야 할 것입니다."

이어 기자 질문이 이어지기 시작했다.

"이동호가 테러리스트가 아니라는 증거는 있습니까?"

"이동호는 장성급 군인입니다. 정규군, 특히 장성급 군인이 테러를 위해 서울까지 오지 않습니다. 북 체계가 그렇습니다. 그건 무지의 소산입니다."

"평양에서는 부인 김정애 씨가 남편의 남한행의 진의를 모르고 탈북한 것이라고 하던데요."

"부부 간에 탈북의 진의와 테러도 모르고 그런 목숨을 건 탈북을 감행했겠습니까? 그러다가 만약 테러에 성공하고 평양으로 무사히 귀환한다면 어쩌겠습니까. 더구나 아이들까지 데려오는데…….."

"연두흠은 어떤 사람입니까."

"평양에 남아 있던 황장엽으로 보시면 틀림없을 겁니다."

"만일 이동호가 정말 테러리스트며, 남·북 평화 무드를 깨뜨리기 위해 내려왔다면 어떡하시겠습니까."

"내가 이래서 이 회견을 미뤄왔던 겁니다. 너무 화가 나는 것이 많아서요. 지금 질문하신 기자님, 북한을 나만큼 아십니까? 김정일을 나만큼 아십니까. 지금 이 대한민국에서 김정일을 가장 잘 아는 사람은 이 황장엽이며 두 번째로 김대중 대통령이라고 생각합니다. 나는 지금 한국의 북한관계 현상을 '평화 무드'로 보지 않습니다."

"그건 또 무슨 말입니까."

"언제 또 갑자기 돌변할지 모른다는 겁니다. 가령, 이 정권 말기인 금년 말이나, 아니면 그 안에라도 말입니다. 무슨 말인지 모르겠습니까? 이 정권에서 더 얻어먹을 것이 없다고 판단되면 어떤 이유를 대서라도 냉각상태로 되돌린다는 뜻입니다. '새로운 협상 제시' 그것은 곧 돈이니까요."

"새로운 협상을 제시할 만한 것이 있겠습니까?"

"많죠. 우리가 모르는 북한, 거기에 무엇이 얼마나 많이 있는지 우리는 잘 모릅니다. 가령 핵무기 같은…….."

"그런 건 없다고 평양이 발표했는데요."

"그래서 여러분들은 평양을 모른다는 겁니다. 평양 수뇌부의 대남 전략을······."

"조금 전, 김대중 대통령도 김정일 위원장을 잘 안다고 하셨는데요. 그건······."

"지금 이 대한민국에서 나 말고 김정일과 만나 가장 많은 대화를 나눈 사람이 누굽니까. 대통령입니다."

"그럼, 지금 '햇볕정책'은 대통령이 김정일에 속고 있다고 보시는 겁니까. 아니면 김대중 대통령이 속는 것을 알면서도 진행한다고 보십니까."

"허허허······ 속는 것을 알면서도 진행하는 것인지 아니면 두 분이 의기투합한 일인지는 당사자들이 더 잘 알겠지요. 다만 확실한 것은, 무엇인지는 모르지만 지금 우리는 속고 있는 것이 너무나 많다는 겁니다. 이 정권이 끝나 갈 무렵이면 밝혀지겠지요."

"북한 핵무기는 존재한다고 봅니까."

지금까지 뒤에서 듣고만 있던 김성수가 일어나 질문을 던졌다.

"저는 한두 개 정도 있거나, 최소한 완성단계에는 와 있으리라고 봅니다."

"북한에서는 전혀 그렇지 않다고 하던데요."

"거짓말입니다. 아마도 그들은 머지않아 핵을 무기로 북·미 협상을 요구할 겁니다. 다, 돈 때문이죠."

어떤 기자들은 머리를 끄덕였고, 어떤 기자들은 코웃음을 쳤다. 아마도 코웃음을 친 기자들은 황장엽이 거짓말을 한다고 믿었을 것이다.

'이건 평화 무드가 아니라고? 언젠가는 태도를 돌변할 것이라고? 황장엽이야말로 냉전론자, 반민족주의자가 아닌가!'

하지만 대다수 기자들은 지금까지의 북한의 행태로 보아 충분한 가능성이 있다고 판단했다.

"아직도 북한을 믿는 사람들이 있어! 그들을 어떻게 믿어. 지금이야 돈을 펑펑 퍼부으니까 저러고 있지. 돈 끊어져 봐. 무슨 짓을 할지!"

하지만 이 기자회견은 대단한 큰 반향을 일으켰다. 이동호가 분명히 테러리스트는 아니라고 한 증언 때문이다. 특히 이동호를 조사하고 있는 대북정보처는 더 그랬다. 아무리 조사를 해도 혐의점이 나타나지 않을 것이다. 더 이상 구금상태를 유지할 수도 없다. 너무나 많은 날짜가 흘렀기 때문이다.

정보처 담당국장은 마침내 큰 결심을 하게 되었다. 누가 뭐라든 이제는 석방시켜 그를 자유의 품으로 돌려보낼 때가 되었다는 판단이다.

처장은 난색을 표했다. 누군지는 몰라도 완전히 혐의가 풀릴 때까지는 내보내지 말라는 지시가 있었기 때문이다.

"아닙니다. 아무 혐의가 없으면 되는 것 아닙니까. 그리고 논리적으로 생각해 봐도 이건 말도 되지 않는 일입니다. 일개 장성이 요인을 암살하러 오다니요. 말이 되는 소리를 해야지요. 설혹 장관의 지시라 해도 전, 그렇게 못합니다. 문제가 생기면 제가 책임지겠습니다. 까짓 거 옷 벗으면 되지 않습니까."

국장은 그렇게 결심을 굳힌 듯, 이동호와의 단독면담 자리를 만들어 그를 불러냈다. 처장도 그렇게 승낙했다.

이동호의 표정은 너무나 침울했다. 이런 대접을 받으려고 그 힘든 사선을 넘어왔나 하는 지괴감에 빠져 있었다.

어머님도 아내도 아이들도 걱정이 되어 견딜 수 없는 데다, 조사는 끝없이 진행되고 있다. 어제 한 말을 오늘 또 하고, 아침에 한 말을 저녁에 또 되풀이해야 했다. 지겹고 짜증이 나 견딜 수 없었지만 그래도 그를 지탱하게 해 준 것은 신념이다. 대한민국에 대한 신뢰감과 곧 풀려날 것이라는 그 신념…….

'그래도 대한민국인데…… 동경의 대상이던 자유국가인데, 설마 나를 죽을 때까지 여기 감금시키랴.'

희망을 갖기도 하고, 이후의 미래를 설계해 보아도, 눈을 뜨면 거기엔 구금된 작은 방, 그것만이 현실의 전부였다.

가슴 한쪽에선 분노의 싹이 트고, 분노의 싹이 트면 다른 가슴 한쪽의 인내라는 구둣발이 그것을 짓밟았다. 분노해 보았자 울분을 토로할 통로가 없었던 것이다. 그것은 사실 인내가 아니라 체념이었을 것이다.

"아— 남쪽에서는 나를 이렇게 대접하는구나."

이때 문이 열리며 낯익은 수사관이 들어왔다. 그의 태도는 전보다 훨씬 정중했다.

"사령관님, 저희 국장께서 뵙자고 합니다. 가시죠."

"국장이? 무슨 일이오."

"저는 모릅니다. 모시고 오라는 지시만 받았습니다."

"좋소. 갑시다."

'또 무슨 트집을 잡으려는 것일까. 그만하면 할 말은 다 들었을 텐

데…….'

이동호는 수사관의 뒤를 따라갔다. 복도를 지나 2층 넓은 방으로 안내되어 갔다. 그가 여비서에게 뭐라고 말했고, 여비서는 안으로 들어갔다.

잠시 후, 서글서글하면서도 눈매가 사나워 보이는 남자가 뛰쳐나왔다. 부산항에서 연행될 때 보았고, 두어 차례 심문했던 남자다. 그의 직책이 국장이었던 모양이다.

그가 자신의 방으로 안내했다. 약간의 다과가 들어왔다.

"자, 드시죠. 드릴 말씀이 많습니다."

"그래요? 뜻밖인데요. 이런 융숭한 대접을 받게 되니……."

국장이란 남자는 시원시원해 보였다. 성격이 직선적이고 호쾌해 보이는 그런 남자로 보였다.

'음, 대화를 할만하겠군.'

"사령관님, 솔직히 말씀 드리죠. 사실 저희들은 오래전부터 혐의가 없다는 것을 알고 있었습니다."

"?"

"다만 위에서 좀 더 철저히 조사해 보라는 지시가 있어서 시간이 지체되었던 것입니다. 넘어오시느라 고생 많으셨습니다."

"그럼…… 제가……."

"오늘 저녁으로 자유의 몸이 되시는 겁니다. 하지만 앞으로 대한민국을 위해 하실 일이 많으실 겁니다."

"물론이죠. 할 일이 많아 넘어왔으니까요. 고맙습니다."

"제가 조금 전, 제일무역에 연락해 두었습니다. 서희들이 그곳까지

안내해 드릴 겁니다. 정착금 문제며 국가에서 하실 일들은 차차 아시
게 될 겁니다."

국장은 오랫동안 이동호를 지켜보았다. 그는 장군으로서의 품위를
잃지 않기 위해 무던히도 노력하는 모습이었다. 보통 사람 같으면 소
리소리 지르거나 혼자 발광을 해댔을 것이다.

잘 참고 견뎌왔다.

"내일 TV 공식인터뷰가 있을 겁니다."

"내일?"

"네, 오늘은 호텔에서 하루 푹 쉬십시오. 밖에 모든 준비가 되어 있
을 겁니다."

두 사람이 굳은 악수를 나누고 헤어졌다.

국장은 만족스러운 얼굴로 떠나가는 이동호를 바라보았다. 누가,
왜, 어디서 이동호에게 테러리스트 혐의를 씌웠는지 모르지만 그런
터무니없는 일이 다시는 일어나서는 안 된다. 그는 앞으로 나라를 위
해 많은 일을 할 것이다.

어느새 밤 9시 40분이 되었다. 국장은 이동호가 오늘은 마음 편하
게 잠들 수 있을 것이라고 생각했다. 대북정보처 직원들의 안내를 받
으며 현관으로 나섰을 때, 그는 거기서 반가운 얼굴을 만날 수 있었
다. 김용기였다. 그가 웃으며 걸어왔고, 이동호는 달려가 그를 덥석
끌어안았다.

"감사합니다. 정말 감사합니다. 제게 이런 시간이 오리라고는 정말
상상도 못했습니다."

"저보다도 이 사령관께서 고생이 더 많으셨습니다. 참, 먼저 인사

드릴 분께서 오셨습니다. 제일무역 본사 회장이십니다. 탈출 자금을
제공해 주셨죠."

양복을 말쑥하게 차려입은 남자다.

"이 빚을 다 어떻게 갚아야 할지…….."

"아닙니다. 자— 숙소는 시내 호텔에 잡아놓았습니다. 어디 가서
술부터 실컷 마십시다. 오늘 내가 한 잔 사겠습니다."

일행은 예약한 식당을 향해 달리기 시작했다. 하지만 이동호는 지
금 이 시간 엄청난 운명이 엇갈려 가고 있다는 사실을 알지 못하고
있었다.

김정애, 그 비극의 여인. 이동호의 아내가 중국군에 의해 체포되어
포승줄로 묶인 채 어디론가로 끌려가고 있다는 사실을 그는 알 수 없
었다. 아들마저 빼앗기고, 딸이 죽고, 그리고 다시는 돌아올 수 없는
길을 향해 달리고 있다는 사실을…….

'아내는, 선규는, 선영이는…….'

소식을 통하여 가족들이 중국에 머물고 있다는 사실을 알고 있었
지만, 아내와 선규가 그런 비극적인 운명에 휘말려 있다는 사실을 그
가 어떻게 알 수 있겠는가. 이런 희극 같은 사실이 연출되고 있다는
사실을…….

김성수 차장은 친구도 없이 홀로 카페에 앉아 커피를 마시고 있었
다. 그는 황장엽 선생의 발언 중, 핵무기 관련에 대한 언급에 신경을
곤두세우고 있었다.

이미 국제사회에서는 북한의 핵무기 개발 및 핵폭탄 원료의 해외
유출에 대해 심각한 우려를 표명하고 있었다.

오늘 황장엽 선생도 그 문제를 단호하게 언급했다. 가능성에 대한 예단을······.

우라늄, 리튬, 토륨 등 핵물질이 북한에서 유출되어 국제시장에서 떠돌고 있다면 이는 북한이 농축 우라늄 시설을 보유하고 있다는 뜻이고, 이는 '핵폭탄 보유'나 아니면 '핵폭탄 제조 중'이라는 등식을 성립시키기 때문이다.

그렇다면 가난에 찌들어 굶어 죽고 탈북자가 속출하는 북한에서 무슨 돈으로 그 엄청난 작업을 해내고 있다는 말인가. 그것은 정부가 제공한 '돈'으로 하는 일이다. 정부에서 북한에 들어붓는 돈이 굶는 우리 동포에게 골고루 배분된다면 누가 '햇볕정책'을 탓하겠는가.

하지만 굶거나 체제를 반대하고 탈북하는 사람들은 이루 헤아릴 수가 없는데 김정일은 한국 돈으로 핵을 개발하고 있는 셈이다. 결국 한마디로 요약하면 대통령은 국민의 돈을 끌어모아 김정일에게 핵폭탄 제조의 자금을 대주는 셈이다.

'세상에 두 번 다시없을 대통령이 아닌가. 세계사에 어느 왕이, 어느 대통령이 국민의 돈으로 적군의 무기를 제조해 준다는 말인가. 대통령이나 여당 핵심부가 이 사실을 모를 리 없다. 아니, 당연히 알아야 한다. 그만큼 엄청난 돈을 퍼부었으면 그 돈의 흐름은 당연히 알아야 한다. 굶어 탈북하는 사람이 전혀 줄어들지 않고 있다면 그 돈이 어디로 갔는지 분명하지 않은가.'

김성수는 머리를 절레절레 흔들었다.

'틀림없이 이 정부는 북한의 핵 개발을 알고 있어. 하지만 그걸 국민에게 보고하면 당장 돈줄을 끊으라고 할 테니 숨기고 있는 것이지!'

"씨팔, 정말 어느 나라 대통령이야!"

그는 자신도 모르게 한마디 불쑥 내뱉었다. 욕지거리가 나올 수밖에 없었다.

'대통령이 그 모양이니, 북한 체제가 싫어 뛰쳐나온 장성을 테러리스트로 몰아가지. 어디 그뿐인가. 중국의 김정애는 귀순도 못하고, 어린아이는 얼어 죽고……'

그는 마치 DJ가 옆에 앉아 있기라도 한 듯 계속 속으로 중얼거렸다.

'지금 우리 경제는 어떤가 생각해 보시오. IMF 졸업했다고 큰소리치지만 그걸 졸업하기 위해 치른 국민들의 희생을 생각해 보라구요. 직장에서 쫓겨나 하루아침에 실업자가 되어, 회사가 부도가 나서 지하철 역에서 떨며 밤샘한 사업가들이 어디 하나 둘이오? 또 나라 살림 팔아치운 건 얼마인데…… 그런 국민의 피눈물 나는 희생 위에 올라앉아 IMF 졸업을 자랑이라고 떠들어대슈? 그래 DJ, 어디 말 좀 해 보시우. 국민들이 피눈물 흘릴 때, 당신 아들들은 기업들 돈 뜯느라 눈이 벌겋게 충혈됐고, 당신의 아태재단을 개인 기업으로 만들지 않았소. 요직 요직에 측근들 앉혀 서로서로 감싸며 해먹기 바쁘고…… 제기랄 그게 민주화요? 난, 민주화로 보지 않소. 부패화지. 민주를 가장한 부패화…… 왜, 김일성처럼 독재해서 대통령 아들들 다음 대통령 넘겨주지 그랬소. 그런데 한 가지 물어볼 것이 있소. 세습으로 통치권자 되고, 독재자로 세계에서 주목받는 김정일은 죽어라 사랑하고 아끼는 어른께서 박정희는 왜 쿠데타 세력이라며 몰아붙이는 거요, 박정희 기념관 만든다며 치던 큰소리는 다 어디 갔소. 당신 따라다니는 사람들은 한결같이 반박정희, 안티 조선이니 하며 민주화,

민주화 하는데 왜 김정일에겐 민주화 하라는 말 한마디 못하는 거요. 그런 논리가 어디 있소. 그건 둘째요. 왜, 김정일에게 납치된 우리 식구들 돌려 달라는 말 한마디 못하는 거요. 왜, 6 · 25 전사자나 국군 포로는 확인 못하는 거요. 도대체 김정일에게 무슨 약점이 있는 거요. 할 말도 못하고 있게…… 제기랄 이건 코미디요. 코미디.'

"아니! 뭐 화나는 일이라도 있어요? 냉커피 만들고 앉아 있게."

카페 여주인이 호들갑 떨며 맞은편에 앉았다.

"아…… 아뇨? 왜, 그렇게 보였습니까?"

"아니, 눈동자가 꼭 누굴 잡아먹기라도 할 것 같아서요."

"내 표정이 그랬습니까? 허허…… 좋아요. 내가 오늘 차 한 잔 사죠. 아님, 맥주나 한 잔 하던가."

"아이구 김 차장님은…… 자주 들르시기나 해요. 제가 커피 대접하는 거니까. 알았죠?"

이때, 휴대전화 벨이 울려왔다. 주인 여자가 찻잔을 들고 일어섰다.

"네. 저, 김성수입니다."

"김 차장님. 저, 김용기입니다."

"아, 김 선생님. 웬일이십니까. 이 시간에…… 뭐 좋은 일이라도 있으신 겁니까?"

"있죠. 있고 말고요. 저, 지금 이동호 씨와 함께 있습니다."

'그럼…… 석방? 자유의 몸?'

온몸에 전류가 흐르는 듯했다. 김용기의 밝은 목소리에 그런 예감을 느낀 것이다.

"그럼 조사를 끝내고 돌아오신 겁니까?"

"귀신이군요, 귀신. 허허허…… 그렇게 되었습니다. 지금 식사 중인데 합석하실 수 있겠습니까? 여기 마포인데요."

김성수는 화들짝 놀라 자리를 박차며 일어섰다.

드디어 이동호의 완전한 자유다. 이제 그는 정착금을 받고 집을 마련하고 주민등록증을 받는 완전한 대한민국 국민이 되는 것이다. 베이징으로 건너가서 그의 아내 김정애와 아들 선규를 데려오면 된다.

마포라면 택시로 15분 거리도 되지 않는다.

"물론 가야죠. 마포 어디 계십니까."

"마포 갈비집이라면 다 안다는데요."

"압니다. 곧 가겠습니다."

그는 카페 여주인에게 인사도 제대로 못하고 밖으로 뛰쳐나왔다. 까만 콜택시가 있어 정신없이 뛰어들었다.

"갑시다. 마포로…… 있잖아요. 유명한 식당 마포 갈비집."

"예, 알겠습니다."

깨끗한 뉴그랜저 콜택시는 마포로 향해 미끄러지기 시작했다.

김 차장은 감정이 북받쳐 숨도 제대로 쉴 수 없었다.

'이제 김정애 씨와 아이만 데려오면 돼. 멋진 드라마였다.'

지옥의 끝

김정애는 온몸을 조여오는 답답함을 견디지 못해 눈을 떴다. 정신을 차린 것이다. 그러나 눈을 떴어도 몸의 답답함은 마찬가지다.

"흑!"

그녀는 놀라 소리쳤지만 비명이 밖으로 터져 나오지는 못했다. 입에는 재갈이 물려 있고, 몸은 단단한 밧줄로 묶여 있다. 손에는 차가운 수갑까지 채워져 있어 꼼짝도 할 수 없었다.

눈을 뜨고도 한동안 아무 생각도 떠오르지 않았다. 왜 묶여 있으며, 어디로 가는지, 눈에 보이는 군인들은 누군지…… 머리가 뻐개질 듯 아파왔지만 비명을 지를 수도 없었다. 갑갑함을 견디지 못해 발버둥을 쳤다.

"정신이 좀 드는 모양이군."

김정애를 가운데 두고 양쪽에서 호위하던 군인들이다. 그들은 그녀가 이제 더 이상 위협이 되지 않는다는 것을 알았는지 포승줄을 풀어주었다.

하지만 아무것도 물어볼 수가 없었다. 여긴 어디며 내가 어디로 가는지…… 그는 잠시 허공을 올려다보았다. 그러다가 소스라쳐 놀라 주위를 살펴보았다.

좁은 지프의 내부다. 군인 두 사람이 앞에 앉아 있는데, 한 사람은 운전을 하고 있었고, 또 한 사람은 그 옆에 앉아 있는데 장교인 듯싶었다. 옆에서 호송하고 있는 사람들은 사병으로 보였다. 그렇다면…… 그녀의 머리에 잔뜩 끼었던 안개가 서서히 풀려가기 시작했다.

'검문이 있었고, 죽기 위해 권총을 빼앗으려 덤볐고…… 그리고…… 지금 이 차에 실려 있다. 그렇다면…… 그렇다면…… 옆에 당연히 있어야 할 선규는 어디로 갔단 말인가. 선규가 보이지 않는다. 선규가 보이지 않아. 이게 도대체 어떻게 된 거야! 입에 물린 재갈을 풀어줘야지. 그래야 물어라도 볼 게 아냐.'

그녀는 몸부림치기 시작했다. 이 방법밖에는 달리 의사를 소통시킬 방법이 없었다. 온몸을 뒤틀며 몸부림쳤다. 군인 하나가 권총을 빼들며 소리쳤다.

"자꾸 지랄하면 쏴버릴 거야."

김정애는 턱을 내밀려 욱욱거렸다. 재갈을 풀어 달라는 하소연이다. 하지만 이들은 외면했다. 시선을 앞으로 고정시킨 채 듣지 못한 것처럼 앉아 있었다. 그들의 부동자세로 보아 아무리 발광해도 소용없어 보였다.

그녀는 기어이 머리를 떨구고 말았다.

'선규가…… 선규가…… 혹…… 이녀석들이…… 묶어내린 긴 이

냐? 우리 선규를…… 아냐. 그럴 리 없어. 선규는 죽지 않아. 다른 차에 실려 뒤에 따라올 거야!'

말이 하고 싶어 환장할 지경이지만 이들은 전혀 반응이 없었다. 그녀는 두 무릎 사이에 얼굴을 파묻고 흐느껴 울기 시작했다. 선규만 옆에 있어도 한결 힘이 되어줄 텐데…….

"으흐흐…… 으흐흐……."

지프는 밤길을 하염없이 달리고 있었다. 어디로 끌고 가는지 그녀로서는 도저히 가늠할 수 없었다. 신경이 곤두서 잠도 오지 않았다.

그렇게 밤샘으로 달려, 외진 한 큰 건물 앞에 섰는데, 어둠 속에서 보아도 수용소가 틀림없어 보였다. 높은 담장이 길게 뻗어 있는데 그 위로 철조망이 덮여 있었다.

군인들은 건물 앞에 와서야 입의 재갈을 풀어주었다.

"선규…… 내 아들은 어떻게 되었나요."

"……."

"내 아들 어떻게 되었냐구요!'

하지만 이들은 대답하지 않았다. 마치 벙어리에 귀까지 먹은 사람처럼 어깨를 밀어 앞세울 뿐 한마디 대답도 없었다. 군인들은 가방에서 권총과 탄환을 꺼낸 후 가방을 되돌려 주었다. 그리고 건물 안으로 들어갔다.

두 호위병이 지키고 있는 가운데, 장교인 듯한 군인이 사무실로 들어갔고, 채 10분도 지나지 않아 그들은 교도소 요원들에게 김정애를 인계했다. 교도소 요원들은 수갑을 채운 그녀를 작은 콘크리트 방으로 데려갔다.

벽은 낡고 우중충해 보였다. 천장에는 흐린 백열구 하나가 켜져 있는데, 방에는 큰 테이블과 마주앉을 수 있는 의자 두 개가 있었다. 김정애가 의자에 앉자 잠시후 뚱뚱한 남자가 들어왔다. 그는 매우 거만하게 보였다.

그 뚱뚱한 사내는 큰 가방과 작은 보따리 하나, 그리고 서류를 들고 있었다. 가방과 보따리는 김정애의 소유물이다.

"당신 북조선에서 온 김정애 맞죠?"

"그렇소."

김정애는 고개를 뺏뺏이 들고 경멸하는 눈초리로 대답했다. 까짓 죽기밖에 더 하겠냐 하는 심정이다.

"남편은 이동호가 맞고?"

"네."

"여기서 이틀 체류한 다음 북조선으로 넘어갑니다. 말썽 피우지 않도록 조심하쇼. 여기서 죽으면 그뿐입니다. 우리에게 책임이 돌아오지는 않으니까."

"……."

"특별히 괜찮은 독방을 줄 거요. 식사는 다른 죄수나 마찬가지지만 독방은 이틀 정도 지내기에는 괜찮을 거요. 이 가방 가지고 들어가도 좋습니다."

그가 가방을 내밀었다. 지퍼를 열고 들여다보니 비닐로 돌돌 말은 달러는 그대로 있었다. 김정애는 거기서 50달러를 꺼내 그에게 내밀었다 뚱뚱한 사내가 흘깃 눈치를 보더니 덥석 움켜잡았다.

"부탁이 있습니다."

"네, 네. 말씀하세요. 무엇이든지."

그 거만해 보이던 남자가 갑자기 싹싹하게 굴었다.

"내가 체포될 때 내 아들도 같이 있었습니다. 어떻게 되었는지 아시면 말씀해 주세요. 그리고 왜 검문소에 내 사진이 붙어 있었는지도 말이에요."

"아, 알고 있습니다. 아드님…… 네…… 섭섭하시겠지만……."

'아니! 그럼 죽었다는 말인가.'

쿵! 가슴이 무너지는 듯했다.

"여기까지 함께 오지 못했습니다. 검문소 군인들 말에 의하면…… 아드님은…… 귀하를 태우고 온 운전사가 데려갔다고 했어요. 여기 함께 오지는 못했지만 죽지는 않을 거요."

쿵! 그녀의 머리가 딱딱한 목제 테이블 위로 떨어졌다.

"고맙습니다. 고맙습니다. 정말 고맙습니다."

이 뚱뚱한 남자를 향해 계속 머리를 조아렸다. 왜 이 남자에게 고맙다는 말을 해야 하는지조차 몰랐다. 벽을 향해서도 고맙다고 하고 싶었고, 천장의 백열구를 향해서도 그렇게 하고 싶었다. 그녀에게 종교가 있었다면 하나님, 부처님에게 그런 감사를 표했을 것이다.

2, 3일 지내기에는 비교적 시설이 괜찮은 독실이다. 약하기는 하지만 스팀도 들어왔고, 침대도 있었다. 세면대에는 치약과 칫솔까지 있어 불편함을 느낄 수 없었다.

탈북자로 중국을 떠돌던 범죄자이긴 하지만 그녀는 북조선의 기갑 사령관 부인이다. 이 정도의 대접은 해 주어야 한다. 칫솔과 치약, 그리고 세면비누와 화장지는 그 뚱뚱한 수용소 부소장의 특별한 서비스 용품이다. 질도 매우 우수했다.

　침대에 누운 그녀는 선규 생각에 골몰하다가 그만 잠 속으로 빠져들고 말았다. 너무나 지쳐 있었던 데다, 밤잠을 전혀 이루지 못했던 까닭이다.

　중국 교도소 생활은 별 불편이 없었다. 특별대우라고 생각했다. 넣어주는 식사를 하고 나면 그 다음부터는 영내 산책, 낮잠, 무엇이든 상관하지 않았다. 하지만 선규, 선영이, 그리고 남조선에 도착했다는 남편 생각으로 머리는 언제나 안개 속 같았다.

　탈북의 대가는 너무나 가혹하고 불행했다. 하지만 그녀는 결코 후회하지 않았다. 언젠가 말한 것처럼 나무가 쓰러지려면 잔가지부터 부러지는 법이니까.

　이제 그녀는 다시는 죽겠다는 생각을 하지 않기로 했다. 선규가 살아 있고 남편이 살아 있는데 죽을 이유가 없다. 살아서 반드시 만나겠다는 희망이 그녀로 하여금 좌절과 슬픔을 견디게 해 주었다.

　이틀의 시간은 그런대로 편하게 잘 보낸 셈이다. 수용소에 갇힌 지 사흘이 되던 새벽, 그녀는 수용소 교환수에 의해 잠에서 깨어났다. 그는 김정애를 데리고 운동장으로 나섰다. 거기에 커다란 트럭 하나가 보였는데 그 트럭을 보는 순간 가슴이 턱! 막혀 하마터면 그 자리에 쓰러질 뻔했다.

　조선 트럭이다. 탈북자들을 체포하여 한꺼번에 실어간다는 그 트럭이다. '이제는 죽었다' 라는 생각밖에는 머리에 떠오르는 것이 없었나.

　"타세요."

중국 교환수가 등을 밀었다. 김정애는 천근 같은 발걸음을 떼어 트럭을 향해 걷기 시작했다.

'아, 이것으로 내 모든 운명이 끝을 맺는구나.'

절망과 회한에 찬 그녀의 얼굴은 차마 마주 볼 수 없을 징도로 참담하게 일그러져 있었다. 권총만 빼앗기지 않았어도 그녀는 자신의 머리에 총구를 겨누고 방아쇠를 당겼을 것이다.

남편도 선규도 다시는 볼 수 없을 것이다. 자신의 살아생전에는 절대 통일이 불가능하다는 것을 그녀는 잘 알고 있었다.

사람들의 부축을 받으며 트럭에 올랐다. 좁은 뒤칸은 사람들로 빽빽이 들어차 있었다. 대부분 무거운 침묵을 지키고 있었지만 간헐적으로 어린 소년들의 울음소리도 들려왔다.

김정애는 푹신한 옷보따리를 깔고 앉았다. 자신의 옷과 선규의 옷과 죽은 선영이의 스웨터 한 벌이 들어 있었다. 선영이는 죽었고, 대부분 화장할 당시 함께 태워버렸다. 하지만 선영이가 끔찍이도 좋아하던 빨간색 털 스웨터는 버리지 못하고 지금까지 들고 다녔다. 어린 계집애의 체취를 느낄 수 있는 유일한 유품이었다.

그렇게 쪼그리고 앉아 가방을 잔뜩 끌어안았다. 여기엔 아직도 꽤 많은 달러가 들어 있었다. 앞으로도 이 달러는 많은 도움을 줄 것이다.

덜컹이며 트럭이 출발하자 사람들이 한쪽으로 쏠렸다가 다시 제자리로 돌아왔다. 멀리 어둠에 쌓여 있던 수용소가 어슴푸레 윤곽을 드러냈다.

김정애는 깊은 한숨을 내쉬었다. 이 중국 땅에서 선영이를 죽였고,

이번에는 선규마저 잃은 채 다시 조선으로 끌려간다. 이젠 흘릴 눈물마저 없는지 그녀는 넋을 잃은 듯 시야에서 사라져가는 수용소를 바라보고 있었다.

'죽어야지. 무슨 희망이 있어야 더 살지. 이제 조선으로 돌아가 수용소에 갇힌다면 죽어서나 나올 텐테…… 참을 수 없는 기침에 괴로워하던 선영이, 헉헉대며 숨 끓어질 듯하던 선영이의 호흡 소리. 그리고 검문소에서 공포에 질린 눈으로 엄마를 바라보던 선규…… 두 아이를 다 잃었다. 다, 으흐흐흐…….'

그녀는 볼이 얼어붙는 줄도 모르고 눈물을 펑펑 쏟아냈다. 그 강하던 김정애지만 지금은 어쩔 수 없는 한 여인. 아이를 둘 다 잃어버린 애끓는 슬픔의 한 어머니로 돌아와 있었다.

자동차 속력이 좀 더 빨라졌다. 탈북자들을 태운 트럭 뒤로 어디선가 또 한 대의 트럭이 나타났다. 중국 민간인 화물트럭이다. 그 트럭을 보는 순간, 그녀의 눈빛이 반짝이기 시작했다.

'죽자!'

총을 든 무장 군인 두 명이 화물칸에 타고는 있지만 죽는 것은 이들도 어쩌지 못한다. 뛰어내리면 그것으로 끝이다. 뒤의 트럭이 덮쳐 몸과 마음과 슬픔의 생명줄을 단번에 없애줄 것이다. 몸은 산산조각이 날 것이고 생명은 이것으로 종지부를 찍을 테지만, 그 대신 죽음은 고통을 없애준다.

'죽자!'

손에 들었던 가방을 내려놓았다. 두 명의 호위 군인들은 끄덕끄덕 졸고 있었다. 그들을 바라본 뒤 눈을 감았다. 이제 뛰어내릴 것이다.

선규, 선영이, 남편, 그리고 평양에 홀로 남겨두고 온 시어머니의 얼굴이 차례차례 떠올랐다.

'어머님, 여보. 난, 먼저 갑니다. 선영이에게 먼저 갑니다. 선규가 살아 있다면 당신이 어떻게든 찾아서 잘 키우세요. 그늘지지 않도록요. 용서하세요.'

그녀는 눈을 번쩍 떴다. 뒤의 트럭이 좀 더 가까이 왔다.

'가자……'

"아니! 아주머니 아니세요?"

누군가가 소리치며 소매를 잡았다. 날이 어슴푸레 밝아왔다. 뛰어내리려던 김정애가 깜짝 놀라 팔을 잡는 소년을 바라보았다.

"아니…… 네가…… 어떻게."

그녀는 휘둥그레진 얼굴로 소년을 바라보았다.

"쉿! 조용히 하세요."

소년이 귀엣말로 소근거렸다.

"떠들면 때려요."

"그래, 알았다. 그런데 넌…… 왜…… 버티지 못하고……."

"잡혔어요. 모르겠어요, 잘 숨어 있었는데 누가 밀고했나 봐요."

소년의 눈에도 눈물이 글썽이고 있었다. 얼마나 굶었는지 얼굴은 바짝 말라 있고 옷은 누더기가 되어 있었다.

함께 압록강을 건넜던 만포 여우골의 지도원 아들이었다.

"무서워요, 아줌마. 저, 무서워요."

"괜찮아. 아줌마가 지켜줄게."

목에 둘렀던 수건을 꺼내 눈물을 닦아주었다. 그리고 한 손으로 안

아주었다. 소년은 두려움과 추위에 오들오들 떨고 있었다.

그녀는 죽는 것도 힘들다는 생각을 했다. 어쩌다 어디서 붙잡혀 이 트럭까지 실려오게 되었는지는 알 수 없지만 아마도 중국 벌판에서 무작정 헤매다가 잡혔을 것이다.

탈북자들은 마치 사냥감 짐승처럼 쫓기다가 체포되는 것이 다반사였다. 조선에서 기관원들이 올라오고, 중국 공안원들이 두더지 굴을 뒤지듯 뒤지고 다닌다. 산이나 민가에서 헤매고 다니다가는 대개는 이렇게 노획물처럼 잡혀 되돌아가게 된다.

김정애는 떨고 있는 소년을 안아주며 속삭였다.

"우리는 죽지 않아. 반드시 살아날 거야. 겁먹지 마. 용기를 가져. 이 아줌마 믿고, 알았지? 그러니 용기를 내!"

소년은 머리를 끄덕였지만 이 아줌마가 자신을 살려주지 못한다는 것을 잘 알고 있었다. 그래도 달리 할 일이나 말이 없으니 그저 머리만 끄덕인 것이다.

무려 다섯 시간이나 쉴 새 없이 달렸고, 드넓은 황무지 벌판에서 트럭은 잠시 멈추어 섰다.

"야! 오줌 누고 싶으면 여기서 일 봐. 만일 도망치는 자가 있으면 사살한다. 한 번 더 경고한다. 용변을 봐도 도망치려는 자는 경고 사격 없이 즉결처분이다. 그러니 딴 생각들은 하지 않기 바란다."

호송 군인이 소리를 치며 총을 들어올렸다.

와— 사람들이 트럭에서 내렸다.

남자고 여자고 가릴 겨를이 없었다. 용변을 보지 못해 오줌보가 터지는 줄 알았던 사람들이 하나 둘이 아니었다. 그들은 일성한 구역을 벗어날 수 없었기 때문에 남자와 여자가 뒤섞여 소변과 대변을 보았다. 휴지가 있을 리 없다. 사람들은 풀잎으로, 혹은 옷을 찢어 항문을 닦았다.

"자— 그만. 빨리 탑승하라!"

군인이 소리치자 사람들이 트럭을 향해 벌 떼처럼 덤벼들었다.

이때였다. 저쪽에서 누군가 야산을 향해 뛰기 시작했다.

"탈주다."

군인 하나가 소리치며 장총 개머리판을 어깨에 밀착시켰다. 그리고 조준할 사이도 없이 총알을 날려보냈다.

'탕—탕—탕…… 타—당.'

또 한 명의 군인도 도주하는 남자를 향해 발포하기 시작했다.

사람들은 숨죽이며 도망치는 청년이 탈주에 성공하기를 빌었다. 하지만 그 기대는 물거품이 되고 말았다. 야산을 향해 허우적이며 뛰던 청년 하나가 총알에 맞았는지 풀썩 마른 나무 사이로 쓰러지며 모습을 감췄다.

군인 하나가 조준한 상태로 올라갔다. 사람들은 떨리는 가슴으로 지켜보았다. 올라간 군인이 땅을 향해 총구를 겨누더니 다시 몇 발의 총을 더 쏘았다. 그리고 시체를 버려둔 채 돌아왔다.

그는 트럭 위의 탈북자들을 향해 소리쳤다.

"누구든지 저렇게 늑대 밥이 되고 싶으면 도망치라고. 알갔어!"

그리고 허공을 향해 또다시 총질을 해댔다. 놀란 날짐승들이 다시 푸드득, 땅을 박차고 하늘로 솟구쳤다.

트럭은 시체를 남겨두고 다시 출발했다. 누군지는 몰라도 매장을 못했으니 짐승의 밥이 될 것은 확실했다. 굶어 탈출한 죄밖에 없는 청년, 죄 많은 땅에서 태어난 죄밖에는 없는 조선의 한 청년이 이렇게 죽어 버려지고 있었다.

'개자식들.'

김정애의 입에서 모진 욕설이 튀어나왔다. 자살을 선택하려다 자신의 탈출을 도왔던 여우골 지도원의 아들과 만나는 순간 그녀는 죽음을 포기했다. 열여섯 지도원 아들의 어머니가 되어주기로 했다. 또 운명이 어떻게 갈라서게 만들지 모르지만, 그 소년은 지금 자신이 유일한 희망이다. 이 소년의 희망을 꺾게 해서는 안 된다.

죽음이 두려워서도 아니고, 미련이 남아서도 아니다. 이 소년을 만나지 않았다면 트럭에서 뛰어내려 실제 죽음을 선택했을 것이다.

트럭은 다시 출발했다. 사람들은 공포에 질려 아무도 입을 열지 못했다. 청년의 죽음과 앞으로 닥쳐올 수용소 생활에 대한 공포와 두려움 때문이었다. 탈북자 수용소의 악명은 이미 소문이 자자한 터였다. 사람들은 수용소를 '지옥의 끝'이라고 부르기도 한다. 사람이 생존할 수 있는 최후의 조건만 허락된다는 곳이다. 그 조건을 견디지 못하면 그건 곧 죽음이다.

트럭은 찬바람을 가르며 계속 달렸다. 어딘지 알 수 없는 수용소에서 이틀을 보낸 후, 다시 하루를 이렇게 달리고 있었다. 중국 땅은 참으로 넓기도 넓었다. 모래 먼지에 뒤덮인 트럭은 끝도 없는 벌판을 끝도 없이 달렸다.

몇몇 사람만이 보따리에서 주먹밥과 물을 꺼내 먹지만 대부분은 물 한 모금, 쌀 한 톨, 밀가루 빵 한 조각 얻어먹지 못한 채 허기진 배를 끌어안고 달렸다.

김정애는 굶은 옆사람에게는 미안했지만 어쩔 수 없이 차갑게 식어 버린 만두와 물통의 물을 꺼내 소년과 함께 먹었다. 가방의 바닥에는 수용소 부소장이 몰래 넣어준 통조림이 몇 개 있지만 아직 그걸 꺼낼 시기는 아니었다.

'언제 무슨 일이 생길지 모른다. 이것은 절대 상하지 않으니 비상 식량으로 남겨두자.'

먹을 것이 없는 사람들은 퀭한 눈으로 바라보지만 입술까지 말라붙어 삼킬 침조차 없는 듯했다. 트럭이 잠시 멈추어 섰다.

군인들이 트럭에서 내렸다. 그리고 조금 열려 있는 덮개의 작은 문짝 같은 천막을 내려 시선을 외부와 완전히 차단시켰다. 직감적으로 조선이 가까이 왔음을 알 수 있었다.

바람막이가 되어 몸으로 파고들던 추위는 덜했지만 갑갑하여 견딜 수가 없었다. 나이가 좀 든 사람들은 갑갑함보다 불안감이 더 커졌고, 젊거나 어린 사람들은 갑갑함을 견디기가 참으로 힘들었다. 그런데다 계속 쪼그리고 앉아 있어서 허리가 아파 더욱 견딜 수가 없었다. 그렇지만 참는 방법 외에는 달리 선택의 여지가 없었다.

콩나물 시루의 콩나물처럼 빽빽하게 끼어앉아 하루를 달렸다. 눕거나 다리를 뻗는 것은 너무나 행복한 희망사항일 뿐이다. 끙끙 앓는 소리를 내는 사람도 있고, 몸을 비틀며 괴로워하는 사람도 있었다.

천으로 입을 가리며 힘들게 기침하는 소리도 들리는데, 김정애가 가장 괴로워하는 소리는 그 기침 소리였다. 선영이가 객혈을 뿌리며 내뱉던 그 기침 소리……

그렇게 하염없이 달리던 트럭이 잠시 멈추어 섰다. 이번에는 한 20여 분. 제법 긴 시간을 지체한 뒤, 다시 출발했는데 차에 울려오는 진동이 지금까지와는 판이하게 달랐다. 지친 사람들은 의식하지 못했지만 김정애는 직감적으로 느낄 수 있었다.

'압록강 다리다!'

드디어 이 압록강을 다시 건너게 되었다.

'목숨을 걸고 얼어붙은 강을 건넜다. 딸, 아들 모두를 잃고 지금 이 강을 혼자 다시 건넌다. 탈북자라는 범법자가 되어……'

강하던 김정애도 다시 머리를 떨구었다. 슬픔이 북받쳐 올라 견딜 수가 없었다. 지도원의 아들도 이때는 의식되지 않았다. 보따리에 얼굴을 묻고 그녀는 목놓아 울었다. 그녀의 울음소리가 트럭 속의 무서운 적막 속에 애절하게 흐르고 있었다.

"으흐흐흐…… 으흐흐흐……"

'당신은 도대체 지금 어디 있는 거예요. 선영이가 죽은 것을 알고 계시나요. 선규가 알지도 못하는 트럭 기사와 몽골에 간 것은 알고 계시나요. 난, 어떡해요. 난! 으흐흐흐……'

그녀는 흐느껴 울며 또 한 번 진저리를 쳐댔다.

"자─ 자. 한 잔 들자구요."

술잔들이 높이 들려졌다. 쨍! 컵 부딪치는 소리가 경쾌하다. 옆에서 숯불구이 쇠고기 냄새가 코를 찔렀다.

"이쨌든 이런 기쁜 날은 없을 겁니다. 우리들의 승리 아닙니까."

다섯 사람의 남자였다. 이동호와 김용기, 제일무역 회장과 하바코

프스크에서 소환되어 돌아온 박정남 그리고 김성수 차장이다. 이동호 귀순에 크게 한몫한 사람들이다.

모두들 유쾌하게 웃고 있지만 이동호는 쏟아지려는 눈물을 참느라 무진 애를 쓰고 있었다. 선영이가 죽었다는 말을 들은 것이다. 슬픔을 참을 수도 없지만 울어버릴 자리도 아니었다.

'아내와 두 아이들이 압록강을 건너기가 얼마나 힘들었을까. 얼마나 춥고 힘들었으면 급성폐렴으로 죽었을까. 선규와 아내는 중국에 잘 있는지. 만일 중국으로 아내를 찾아 떠나겠다면 당국에서 허락해 줄런지……'

"자— 자. 다른 생각하지 말고 술이나 받으세요. 오늘은 세상 다 잊는 겁니다."

이동호의 안타까운 마음을 가장 먼저 알아차린 사람은 김용기다. 울적한 표정을 금세 읽어버린 것이다.

"아— 네. 그러죠."

억지로 웃음을 보이며 잔을 내밀었다.

김용기는 이동호의 심경변화가 필요하다는 느낌을 받았다. 그리고 실제 지금 술에 취해 있을 때도 아니었다. 이동호가 완전한 자유의 몸이 된 것은 너무나 당연한 것이다. 문제는 지금부터였다.

술이 몇 잔 돌기는 했지만 아직 취할 만큼 마신 상태가 아니어서 다행이었다.

"자, 죄송하지만 술은 그만합시다. 전부 식구 같은 사람들만 모였습니다. 긴히 상의 드릴 일이 있어서요."

"좋습니다. 하긴— 지금 술에 취해 있을 때는 아니죠."

김성수 차장이 거들었다. 그도 김용기의 생각을 알아차린 것이다. 그리고 그는 이반에 대한 의견을 나누고 싶었다.

"그럼 제가 먼저 말씀 드리겠습니다."

김용기는 끊는다 끊는다 하면서도 아직 끊지 못하고 있는 담배를 꺼내 불을 붙여 입에 물었다. 한 모금 길게 빨아들였다 내뱉으니 기분이 조금은 후련한 듯싶었다.

"이동호 씨. 앞으로 진로는 걱정하시지 않아도 됩니다. 국방연구원이나 국방대학에 가서도 되고, 정치권이 바뀌면 현역으로 활동하셔도 좋으실 겁니다. 문제는 가족입니다. 제가 준비되는 대로 곧 중국으로 가겠습니다. 다행히 김 차장님이 그쪽 사정에 밝으시니 부인과 아이를 데려오는 것은 문제가 아닐 것입니다. 가슴이 아프시더라도 선영이는 잊으셔야 합니다. 중요한 건 과거가 아니라 미래입니다."

"네, 그렇게 하겠습니다."

가슴이야 돌덩이로 눌러놓은 듯 무겁고 아프지만 어쩔 수 없는 일이다. 지금은 아내와 선규도 다급한 문제다.

"지금까지 부인께서는 이동호 씨가 구금상태에 있어, 서울 입성을 못한 것으로 압니다. 혹 방해가 되지나 않을까. 신변 위협은 없을까. 게다가 귀순의 길이 꽉 막혀 있었기도 했구요. 하지만 지금은 아무 문제없습니다. 제가 가서 모셔오겠습니다. 자신 있습니다."

"뭐라고 감사해야 할지…… 어떻게 이 신세를 다 갚을 수 있겠습니까."

"감사라니요. 용기 있게 탈출하신 것만으로도 저희들은 모든 보상을 다 받은 듯싶습니다. 당분간은 자유롭게 활동하시지는 못하십니다. 그래서 제가 가겠다는 겁니다. 그러니 아무 걱정 마세요."

"그렇습니다. 이곳 신분증이 나온다 해도 마음대로 외국을 드나들 지는 못할 겁니다. 은혜는 평생을 다 받쳐 갚겠습니다. "

"문제는 이반입니다."

"네, 이반! 저도 지금 그 생각을 하고 있습니다."

김 차장이 김용기의 말을 거들었다.

"이반?"

회장과 박정남이 의아한 얼굴로 김용기를 바라보았다. 이제 그의 문제는 끝난 것 아닌가. 그에게 약속한 돈만 지불하면 이 일은 마무 리 짓는 것 아닌가. 그가 무슨 문제란 말인가.

"네, 이반. 그는 단순히 이동호의 석방만을 위해서 내려온 것 같지 가 않습니다. 그에겐 목표가 또 있는 것 같습니다."

"다른 목표? 그는 우리가 고용한 사람 아닙니까."

"아닙니다."

옆에서 누가 듣는다고 해도 앞뒤 내용을 알지 못할 얘기였다. 김용 기는 이반에 대한 그동안의 의문점을 털어놓았다.

블라디보스토크에서의 1시간 미스터리, 그리고 내일이라도 당장 떠나면 잔금을 지불하겠다고 했는데도 멈칫대는 점, 김용기가 그에 게 접선한 것이 아니라, 그가 계획적으로 접근한 점, 그리고 결정적 으로 오쿠라호텔에 북한인이 투숙해 있다가 사라진 점 등 의심나는 요건들을 조목조목 들려주었다.

이렇게 그를 의심하기 시작한 것은 1시간의 미스터리 때문이며, 결정적으로 그에게 의혹을 보내게 된 것은 잔금에 대한 지불 때문이었다.

"보통 그런 일을 하는 사람들은 돈에 철저합니다. 자신의 보안을 지키기 위해 섹스도 절제하죠. 그럴 이유가 없는 사람이 지금 그렇게 움직이고 있습니다."

김성수 차장이 머리를 끄덕였다.

"저도 그렇게 감지하고 있습니다…… 이건 저도 마치 첩보 소설을 읽는 기분입니다만…… 그는 제게도 그런 방식으로 접근해 왔습니다."

"무얼 가장 강력하게 원하던가요."

"황 선생님에 대한……."

"네."

"이동호 씨를 구출하기 위해서는 황 선생님이 나서야 하니, 만나게 해 달라더군요."

"이반으로서는 그럴 수도 있겠지."

회장이 머리를 끄덕였다.

"그렇지 않습니다, 회장님. 이반이 틀림없이 숨기는 것이 있습니다. 우리에게…… 어쩌면…… 그는 우리가 모르는 엉뚱한 목적을 가지고 있는지도 모릅니다."

이런 분야에서는 김용기만큼 경험도 많고 상상력이 풍부한 사람도 없다. 그는 오래전부터 이반을 의심의 눈초리로 지켜보고 있었다.

"그렇다면 그 엉뚱한 목적은……."

"조금 더 지켜봐야 하겠습니다. 내일 제가 사람 하나를 베이징으로 보냅니다. 홍봉수 국장님이 도와주시기로 했습니다."

"그럼……."

김 차장이 반색을 하며 바라보았다.

"네, 우선 김정애 여사님과 아이의 은신처를 찾아가 서울 입성을 논의하고 돌아옵니다. 그동안 저는 이반의 행동을 추적할 겁니다…… 틀림없습니다. 그는 이동호 귀순만이 목적이 아닙니다."

김성수 차장은 자신도 베이징으로 달려가고 싶었지만 지금은 자신이 나설 때가 아니었다.

"자— 자. 됐습니다. 베이징의 김 여사님과 아드님, 그리고 이동호 씨의 밝은 미래를 위하여 건배합시다."

회장이 다시 분위기를 북돋아 주었다. 술잔이 올라가고, 자유를 찾은 이동호를 위한 '건배' 소리가 합창처럼 들려왔다.

김성수 차장의 눈에 겁먹은 김정애의 얼굴이 잠깐 스쳐갔다.

'그간 별일 없었겠지. 김용기 씨가 나서면 금세 들어오실 수 있을 거야…… 세 식구가 다 모였으면 좋았을 텐데…… 정말 안타까운 일이다. 선영이만 죽지 않았다면, 이 자유의 나라에서 모두 모여 행복하게 살 수 있을 텐데…… 그나마 김정애 여사와 선규가 돌아올 수 있는 것만도 천만다행이다.'

김정애를 태운 트럭은 압록강을 건너 다시 어둠 속으로 하염없이 달려갔다. 그 시간이 얼마나 흘렀는지 사람들은 알지 못했다. 시간 감각이 없어진 것이다.

피로를 견디지 못해 꾸벅꾸벅 졸기도 하고, 추위에 깨어나면 트럭은 여전히 달리고 있었다. 밖의 밝고 어둠에 따라 새벽과 밤과 낮을 겨우 구분하지만 그런데 신경 쓸 여력도 없었다.

돼지 도축장 끌려가듯 그저 하염없이 끌려갈 뿐이다. 그들에겐 미래도 희망도 없다. 지옥 같은 수용소에서 용케 살아남는다면 다시 탈북을 시도할 것이며, 그렇지 못하면 거기서 인생을 마감하게 될 것이다. 남쪽 대한민국의 자유를 향해 갈 수 있는 데까지 가 볼 계획 외에는 달리 희망을 가질 수 있는 사람들이 아니었다.

그들은 비밀리 들은 라디오를 통해, 입 소문을 통해 남조선이 그래도 천국이라는 것을 잘 알고 있었다. 입으로는 김정일 위원장님 만세를 찾지만 한없이 저주하는 사람들 또한 그들이다. 만일 김정일이 '내가 싫은 사람은 자유롭게 떠나라' 라고 한다면 과연 이 북조선에 몇 명이나 남게 될 것인가! 항간에는 압록강, 두만강, 연변 일대에만 30만여 명의 탈북자들이 헤매고 다닌다는 소문이 파다했다.

트럭이 멈추어 섰다. 사람들 떠드는 소리가 시끄럽게 들려왔다. 아마도 수용소에 도착한 듯싶었다.

무장한 인민군들에 의해 덮개가 젖혀졌다. 차갑고 싸늘한 공기가 얼굴을 때렸다. 사람들은 지금까지 버텨온 서로의 체온을 생각하며 차 밖으로 내몰렸다. 하지만, 군인들의 고함과 욕지거리에 비해 사람들의 움직임은 더디기만 했다. 무릎이 펴지지를 않았다. 너무나 많은 시간을 움츠리고 쪼그리며 앉아 왔기 때문이었다.

신음 소리, 비명 소리 속에 모두 차에서 내렸다. 그 좁은 뒤칸에 무려 80여 명이나 들어차 있었다.

체포된 탈북자들은 남자와 여자로 나뉘어 섰다.

김정애는 소년의 손을 잡아주었다.

"끝까지 버텨. 여기서 살아남거든 여우골로 다시 돌아가. 그럼 기회가 또 생길 거야."

"예…… 예…… 알았어요."

소년은 울먹이며 남자들 대열로 들어갔다.

"뭐 하는 거야. 줄 서지 않고."

찢어질 듯한 소리에 깜짝 놀라 돌아보았다. 짧지만 단단해 보이는 몽둥이를 든 여자 교환수(간수)들이다. 그녀들은 탈북자들을 삼렬 종대로 줄을 세우고 있었다. 누군가 귀에 대고 속삭였다.

"여기가 도문 감옥이래!"

"도문?"

그 악명 높은 도문 감옥이다. 김정애는 치를 떨었다. 압록강에서 중국으로, 중국에서 몽골로, 몽골은 도착도 못해 보고 다시 도문 감옥소까지 끌려왔던 것이다.

하지만 김정애는 이곳에 오래 머물지는 못할 것이라고 생각했다. 그녀 자신은 아마도 '개천 여성 정치범 수용소'로 이감될 것이 확실하기 때문이었다.

남자들은 어디로 끌려갔는지 보이지 않았다. 이제 여우골 지도원의 아들은 다시 만나지 못할 것이다. 다시 아들을 잃은 허전한 기분이었다.

"앞으로!"

찢어질 듯한 여성 교환수들의 목소리가 들렸다. 여자들은 구령에 따라 걸었다.

강당처럼 넓은 곳인데 쇳대로 된 숟갈 하나와 참대나무 젓가락이 하나씩 지급되었다. 그리고 양은으로 된 냄비를 하나씩 지급받았는데, 취사반 사람들이 그 그릇에 멀건 옥수수죽을 퍼담아 주었다.

사람들이 미친 듯 달려들어 퍼먹었다. 오늘 하루, 이들이 먹은 것이라고는 고작 반 그릇 정도의 옥수수죽뿐이다. 그릇에 남아 있는 찌꺼기까지 혀로 핥아먹었지만 양이 찰 이치가 없다.

배고픔을 견딜 인간은 없지만 그렇다고 쉽게 생명을 포기하지 못하는 것도 인간이다. 이런 죽이라면 한 열 그릇은 먹어야 배가 차오를 것 같았다. 구수한 죽 냄새가 이들의 시장기를 더욱 미치게 만들었다.

입술에 말라붙은 찌꺼기까지 혀로 핥아먹은 이들은 여 교환수들의 지시에 따라 막사를 배당받았다.

수용소 감방은 마치 군대 막사 구조와 같았다. 가운데 복도가 있고, 나무로 짜 만든 약간 높은 침상이 있다. 그리고 죄수(?)들은 덮을 것도 없이 거기서 웅크리며 밤을 보낼 것이다. 밖으로 연결된 페치카가 있기는 하지만 마른 나무로 초저녁에 한 번 불을 지피면 다음날 하루종일 냉방이다.

이들은 보따리를 들고 이 막사로 들어섰다. 여 교환수가 따라 들어오며 큰소리로 훈령을 내렸다.

"너희들은 자랑스러운 조선인민민주주의공화국과 위대하신 지도자 김정일 위원장님을 배신하고 외국으로 달아나려다 체포된 죄수들이다. 악질적인 반동 행위를 생각하면 당장 총살을 시켜야 하나 위내하신 지도자 김정일 위원장님의 따뜻하신 배려로 반성의 기회를 주게 되었다. 이곳은 도문 감옥소다. 너희들의 출신 성분이 확인되는대로 일부는 수일 내에 다른 감옥으로 이감될 수도 있다. 하지만 이곳에 수용되는 동안에는 이곳의 엄격한 규율을 따라야 한다. 규율은 간단하다. 첫째 탈출을 시도하는 자는 즉결 처분을 당한다. 즉석에서 총살이다. 둘째 지휘계통을 무시하거나 지도자에 저항하는 자에게는 혹독한 형벌이 가해진다. 가혹할 정도의 독방으로 분리 수용된다. 독방은 총살만도 못할 것이다. 셋째 불순한 사상을 전파하거나, 조국을 비방하는 자는 이 독방에서 사상전환이 될 때까지 수용된다. 많은 사람들이 죽어서 나왔다. 너희 죄수들은 내일 날이 밝는대로 성분별 조사를 착수할 것이다. 이상이다. 오늘은 위대하신 지도자 김정일 위원장님의 교시를 받들어 일찍 재워준다. 이상이다."

이중으로 된 철제문이 닫히고, 육중한 열쇠가 잠기는 소리가 들려왔다. 문 밖에는 무장한 교환수들이 있지만 어디로든 탈출은 불가능했다. 사람들은 두려움에 몸을 떨었지만 너무나 지쳐 있어 곧 잠에 빠져들었다. 이들 중 상당수는 이곳을 벗어나지 못하고 죽어서 나갈 것이다.

김정애는 잠을 이룰 수 없었다. 아무리 잠을 청하려 해도 와주지를 않았다. 신경은 송곳처럼 날카롭게 곤두서 있는데, 머릿속은 남편과 선규와 선영이가 휘젓고 있어 더욱 예민해져만 갔다.

수감 첫날은 그렇게 보냈다.

다음날 새벽, 교환수들은 복도에서 고함을 치며 죄수들의 잠을 깨웠다. 발로 문짝을 걷어차는 사람도 있었다. 이들은 물먹은 솜처럼 무거운 몸을 겨우겨우 일으켜 세웠다. 아침 죽을 얻어먹으면 조사를 받는다. 한꺼번에 너무나 많은 옥수수죽을 끓이기 때문에 늦게 배식

받는 사람은 식어 빠진 차가운 죽을 먹을 수밖에 없었다.

아침에 일어나서야 이들은 수용된 사람들이 수백 명에 이르고 있다는 사실을 알았다. 수용 막사의 숫자가 이를 증명하고 있었다.

김정애도 여기서는 특별한 대우를 받지 못했다. 그는 일반 수감자들과 함께 줄을 서서 죽 배급을 기다리고 있었다. 그때 누군가 어깨를 잡아당겨 뒤를 돌아보았다. 한 50세 중반으로 보이는 여자다.

"쯧쯧…… 젊은 새댁이…… 혹시 말이우 돈이 있으면 비닐로 말아 삼켜요. 나중에 변을 볼 때 꺼내 쓸 수 있으니까."

옷차림이 다른 수감자와 달리 깨끗하고 고급스러워 보였기 때문이리라.

"네…… 그렇군요."

줄이 점점 짧아지더니 마침내 김정애 차례가 왔다. 그녀는 식은 죽을 받아 다른 사람처럼 바닥의 찌꺼기까지 싹싹 핥아먹었다.

이제부터 수감자 생활을 적응해 가야 한다. 살다 보면 희망이 나타날 수도 있을 거라 생각했다. 남편과 선규를 만날 수 있다면 교환수발바닥이라도 핥아줄 수 있을 것이다.

인생이란 가끔 기적 같은 일이 생길 수도 있는 법이다. 언제 어떻게 아들과 남편이 나타나 이곳에서 빠져나가게 해 줄지 알 수 없는 일이다.

식당 구석에 쪼그리고 앉아 식사를 마치는 동안, 군인들은 사방으로 둘러싸 총구를 겨냥하고 있었다.

50대 중년 여인은 계속 많은 말을 해 주었다. 처음 온 사람들은 조사를 받는데, 돈이 있으면 좀 더 나은 대접을 받을 수 있다고도 했나.

지옥의 끝 185

김정애는 점퍼 속 이중 주머니의 달러를 생각해 보았다. 아직도 100달러 서너 장, 잔 돈 70여 장이 감춰져 있었다. 죄수복이 따로 없는 수용소라 옷을 바꿔 입지 않는 것이 그나마 큰 행운인 셈이었다.

누더기가 된 중국제 점퍼를 입은 50대 여인은 언제 머리를 감았는지 때에 절어 머리카락이 갈기갈기 곤두서 있고 몸에서는 악취가 났다. 하지만 대부분 많은 수감자들 상황이 이렇다.

식사 후 햇볕에 앉은 여인은 신발을 벗었다. 양말 대신 광목으로 된 천을 둘둘 감아 발을 감싸고 있는데, 붕대를 풀 듯 천천히 풀어 햇볕에 말리고 있었다.

"제길 먹은 것도 없는데 발에 웬 땀이 이렇게 나는 거야."

축축한 천을 그냥 신으면 나중에 훨씬 더 빨리 동상에 걸린다고 했다.

"겁주려고 하는 말은 아닌데, 고문당해 죽거나 병신된 수감자들 하나 둘이 아니죠. 특히 탈북자들 말이오."

"네…… 그렇군요."

안다. 김정애는 많은 얘기를 들어서 알고 있었다. 하지만 지금 경험하고 있는 수용소 생활은 상상을 초월하는 악조건이다. 언제 또 식사배급이 중단될지 모르며, 그때는 마냥 굶고 있어야 한다고 했다. 인권은 고사하고 생존의 가능성마저 희박한 최악의 조건이었다.

그래도 건물 앞에는 웃고 있는 김일성과 김정일 사진이 턱 붙어 있었다.

이 여자 외에는 거의가 침묵하고 있었다. 떠들면 그만큼 에너지가 소비되기 때문에 가능하면 움직이지 않고 따뜻한 겨울 햇볕 아래 몸을 녹이거나 양말용 천을 말리기도 했다.

지급품은 놋숟갈과 참대나무 젓가락이 전부였다. 어떤 사람이 자살하려고 이 놋으로 된 숟갈을 삼켰다가 죽지도 못하고 모진 고생만 했다는 소문도 들었다. 영양실조에 걸려 퉁퉁 부은 몸으로 벽에 기대고 있는 여인도 있었는데 사람들은 1주일을 넘기지 못할 것이라고 했다.

김정애는 이런 경험이 처음이다. 그리고 지금까지 얼마나 호강하며 살아왔나를 뼈저리게 느끼고 있었다. 전국적으로 볼 때, 자신만큼 호강하는 사람들은 단 1%도 되지 않을 것이라고 생각했다. 평양에서도 최고위층, 그리고 일반 당 고위간부들, 비교적 성분이 좋은 특수층만이 누릴 수 있는 혜택이다.

개성이나 사리원, 황주 쪽 사람들은 생활이 조금 나은 편이다. 하지만 외국의 시선이 전혀 미치지 않는 함경북도, 함경남도 동북부 일대는 그 참혹함을 다 말할 수 없다는 것이다. 독립운동 시절에도 그렇게 살지는 않았다는 현지인들의 증언이었다.

"풀뿌리, 나무 껍질을 벗겨 약간의 옥수수와 함께 푹 끓입니다. 그다음 건더기를 건져 내버리고 그 국물로 연명하기도 합니다. 옷은 누더기가 되도록 기워 입죠. 문화 시설은 꿈도 꾸지 못합니다…… 뭐랄까…… 그냥 짐승처럼 사는 거죠. 인권이요? 자유요? 저희들은 그런 거 모릅니다. 굶어 죽지 않고 살고 있는 거니까요. 하지만 1990년대 중반 이후 많은 사람들이 굶거나 기어이 중국으로 도망쳐 버렸죠. 아무 대책도 없이 굶기다가, 도망치면 잡아들이는 거예요. 세상에 이런 법이 어디 있어요."

"폭동을 일으키라구요? 뭘로요. 돌로 총과 싸우라는 겁니까?"

"폭동을 일으킬 힘이 있으면 산에 가서 먹을 것 구하겠어요."

"김정일 별장이 수용소보다 많다더군요."

"평양에서 사는 게 평생 꿈이죠. 거긴 특별한 사람들만 사니까요."

"이렇게 굶는데도 평양에서는 맨닐 축제만 한데요."

"휴— 모진 게 목숨이라 죽지도 못하죠."

　러시아가 그랬다. 구 소련 시절 국민들이야 굶건 말건 권력 핵심부는 관심도 없었다. 그들은 체제 유지를 위한 낭비를 거리낌없이 해댔다.

　미국과의 무기 경쟁을 위해 수없는 핵탄두를 만들고 인공위성을 하늘로 날려보냈다. 생산력은 떨어지는데 국가경제를 이렇게 낭비시키니 국가가 지탱될 이치가 없었다. 끝없는 소모적 경쟁은 마침내 국고를 바닥나게 만들었다.

　고르바초프가 대통령이 되어 국고를 열어 보니 빈 바닥만 보였다. 그래서 과감히 선택한 것이 개방정책이다.

　초반과, 다음 대통령 옐친까지는 악전고투했지만 그래도 개방정책은 효력을 보았다. 각국에서 투자자들이 몰려들고 자원을 잘 활용하여 지금은 제법 안정된 국가를 재건할 수 있었다.

　평양 권력 핵심부가 지금 소련 말기의 행태를 되풀이하고 있는 것이다. 체제 유지와 체제 과시를 위해 김정일은 막대한 자금을 투자한다. 그 한다는 게 고작 군사 퍼레이드, 아리랑 축제, 세계에서 제일 높다는 호텔 건설 등 도중에 포기한 사업도 있고 무리하게 추진하는 사업도 있다. 핵폭탄 제조도 그중 하나다.

원자력 발전소를 투명하게 운용하고, 낭비할 돈으로 기간산업 발전시키고, 외국에 나라를 개방하여 지원을 받는다면 북한 주민들이 왜 이런 끔찍한 고통을 겪겠는가.

'세계에서 몇 안 되는, 어쩔 수 없는 거지 국가.'

이것이 김정애가 보는 북조선의 현실이다.

그녀는 오전 내내 이런저런 말을 들으며 울분을 참지 못해 몸을 떨어댔다. 역시 황장엽 선생이나 연두흠 선생이 옳았다는 판단밖에는 할 말이 없었다. 그리고 남조선에서 아무리 돈을 퍼부어도 김정일은 변하지 않을 것이라는 말씀이 백 번 죽어도 옳다는 생각이었다.

갑자기 수감자들이 웅성대기 시작했다. 어디서 어떻게 흘러나온 말인지는 모르지만 앞으로 점심에 배급되던 죽은 중단될 것이라는 소문이었다.

세 끼를 먹어도 멀건 죽으로는 턱없이 양에 차지 않는데, 그나마 두 끼만 배급한다면 굶어 죽으라는 말이나 다름없었다. 전에도 종종 이런 일이 있었는데 봄이 되면 풀뿌리를 캐러 산에 간다고도 했다.

오후 3시경, 김정애는 수용소 간부실로 불려갔다. 혼자만 간 것이 아니라 어제 수용된 여성 수감자 전원이 조사를 받는데 비로소 김정애 차례가 된 것이다.

그녀는 다섯 명의 여성과 함께 조사실로 들어갔다. 김정애가 중국에서 애지중지 끼고 있던 가방과 보따리가 조사실에 와 있었다. 방은 열 평 정도의 콘크리트 방인데, 달랑 책상 하나와 의자 하나뿐이다.

낡은 군복을 입은 여성 교환수(간수)가 있고 상총을 벤 또 다른 어성 군인 두 명이 보였다. 김정애를 포함한 다섯 명의 수감자들을 일렬 횡대로 세웠다.

의자에 앉은 군관동무가 무서운 표정으로 이들을 훑어보았다.

"너희들은 위대하신 지도자 김정일 위원장님의 따뜻한 배려에도 불구하고 조국을 버린 만고의 배반자들이다. 너희들이 완전히 교회될 때까지는 사람 취급을 받지 못한다. 자, 지금부터 모두 옷을 벗어라. 알몸으로 벗으라는 말이다!"

"?"

수감자 일행은 영문을 몰라 서로를 바라보았다.

"뭐하고 있나 벗으라는데."

짝! 가죽 채찍이 허공을 한 바퀴 돌며 소름이 끼치는 소리를 냈다.

여인들이 깜짝 놀라 옷을 벗기 시작했다. 그들은 부끄러움을 참지 못해 손으로 가슴을 감싸안았다.

"넌, 왜 벗지 않아!"

김정애가 여성 군관동무를 똑바로 바라보았다.

"나는 평양직할시 인민위원회 여성부장 김정애다. 네가 나에게 명령할 권한은 없다."

"그래! 그럼 누가 더 높은지 알아봐야 하겠군. 음! 네 정보는 서류를 통해서 알고 있었다. 네가 탈출하기 전에는 평양 인민위원회 여성부장이 맞지만 지금은 조국을 배신한 반동분자일 뿐이다. 야! 교환수!"

"넷!"

"이년을 독실로 처넣어. 하루만 있다 다시 불러와!"

"넷!"

교환수들이 양쪽에 달라붙어 팔을 하나씩 끼었다. 그리고 밖으로 끌어냈다. 벌거벗은 여자들은 무엇 때문에 시키는지 현수(앉았다 일어섰다의 반복행동)를 계속하고 있었다.

김정애는 이들에게 이끌려 막사 뒤 야산으로 끌려갔다. 메마른 풀들이 바람에 서걱이는 황량한 야산인데 여기저기 마치 김치독을 묻어놓은 듯한 마른 풀로 엮은 구멍 마개가 보였다.

이들은 아무도 입을 열지 않았다. 그리고 한 곳의 마개를 열었다. 세로로 약 180센티의 구덩이가 있는데, 그곳엔 관을 짜서 세로로 세운 것 같은 나무상자가 있었다. 사람 한 명 들어가면 꽉 차는 그런 나무상자였다.

여자 교환수들이 김정애를 그 구덩이로 밀어넣고 마른 풀로 엮은 뚜껑을 덮어씌웠다. 상자 속으로 들어간 김정애는 차렷자세로 서 있을 수밖에 없었다. 너무나 좁아 팔을 움직일 수 없었다. 팔을 들어올리면 뚜껑을 열 수 있고, 뚜껑을 열면 나올 수 있었다.

그러나 도주할 수 있는 독방이 아니었다. 마치 벽 틈에 끼어 꼼짝도 할 수 없는 그런 모습이었다. 이곳이 바로, 한 번 들어가면 태반이 죽어서 나온다는 그 악명 높은 독방이었다. 중국에서 체포되어 조국에 돌아오기는 했지만 이건 너무나 가혹한 형벌이었다.

도문 수용소엔 이미 김정애에 대한 지령이 떨어져 있었다. 조금도 편의를 주지 말라는 지시였다. 일반 죄수와 똑같은 대우를 하라는 것이다. 여기서는 평양의 여성부장도 아니고 기갑여단 사령관의 아내도 아니다. 조국을 배신하고 탈주하다 체포된 반동에 불과했다.

뚜껑이 닫히자 세워놓은 관^棺은 앞이 보이지 않는 캄캄한 어둠 속에 파묻혔다. 꼼짝도 할 수 없는 데다 캄캄해지기 시작하자 이번에는 두려움이 몰려왔다. 뭐라고 표현할 수 없는 그런 공포였다. 시간이 조금 더 지나자 이번에는 추위가 몰려왔다. 비교적 영양상태도 좋고, 또 선천적으로 체력도 강해 충분히 극복할 수 있다고 생각한 것도 착오였다. 좁디좁은 공간에 움직일 틈도 없이 서 있는 데다 추위와 공포가 몰려와 견딜 수가 없었다.

한 시간이 지났는지, 두 시간이 지났는지 어림조차 잡을 수 없었다. 그렇게 서 있자니 뼈마디가 쑤셔오기 시작했다. 중국에서 털털대는 트럭으로 하루를 잡혀와, 겨우 하룻밤을 보내고 겪는 고통이었다. 아무리 체력이 강하고 영양상태가 괜찮은 편이라고 해도, 이건 인간의 참을 수 있는 한계를 벗어나고 있었다.

입술을 악물고 눈을 감았다. 그리고 남편과 선규와 선영이를 생각하며 고통을 지우려 했다. 하지만 그것도 부질없는 짓이었다. 목 뒤 뼈가 아파오고 곧이어 두통이 몰려왔다. 허리뼈가 욱신대고 뼈 마디마디에 통증이 몰려왔다. 바닥에 두 다리 뻗고 털썩 주저 물러앉는 편안함을 머릿속으로 그리고 또 그렸다. 그것이 제일 큰 소원 같았다.

뼛속 마디마디 슬픔과 비통함으로 찬 이 여인에게 이번에는 참을 수 없는 육체적 고통이 뒤따랐다. 움직일 수 있는 것은 다 움직여 보았다. 손가락, 발가락, 그리고 2, 3센티의 공간이 남아 있는 머리. 하지만 몸속의 혈관을 흐르는 피는 아래로 아래로 몰려가기만 했다.

갑자기 공기가 더 차가워졌다. 냉기가 몸을 엄습하자 몸이 사시나무 떨 듯 떨려왔다. 해가 지고 밤이 찾아온 것이다. 그렇다면 겨우 두 시간 반 정도 지난 것이다. 한 며칠쯤 흐른 것 같은 힘든 시간이지만 고작 세 시간이 되지 못한 것이다.

'죽어버렸어야 했는데…… 그 트럭에서 뛰어내려 죽었어야 했는데. 아니면 중국 검문소에서 힘껏 저항하다 총에 맞아죽는 건데…… 하지만 옷은 벗지 않아. 이렇게 죽는 한이 있어도 치욕적인 일은 하지 않아. 견디지 못하겠으면 혀라도 물고 죽어버리지. 그래. 누가 이기나 해 보자.'

그렇게 용기를 내기도 하지만 체력의 한계는 어쩔 수 없었다. 그것이 인간의 한계였다. 그러니 모진 고문 끝에 죽은 사람들은 얼마나 고통스러웠을까.

총을 빼앗긴 것이 너무나 억울하고 분했다. 그 조사실에서 총을 꺼내 머리에 대고 갈겼으면 이런 꼴은 당하지 않았을 텐데…….

추위가 점점 더 심해졌다. 몸이 떨리고 턱이 턱턱 소리를 내며 부딪쳤다. 따뜻한 불도 쬐이고 싶고, 따뜻한 물도 마시고 싶었다. 추위와 갈증이 한꺼번에 몰려왔다.

목뼈에 마비가 오기 시작했고, 척추는 마치 디스크 환자처럼 아파왔다.

"아―악― 으―악―!"

있는 힘을 다하여 비명을 질렀지만 바뀐 것은 아무것도 없었다.

남편과…… 선규와…… 선영이와…… 시어머님 얼굴이 잠깐잠깐 머리를 스쳐갔다. 고통스러운 모습이 아니라 행복하게 모여 살던 기억들이다.

다시 남편의 얼굴이 나타났다. 그가 소리쳤다.

"약해지면 안 돼! 용기를 가지라구. 죽더라도 멋있게 죽어야지 여기서 개죽음 당하면 안 된다구. 알았지. 당신은 이동호의 아내야. 이동호의 아내답게 죽어! 여기는 아냐! 아니라구!"

'그래! 살아남아야지. 나가서 조사하던 그 계집애 권총이라도 뽑아 자살해야지. 이렇게 더럽게 죽는 건, 남편의 이름을 욕되게 하는 거야. 선규야, 너는 살아남아야 한다. 아빠를 만나 남자답게 성장해서 아빠의 뒤를 따라가야 한다. 더 이상 살기 위해 비겁하지는 않겠어. 빨리 저 세상으로 가서 선영이를 만나야지. 선규야, 엄마와 선영이는 잊어버려라. 이 세상에서는 다시 만나지 못할 것이다. 여보, 난 죽더라도 저들이 시키는대로 하지는 않을 겁니다. 왜 옷을 벗으라는지는 모르지만, 죽어도 비굴하거나 치욕스러운 일을 당하지는 않을 겁니다. 당신의 명예를 위해서라도. 무조건 선규를 찾으세요. 똑똑하고 당찬 선규, 잘 키워주세요. 난, 당신의 아내답게 죽겠습니다. 저와 선영이는 잊고 선규나 잘 키우세요. 참, 어머님은……'

하지만, 그녀는 더 이상 생각할 수 없게 되었다. 정신을 잃었던 것이다. 그녀는 비로소 잠시나마 힘든 싸움에서 벗어날 수 있게 되었다. 추위도, 갈증도 몸의 고통도 더 이상 그녀를 괴롭히지 못했다. 그녀는 눈을 감았고, 몸은 편했다. 그 대신, 그녀는 사랑하는 선규, 선영이, 그리고 남편과 시어머니를 생각할 수 없게 되었다.

유일한 희망이던 그리움을 잊은 것이다. 삶도, 죽음도 아닌 그 경계선에서 그녀는 모든 것을 잠시 놓아버리고 말았다.

……

얼마나 많은 시간이 흘렀을까. 그녀는 꿈결같은 목소리를 듣고 있었다. 처음에는 느낌으로만 알 수 있는 목소리였는데, 시간이 갈수록 조금씩 조금씩 알아들을 수 있을 정도로 들려왔다.

눈을 떴다. 흐린 망막 속에 군복을 입은 한 여인이 보였다. 그 군관 여성이었다. 그들이 꺼내 다시 조사실로 데려온 것이다. 하룻밤을 보내고 아침에 들여다보았을 때, 김정애는 정신을 잃고 있었다.

"어디 이년 얼마나 독한지 알아보자."

뺨을 두드리고 더운 물을 먹여 겨우겨우 정신을 돌려놓았다. 바닥에 불을 지펴 몸을 녹여주자 그때서야 겨우겨우 의식을 회복해 갔다.

"김정애. 일어나!"

누워 있었다.

의식을 찾자, 비로소 주변이 시야에 들어왔다. 일어서려 했지만 몸이 말을 듣지 않았다. 너무나 경직되어 있었다. 얼어붙고 근육이 굳고, 체력은 완전히 바닥이 나고…… 하지만 김정애는 비틀거리며 일어섰다.

'약해서는 안 된다. 나는 이동호의 아내다. 남편의 이름을 더럽혀서는 안 된다. 나는 이동호 아내다…… 나는…….'

눈앞에 커다란 함석판이 있고 그 위에서 마른 나무들이 불꽃을 일으키며 타오르고 있었다. 그래서 얼굴이 뜨겁게 달아올랐다.

여성 군관이 비틀거리며 일어서는 김정애를 바라보았다. 그녀의 입에 냉소가 흐르고 있었다.

"겨우 하룻밤이야. 닷새 만에 죽은 놈도 있었지. 살려 달라고 비명을 지르더니 죽어버리더군. 하지만 넌, 죽이지 않아. 위의 냉텅이 죽이지는 말라는 것이거든. 알겠어?"

하지만 김정애에게 이것을 시키는 것은 모욕을 주기 위해서였다. 김정일 지도자의 과분한 혜택을 받고도 조국을 배신한 이동호 아내에 대한 보복이었던 것이다. 더구나 김정애도 평양의 고위 간부인 '여성부장' 출신이 아닌가.

'어디 이년 자존심 좀 꺾어 보자. 평소 같으면 허리도 펴지 못할 계급이지만 여기는 다르다. 너는 수감자고 나는 조사군관이다.'

더구나 같은 여성이라 그 쾌감은 이루 다 형용할 수가 없었다.

여성 군관이 다시 한 번 고함을 질렀다.

"옷을 벗을 거야, 안 벗을 거야. 벗지 못하겠다면 독방에 또 집어넣을 테니까, 알겠어?"

김정애는 다시 머리를 끄덕였다. 그녀는 중국제 점퍼를 벗었다. 벗은 점퍼를 바닥에 내려놓으며 주위를 살폈다. 이 넓은 조사실에 사람은 여성 군관과 자신, 둘 뿐이었다.

"털 내복도 벗고 바지도 벗어. 알몸이 되란 말이야."

김정애는 스웨터마저 벗었다. 그리고 그것을 점퍼 위에 올려놓기 위해 허리를 굽혔다. 스웨터를 던져놓고 허리를 펴면서 불붙은 나뭇가지 하나를 집어들어 여성 군관의 얼굴을 향해 불쑥 내밀었다.

갑작스러운 공격을 여성 군관은 피하지 못했다. 얼굴에 불꽃이 닿자 비명을 지르며 쓰러졌고, 김정애는 쓰러진 그녀의 얼굴을 불꽃으로 지져댔다. 그리고 옆구리의 권총을 뽑아들었다.

순식간에 벌어진 상황이었다. 비명을 듣고 장총을 든 군인들이 뛰어들었지만 이미 상황을 되돌리기에는 너무나 늦은 시간이었다.

김정애는 쓰러져 뒹구는 여성 군관을 향해 총을 발사했다.

'탕—'

총알이 그녀의 머리를 관통했다.

'퍽—'

둔탁한 소리와 함께 두개골이 파열되고 총알이 뚫고 지나간 자리에서 피가 흘러 내렸다.

김정애는 틈을 주지 않고 자신의 머리를 향해 다시 한 발을 쏘았다.

그녀는 옷을 벗으라며 소리치던 여성 군관의 시체 위로 털썩 무너져 버렸다. 그렇게 그녀의 짧은 생애는 끝을 맺었다.

죽어도 씻을 수 없는 슬픔과 함께…….

지도자와 지도자

평양은 뚜렷한 대남정책을 만들어 놓고 있다. 외형상 '평화통일'이지만, 이들은 고도의 전략을 수립하여 하나하나 관철시키고 있다. 기본 전략이 어떠한 방법이든 남조선을 적화통일시킨다는 것이다.

그것이 무력통일이든 사상 흡수통일이든 최후의 목표는 '김정일을 중심으로 한 김정일식 통일' 이다. 무력남침은 이미 6·25때 실패한 경험이 있고, 또 아무리 많은 무기를 비축해 놓고 있다 하더라도 위험 부담이 너무나 많다.

'남조선과 서방세계 특히 미국의 발목을 잡을 무기로 '핵' 하나만 있으면 된다. 최후의 수단은 무혈혁명으로 남쪽을 먹어치우는 것' 이 그들의 목표다.

그리고 '무혈혁명이 여의치 않을 때는 경제적으로나 군사적으로 세계 최강을 자랑하는 미국의 발목을 잡아놓고 남조선을 무력통일시키겠다' 는 것이다.

한국전략문제연구소의 분석은 가장 정확하다.

　북한의 대남전략 목표는 남한에 친북 정권을 세우는 것이다. 그러기 위해서는 남한 내의 혁명역량인 친북·북한 옹호 세력의 대량화를 기도함. 그 수단으로 민족문제화 노선을 추진 중인 것으로 판단됨.

　첫째, 국민의 통일지향 민족정서를 자극하여 통일열망의 분위기를 고양시킴으로써 안보의식을 결정적으로 약화시킬 수 있다.

　둘째, 한민족인 우리끼리 협의하여 해결한다는 진행형식은 결과적으로 미국의 한반도 문제 개입 여지를 축소시킬 수 있다고 북한은 판단하는 듯함.

　셋째, 민족문제화에 성공한다면 한·미 연합체제와 안보의식을 소멸시킬 수 있을 것임.

　넷째, 안보에 관심을 보이는 주장이 비난받게 되며, 그 세력을 고립시킬 수 있고, 북한의 주장에 호응하는 친북 세력의 대량화에 성공할 수 있음.

　다섯째, 이런 목적들이 달성되지 않는다 해도 한국 내부의 갈등을 유발시켜 국가의 효율성을 저하시킬 수 있음.

　이러한 기본정책을 위해서는 미국이 군사·정치적으로 개입해서는 안 된다. 미국의 발목을 잡는 방법은 무엇일까. 바로 핵을 장착한 대륙간 유도탄 보유다. 만일 한국문제에 더 이상 개입하면 미국 본토에 핵을 쏠 수 있다는 위협이다.

　사싱직 흡수통일이든 무력적 흡수통일이든 한국문제에는 일체 간섭하지 말라는 뜻이다. 그러기 위해서는 김대중 대통령의 대북정책을 적극 지원할 필요가 있다. 왜냐하면 보안법을 철폐시켜 친북 세력의 보폭을 넓혀야 하기 때문이다.

'오로라' 는 한국전략문제연구소의 분석과 언론사의 글을 읽으며 회심의 미소를 짓고 있었다. 이제는 보수 세력이 제 아무리 뭐라고 떠들어대도 도도히 흐르는 평양의 '대남정책' 과 DJ의 '햇볕정책' 을 역류시킬 수 없다는 판단이다.

6월의 서해 교전 유도나, 10월 아시안게임에서 운동선수와 함께 고르고 고른 미인들을 응원단으로 내려 보내자는 계획도 이러한 자신감 때문이다.

'오로라' 는 웃고 있었다. 김일성이 가장 힘들어했던 대통령은 '박정희' 다. 그는 김대중 대통령과 정반대의 길을 걸었다.

DJ식 통일론인 '햇볕정책' 은 체제나 사상의 논의 없이 '통일' 만 외쳤다. 그 후 '어떤 체제로, 어떤 사상으로 국가를 통치한다' 라는 것은 일체 말하지 않았다.

반면 박정희식 통일론은 한마디로 '싸우며 일하자' 였다. 국민들에게 '북한에 대한 자신감' 을 심어주며 '북한이 무력으로 나오면 우리도 탄탄한 경제를 기반으로 한 북진통일도 가능하다' 라고 했다.

김일성은 한국의 눈부신 경제발전과 한 · 미 군사협력에 두려움을 느껴 무력통일을 시도하지 못하고 죽었다.

'오로라' 가 웃은 것은 이런 비교 때문이다. '아마 지금 박정희가 살아 돌아온다면 김정일은 사상 최악의 상황을 맞을 것' 이라는 게 '오로라' 의 판단이다.

이동호 사건을 겪은 김용기도 같은 생각을 가지고 있었다. 김대중 대통령의 '햇볕정책'은 북한에게 경제적 도움을 주어 국제무대로 복귀시키고 통일의 기반을 구축한다는 것이 명분이지만, 사실 그동안 변한 것은 북한이 아니라 대한민국이었다.

'북한이 변했다면 무엇이 변했다는 말인가.'

김정일 정권은 여전히 호전적이며, 독재정치의 무시무시한 총구 때문에 북한 인민들은 굶어도 반항 한 번 하지 못한다.

틀림없이 핵무기를 보유하고 있거나 개발하여 완성단계에 있을 것이다. 그렇다면 이 정부는 국민의 혈세를 걷어 김정일의 정권 연장과 핵무기 개발에 도움을 주었다는 뜻이다. 박정희 전 대통령 같으면 어림없는 일이다.

2002년 6월 서해 교전이 일어났을 때 정부 측 '햇볕정책' 지지자들은 국민을 향해 '전쟁하자는 것이냐'며 위협했다. 정말 그 말을 들어야 할 사람은 대한민국을 걱정하는 국민들이 아니라, 사태 책임자인 김정일 아닌가?

왜 도발한 함정을 박살내지 못했나. 충분히 가능한 일인데. 박정희 대통령 같으면 어림없는 일이지…… 적이 도발하는데도 적을 박살내지 못하게 한 사람은 누군가! 적이 무섭고 전쟁이 무서운 사람이 어찌 국민의 세금으로 책임 있는 자리에 앉아 있을 수 있는가.

김정일에게 '정말 전쟁하자는 것이냐. 우리도 힘은 있다. 싸울 테면 싸워 보자'라며 위협하고 협박해서 직접 사과를 받아야 그런 일이 재발하지 않는 법이다. 국민의 세금으로 책임질 자리에 앉은 사람이나 언론이 한국 국민에게는 협박하고 김정일에게는 면죄부를 주었다. 이것이 '햇볕정책' 인가 묻는다. 친북 세력이 아니고서야 어떻게 그렇게 말할 수 있나!

독재자 김일성, 김정일에 대해서는 말 한마디 못하면서 박정희를 끝없이 비난하는 자는 그야말로 친북 세력이거나 앞뒤 똥오줌 못 가리는 철부지가 틀림없다. 박정희를 군사 독재자, 쿠데타 세력이라고? 그럼 김일성, 김정일은 무엇인가…… 그들은 누군인가.

전쟁을 일으킨 소련의 앞잡이가 김일성이고, 박정희가 이뤄놓은 경제성장의 덕에 그 혜택을 받고 있는 독재자가 김정일 아닌가. 세계 속에서 고립되고, 그래도 독재철권으로 다스리며 테러와 전쟁을 획책하는 집단을 향해 정치 파트너라고 말하는 자가 도대체 누구인가!

김용기는 생각하면 할수록 울화가 치밀어 올랐다.

한 번 상상을 해 보자. 만일 박정희가 공포정치로 나라를 장악하고 반대 세력을 모조리 숙청하며 국회를 꼭두각시로 만든다면…… 그리고 박지만을 차기 통치권자로 키웠다면 한국은 어떻게 되었을까.

아마도 북한과 똑같은 처지가 되어 국민들은 헐벗고 굶주리고 일본으로 도망치고, 나라는 거지꼴이 되었을 것이다. 국제적으로 고립된 한국은 스스로 무너지고 말았을 것이다.

경제지원은 좋다. 단 현물지원이어야 한다. 미워도 내 핏줄이니 헐벗고 굶주리는 내 동포를 먹여야 한다.

단, 조건이 있다. 김정일 일당의 퇴진이다. 국민을 굶긴 책임을 져야 한다. 아니면 스스로 변해야 한다, 민주적으로. 돈은 여전히 북으로 넘어가고, 북한 주민들은 아무 변화도 없이 계속 굶거나 탈북하고, 책임은 아무도 지지 않는다면 누가 그 책임을 지는가.

힘없는 북한 주민이 그 책임을 지는 것이다. 그 책임을 지는 것이 죽음이다. 굶어서 죽고, 총에 맞아 죽고, 병들어 죽고, 그래도 평양은 아리랑 축제, 군사 퍼레이드, 핵 개발에 펑펑 돈을 써대고 있다. 그것도 우리의 힘들게 사는 서민들의 돈으로, 이런 환장할 노릇이 있나! 차라리 굶는 동포들에게 돌아가기나 했으면 울화통은 치밀지 않을 것이다.

김용기는 분함을 참지 못해 몸까지 떨어댔다.

이동호 문제만 해도 그렇다. 만약 지금 대통령이 박정희라면 힘도 없는 민간인들이 왜 나서겠나. 진작 정부에서 데려와 자유의 품에 안겨주었을 것이며, 그의 정보를 활용하여 대북정책에 효율적으로 대처했을 것이다. 그건 황장엽 씨 문제에도 똑같이 적용된다. 그를 미국에 보내지 않은 정권 아닌가.

박정희 대통령은 북한에 대해 아주 적절한 몇 가지 말을 했다.

'미친개에는 몽둥이가 약이다.'

'싸우면서 건설하자.'

우리나 북한은 여전히 휴전선에서 가장 강력한 군대를 포진하고 있다. 우리는 그들의 남침이 두려운 것이며, 그들은 남침의 기회를 노리고 있기 때문이다. 왜 그러고 있나…… DJ는 국민의 세금으로 북한에 퍼붓고 있는데…….

이동호의 TV 회견은 무산되었다. 석방은 했지만 아직도 그에게는 의심할 만한 문제점이 많다는 이유 때문이었다. 무엇이 미심쩍은지 알 수는 없지만, 그렇다고 강행할 이유도 없었다.

이동호에게는 그에게 걸맞는 정착금이 주어질 것이며 원하는 일도 할 수 있을 것이다. 하지만 아직 외국 출입은 허락받지 못했다.

이동호는 회장의 안내를 받으며 인천공항으로 가고 있었다. 오늘 김용기가 선발한 한 사람이 중국으로 건너간다. 그는 중국에 건너가서 김정애를 찾아 합법적 절차를 받아 한국으로 데려올 것이다. 가슴이 설레어 공항까지 나가기로 한 것이다.

"서울 구경을 하셔야죠. 공항에 갔다가 오는 길에 여기저기 돌아봅시다. 마침 저도 시간이 좋을 때니까요. 그리고 오늘 이동호 선생이 사용하실 작은 오피스텔 하나를 준비하라고 지시해 놓았습니다. 공부하고 싶으면 하시라고요. 돈은 정착금으로도 충분하고 저도 좀 쓰겠습니다."

"아닙니다. 신세는 더 이상 질 수 없습니다. 자본주의 국가에 왔으니 제가 열심히 벌어야죠. 물론 공부는 열심히 하겠습니다만. 시간이 나면 황장엽 선생님도 찾아가 뵈어야 하고…… 하지만 더 급한 것은 북한의 실상을 고발하는 일을 하고 싶습니다. 강연도 하고 싶고, 책도 쓰고 싶고요. 진정한 통일방법에 대한 연구, 북한 군軍의 실태보고 등 할 일이 산더미 같을 겁니다."

"자본주의에도 모순은 많습니다. 그것부터 이해하셔야 할 겁니다. 그리고 통일문제는 북한을 폭로하는 것이 가장 좋은 방법입니다만 지금 정부에서는 한계가 있을 겁니다."

"왜죠?"

"잘 아시는 '햇볕정책' 때문이죠. 김정일이 서울 답방을 해 줘야 하는데 그의 비위를 건드릴 수는 없지 않습니까."

"김정일이 서울에 오는 것이 그렇게 중요합니까?"

"글쎄요. 대통령은 우리와 생각이 다르니까요…… 그가 서울에 와서 뭘 어쩌겠다는 건지 알 수가 없습니다. 만일 김정일이 서울에 온다면 강력한 평화 제스처를 쓰겠지요. 그리고 보안법 철폐를 요구할 것으로 보입니다."

이동호가 이 모든 것을 이해하기는 아직 이르다. 이 땅에는 무조건 반미反美 감정을 부추기는 세력이 많으니까. 심지어 지난 뉴욕에서 발생된 빈 라덴에 의한 9·11 테러사건도 경제전환을 위한 미국의 자작극이라고 말하는 책임 없는 사람도 많았으니까.

이들의 승용차는 어느새 인천공항에 도착했다.

이동호는 우선 공항의 규모에 놀랐고 아무나 외국을 드나들 수 있는 여행의 자유에 놀랐으며, 그 수가 엄청나다는 데 놀라고 있었다.

'이것이 대한민국의 힘이구나!'

그는 경이로운 눈으로 사방을 훑어보았다. 국민 모두가 활기에 넘쳐 있었다. 그리고 뭔가 새로움에 대한 도전을 하는 것 같았다.

창조의 힘이다. 획일화된 명령과, 명령에 무조건 순응하는 경직된 사회가 아니라 개성에 대한 인정, 창조에 대한 지원, 자유를 누리는 그 힘이 대한민국의 오늘을 만들었다.

회장은 이동호를 커피숍으로 데려갔다. 이제 곧 김용기와 중국으로 출장갈 사람이 올 것이다. 그리고 시간이 나면 김성수 차장도 오겠다고 했다. 회장은 이동호를 바라보며 웃었다.

"이것이 자본주의 국가의 힘이죠. 이동호 씨는 이런 굉장한 공항은 처음 구경하실 겁니다. 오면서 말씀 드렸습니다만, 이런 성세성강 뒤에는 모순도 있습니다. 그건 인정합니다. 하지만 절대 공산주의로 가지는 않을 겁니다."

"물론이겠죠. 제가 얼마나 답답했으면 목숨을 걸고 탈출을 했겠습니까…… 사실, 책도 쓰고, 강연도 하고 싶습니다. 하지만 어건이 되면 한국 기갑부대 시찰을 하고 싶습니다. 여긴 어느 정도나 되나 해서요. 잘못했으면 저와 전장에서 부딪칠 수도 있던 부대이겠죠."

"물론 전공분야니 어련하시겠습니까만 그건 신변정리가 끝나도 힘들 겁니다."

대화를 나누는 동안, 김용기가 낯선 남자 한 명과 함께 나타났다. 그리고 곧이어 김성수 차장이 예의 갈색 가방을 어깨에 메고 모습을 나타냈다.

"자, 이렇게 모이니 늘 든든하군요."

"그렇습니다. 자, 인사하시죠. 중국에 건너가서 김 여사님을 모시고 올 분입니다. 물론 홍봉수 국장님의 지원이 있어서 가능한 일입니다만……."

"그렇습니까? 잘 부탁합니다."

이동호가 일어나 인사를 하며, 그의 손을 잡았다.

"꼭 데려와 주세요. 은혜를 절대 잊지 않을 겁니다."

"아, 네. 최선을 다하겠습니다."

비교적 과묵해 보이는 남자였다. 중국에서 사업을 한 경험이 있는 데다 탈북자돕기 회원이라고 했다. 그는 김정애와 선규의 사진을 가지고 있었는데, 그것은 김 차장이 김정애를 만났을 때 촬영한 것을 다시 프린트한 사진이었다.

"중국에 '장씨'라는 분이 있습니다. 그분이 보호하고 계시는데 아마 지금은 베이징에 있지 않을 겁니다. 하지만 쉽게 찾을 수는 있습니다."

이동호는 기분이 좋았다. 너무나 행복했다. 아내를 만나면 선규와 함께 끌어안고 기쁨의 눈물을 펑펑 쏟을 것이다. 선영이를 잃은 슬픔에 펑펑 울 것이다. 목이 터지고 피눈물이 흐를 때까지…….

그는 언제나 행운과 불행을 함께 달고 다녔다.

연두흠 선생의 사망 소식을 하바로프스크에서 들어 탈출의 기회가 왔지만 가족을 남겨두고 떠나게 된 것이 언제나 가슴을 아프게 했다. 구금에서 풀려나고 아내와 선규가 무사하다는 소식을 들었지만 이번에는 선영이가 죽었다는 비보를 들었다.

아마도 그것이 자신의 운명일 것이라고 생각했지만, 아내마저 북한으로 끌려가 그런 비참한 최후를 맞았을 줄은 꿈에서조차 알지 못할 것이다.

이제 대한민국에 왔으니 속죄하는 뜻에서라도 최선을 다하여 조국에 봉사할 것이다.

시간이 되어 모두들 자리에서 일어섰다. 출국을 위해 떠나는 사내와 다시 한 번 굳은 악수를 나누었다.

"잘 부탁합니다. 제 아내와 아들을 찾아 꼭 함께 돌아오십시오."

사내는 머리를 끄덕였다.

"네, 꼭 그렇게 되도록 노력하겠습니다."

사내가 출구를 빠져나가 모습을 감췄다. 회장이 먼저 돌아섰다.

"난, 약속이 좀 있어요. 저 먼저 갈 테니 두 분은 좀 쉬었나 오세요."

"알겠습니다. 그럼 저희들은 여기서 식사나 하고 돌아가겠습니다."

제일무역 회장은 오늘 이동호에게 서울을 보여주고 싶었다. 있는 그대로 다 보여줘 서울을 조금이라도 알게 해 주고 싶었다.

백화점, 은행, 영화관, 밤 술집, 식당까지……

이동호는 회장을 따라 주차장으로 나섰고 김용기와 김성수는 식당으로 들어섰다. 그렇지 않아도 두 사람은 할 얘기가 너무나 많았다. 그리고 공교롭게도 회장은 이동호를 데리고 먼저 돌아갔다. 오붓이 앉아 허심탄회한 대화를 나눌 수 있는 적절한 기회였다.

"신문사 바쁘시지 않습니까?"

"왜요. 죽을 맛이죠. 하지만 이동호 씨 문제가 지금은 제일 큽니다. 아직 다 끝난 것도 아니고……."

"그렇습니다. 이제 일 라운드 끝났습니다. 이 라운드로 접어드는 시점이죠."

2라운드. 김성수는 그 말을 처음 알아들었다. 아직 이반의 문제가 남아 있는 것이다. 중국의 김정애도 큰 걱정이지만 그건 사람이 건너 갔으니 결과를 기다릴 수밖에 없다.

"이반에 대해 의견을 좀 나누고 싶어서요. 김 차장님. 이번 문제는 누구보다도 잘 아시니까 분명히 생각이 있으시리라 보는데요."

"네, 이반입니다. 그가 숙제입니다."

이동호에 대한 조사를 마무리 짓고, 완전히 자유인이 되었다는 것은 뉴스를 통해 세상에 다 알려진 사실이다. 그럼에도 불구하고 이반은 잔금을 받기 위한 행동이 없었다. 찾아오기는커녕, 전화 한 통 없었다. 그의 움직임도 정상이 아니다.

호텔과 영등포 뒷골목의 이중생활을 하고 있다. 그런데다, 이태원 나이트클럽에서 러시아인과 접촉한 사실도 밝혀졌다. 김용기는 이반과 접촉했던 러시아인을 잡아 다그칠 작정이었다.

"이반의 목표라는 게 뭘까요?"

김 차장은 아직도 '이거다' 하고 짚히는 것이 없었다. 이반의 이상한 행동에 대해서…….

"…….."

"그 두 번째 목표라는 것의 실체는 있는 겁니까?"

"저는 있다고 봅니다. 단순히 저희들 돈 때문에 온 것은 아니라는 확신입니다. 다른 목적이 있습니다."

"그렇게 보시는 이유는 지난 번 들었습니다만…… 하지만 상상력만 가지고는……."

"상상력이 아닙니다. 그는 분명히 북한과도 거래를 하고 있습니다. 북한과……."

"이반이 북한과도 거래를…… 그렇다면 더블 플레이?"

"네, 김 차장님. 어쩌면 우리와의 거래는 위장 전술일 수도 있습니다. 전, 어제 그 문제를 끝없이 생각하고 또 생각했습니다. 그렇다면 이반이 원하는 것은? 이반의 목표는?"

"혹……."

김 차장의 입술이 바짝 타들어가기 시작했다. 상상하기도 끔찍한 생각이 떠오른 것이다.

"무슨…… 직감이라도……."

"혹…… 김용기 선생님. 허허실실虛虛實實전법은 아닐까요?"

"허허실실전법이라. 시선을 한 곳에 집중시키고 실제로는 뒤에서 다른 일을?"

"네, 전…… 이반이 노리는 게…… 혹…… 황장엽 선생님이 아닌가 생각하고 있었습니다."

황장엽, 김정일은 그가 죽기를 바라고 있다. 그리고 DJ는 그가 제발 입이나 다물고 있기를 바란다.

김용기가 무거운 얼굴로 끄덕였다.

"잘 보셨습니다. 돈을 준다고 해도 떠나지 않았습니다. 이동호가 석방되지 않았다는 거죠. 하지만 석방되어 완전 자유인이 되었어도 그는 떠나지 않을 겁니다. 이반! 그녀석 목표는 황장엽, 바로 그분입니다."

김용기는 확신하고 있었다. 이젠 완전히 파악되었다. 그 문제를 김 차장과 상의하고 싶었다. 이반은 두 사람 모두에게 접근해 왔다. 김용기는 이반을 데리고 한국으로 들어온 사람이고, 김성수 차장은 황장엽과 밀착된 기자다.

"하지만 이반이 무슨 재주로 황 선생님을 찾아 테러합니까. 여러 가지 어려운 장애물이 많을 텐데요. 첫째 집을 모르지 않습니까. 집을 안다고 해도 신원이 확실치 않을 사람은 절대 만나시지 않습니다. 게다가 수시로 거처를 옮기시기도 합니다."

"만약 북한이 엄청난 조건으로 이반을 포섭했다면, 그럴만한 충분한 가치가 있기 때문이죠. 첫째, 이반은 전직 KGB 행동대원 출신입니다. 게다가 한국어에 능통하고 그는 실제로 한국의 혈통을 가진 인물입니다. 또 러시아와 한국은 이미 수교 상태에 있어 왕래가 자유로운 데다 한국 지리나 사정에 밝습니다. 이반이 거쳐갔다는 나이트클럽을 조사하면 알겠지만 서울에서 이반을 도울 세력이 많다는 것도 장점이겠죠."

그 이반을 도울 세력 중에는 북한에서 침투하여 활개치고 암약하는 세력도 포함되어 있을 것이다.

'음, 그래서 황장엽 선생을 만나겠다고 난리였었군.'

"그것이 사실이라면 녀석을 어떻게 저지시키죠. 북한 세력의 도움을 받는다면 무기도 소지하고 있을 텐데요."

그것은 참으로 아쉬운 일이다. 현역 시절 같으면 무기는 언제든 휴대하고 다닐 수 있다. 이반을 체포하거나 사살할 권리도 있다. 하지만 지금은 무장해제된 일반 시민일 뿐이다.

잘 해야 가스총이나 사냥용 공기총 정도가 고작인데, 그것으로 KGB 출신 이반과 상대할 수는 없다. 김용기도 태권도 4단에 합기도 2단, 명사수 훈장을 세 개나 소유한 1급 무관이지만 맨손으로 이반과 싸운다는 것은 너무나 불리한 조건이다.

'권총만 휴대할 수 있다면……'

하지만 언제까지 한숨만 쉬고 있을 수는 없는 것이다. 싸움에는 행동이 필요하며 행동에 앞서 머리가 필요하다.

"먼저 이반에 대한 보다 철저한 연구가 필요합니다. 제게 생각이 있으니 너무 걱정하지 마십시오."

"알겠습니다. 일단 저는 황장엽 선생님께 몸을 조심하라고 연락 드려야 할 것 같습니다."

"네, 그렇게 해 주십시오. 녀석의 꼬리는 제가 반드시 잡겠습니다."

황장엽 선생에 대한 이반의 테러 가능성에 의견의 일치를 보았다. 이반이 아니더라도 지금같이 안보의식이 소멸되어 가는 사회현상에서는 언제 누구로부터 어떤 일을 당할지 알 수 없어 늘 경계하고 있는 황장엽이었다.

식사를 끝내고, 대화를 나누고 그리고 공항에서 이들은 헤어졌다.

김용기는 시치미 떼고, 이반이 찾아오길 기다릴 것이다. 그리고 계속 미행자를 따라붙일 것이며, 김성수 차장은 그날그날 일들을 빠짐없이 기록하여 후에 책으로 출판할 계획이다. 그리고 황장엽 선생에게 각별히 조심하시라는 언질을 할 것이다.

빈 라덴의 9·11 테러사건 이후, 미국은 아프가니스탄의 탈레반 정권과 이라크의 후세인 정권, 그리고 북한의 김정일 정권을 '악의 축'으로 발언한 바 있다. 이 무렵, 한국의 대부분 진보 세력은 미국을 맹렬히 비난했다.

—미국은 자신의 잘못을 먼저 깨우쳐라.
—미국의 오만함에 탈레반 정권이 미국을 공격했으니 미국은 미국의
　잘못을 먼저 인정하라.

물론, 미국이 경제를 무기로 하는 세계 정복의 패권정치라는 오명도 벗기는 힘들다. 하지만 탈레반 정권이 아프가니스탄에서 어떤 정

치를 해 왔나를 생각하면 탈레반 정권도 결코 '악의 축'이라는 오명도 씻기 어려울 것이다.

우선, 여자들에게 아무런 권한이 없다. 차도르를 쓰고 한평생 살아야 하며 여자는 남자의 노예일 뿐이다. 가정에서도 여자는 자신의 주장을 내세우지 못한다. 여자는 교육받을 권리가 없으며, 어떤 여자도 참정권의 권리를 갖지 못한다.

모든 남자는 성전聖戰에 참가하여 순교당할 준비를 해야 한다. 수영장이 폐쇄되고 여자의 화장은 상상도 못한다. 어린아이들은 총검을 메고 군사훈련을 받아야 한다. 인권이나 개인의 자유, 개인의 개성에 따른 선진형 교육은 철저히 차단되어 있으며 모든 정책은 몇몇 핵심자에 의해 수립된다.

경제는 황폐하고 총성만이 난무하는 나라가 되었다. 그런데다, 정식 전쟁의 선전포고도 없이 각 세계인이 모여 있는 무역센터를 공격하여 수천 명의 인명을 살상했다. 정신이 똑바로 박힌 사람이라면 빈라덴과 탈레반 정권을 옹호하지 못할 것이다.

미국의 공격으로 탈레반 정권이 무너지자 아프가니스탄 여성들은 비로소 차도르를 벗고, 얼굴에 화장품을 바를 수 있었으며 학교에 가서 공부를 할 수 있게 되었다. 남자들은 돈벌이를 위한 경제활동에 나섰고 어린아이들은 벌거벗고 수영장에 텀벙텀벙 빠지며 행복해했다.

가난하지만, 가난을 극복할 의지가 생겼고, 힘들지만 눈을 끔뻑이면서도 공부할 힘이 생겼다. 열심히 일하면 돈을 벌 수 있고, 돈을 벌면 자신이 꿈을 이룰 수 있다는 것도 알게 되었다.

‘국민의 행복’, ‘국민의 의사’가 반영되는 나라는 성공할 수 있다. 그것이 민주주의의 장점이며, 지금까지 세계를 지배할 수 있었던 힘이다.

이라크를 보라. 거리거리엔 후세인의 초상화가 걸려 있다. 정권의 핵심엔 후세인의 아들, 딸, 사위가 포진되어 있다. 국민들은 폐쇄된 채 후세인이 세계 제1의 영웅인 것으로 착각하고 있다.

반감을 가져 보았자 감옥이나 총살이다. 국민들 생활은 열악하기 짝이 없고 선진국에서 교육받거나 정치에 대한 비탄할 기회도, 자격도 모두 상실하고 말았다. 누가 감히 후세인에 맞서 대통령에 출마할 것이며, 누가 감히 후세인의 정책에 비난을 퍼부을 수 있는가.

신을 빙자하여 젊은이들을 죽음의 전장터로 내몰고, 거리엔 과부들이 득시글거린다. 국민의 행복은 안주에도 없다. 자신들의 정권을 지키기 위해서는 무슨 짓이라도 다 한다. 미국과의 이해관계를 떠나서 생각해도 21세기 이 지상에 이런 나라가 아직도 존재한다는 것이 경이롭기만 하다. 그래서 ‘악의 축’이 된 것이다.

그렇다면 아버지의 후광으로 최고의 통치자가 된 북한은 어떤가.

거리는 물론 산골짜기까지 김일성, 김정일 사진이 걸려 있고, 김정일의 말 한마디가 곧 법이며, 그의 친척, 측근들만이 권력을 누릴 수 있다.

어느 누구도 김정일에 맞서 통치자가 될 수 없고, 그의 뜻을 거스르는 자는 죽음밖에 기다리는 것이 없다. 그는 최고의 천재여서 정치, 군사, 경제, 외교, 문화를 한 손으로 주무른다.

아무나 선진국에 나가 공부할 수 없으며 국제시대의 도도한 흐름을 알지 못하게 한다. 평양은 국가가 허락한 특수층만이 거주할 자유가 있다. 모든 혜택은 평양에만 몰려 있고, 이에 반기를 들 수 없다.

이렇게 천재 김정일이 움직이는 북한은 궁핍하다 못해 국민들이 굶어 죽고 탈북하는 데도, 눈 하나 깜빡하지 않는다. 나라는 폐허가 되고 점점 더 고립화되어도 잘 먹고, 잘 사는 것은 권력 핵심부일 뿐, 국민은 온통 거지가 되어버렸다.

사상, 출판, 집회, 저항의 자유는 꿈속에서조차 이룰 수 없다. 누가 뭐라고 해도 북한은 '악의 축' 이 틀림없다.

이 지지리도 못 사는 나라에서 천문학적 돈을 투자하여 핵폭탄을 제조하고, 수백만 명을 살상할 수 있는 생화학 무기를 보유하고 있다면 이것이 '악의 축' 이지 무엇이 '악의 축' 이란 말인가.

집권 세력은 자신들의 체제 유지를 위해 '전쟁' 을 볼모로 미국과 대한민국에서 돈을 한없이 뜯어간다.

북한은 왜 스스로 경제부흥을 일으킬 전략을 세우지 않나. 경제를 일으키려면 외국자본이 들어와야 한다. 외국자본이 들어오려면 경제성이 있어야 하는데, 이나마 이라크나 북한은 외국자본 유치를 꺼려하고 있다.

외국자본이 들어오면 국민들 사상이 바뀌기 때문이다. 자본, 자유, 민주주의 사상에 물들기 시작하면 권력자들은 쫓겨날 수밖에 없다. 그것이 싫어 공포정치를 계속하고 공포정치, 비민주화 정치가 계속되다 보니 외국의 투자가 들어오지 않는다.

투자가치가 없기 때문이다. 비효율성 체제에 어떤 미친 나라가 투자를 하겠나. 거액을 투자해도 언제 문을 닫을지 모르는 체제 아닌

가. 아무리 돈을 들어부어도 밑 빠진 독이 아닌가.

박정희는 일부의 자유 유보를 선언했다. 경제가 살아나야 모든 국민이 행복해진다는 것을 알고 있었다. 그 자유 유보가 반反민주주의로 보여졌지만, 그는 세계가 경악할 경제성장을 이뤄냈다.

하지만 김일성은 국가를 거지로 만들었다. 그러고도 아직도 김일성 배지를 달고 다니는 폐쇄된 집단이다. 아들에게 대代물림하고도 끄떡없다. 그것이 독재다.

박정희를 반민주주의자로 몰아세웠던 DJ정부는 과연 민주화를 정착시켰나. 모든 국민이 우려함에도 불구하고 '햇볕정책'이란 미명 아래 우리로서는 다 알 수도 없는 천문학적 액수의 돈을 북한에 들어붓더니 북한이 '핵 보유'를 선언하자 이제 와서 '강력히 대처하되 평화적 방법으로 해결하자'라는 아리송한 말로 무마시키고 있다.

두 아들은 구속이 되어 있고, 측근들 친척들이 줄줄이 부패에 연류되어 있다. 어찌 박정희와 김대중을 같은 선상에 올려놓고 비교할 수 있는가.

박정희 전 대통령을 반민주 세력이라고 외치는 자들이 북한에서 세습으로 왕좌에 오른 김정일에 대해서는 왜 침묵하거나 동조하는가.

미군이 6·25때 '양민학살' 했다며 길길이 뛰는 사람들이 6·25로 희생된 대한민국 국민의 생명과 재산과 정신적 피해와 동족상잔의 비극에 대해서는 왜 침묵하는가. 왜 사회주의의 비민주성에 대해서는 말하지 않는가! 북한에서는 북한을 통치할 천재가 김정일 한 사람뿐인가?

어쩔 수 없이 김정일 정권을 인정할 수밖에 없다면, 그들 스스로의 모순을 찾게 하려는 노력은 왜 하지 않는가. 왜 그들에게 잘못을 고백하라는 말을 하지 않는가.

김대중 대통령이 평양에 가서 김정일을 끌어안고 있을 때, 나는 이렇게 생각했지.

'와! 남·북의 천재가 다함께 모였구나! 우하하하……'

"푸푸푸……."

노트북을 멍청한 눈으로 들여다보던 김 차장이 푸푸거리며 웃자 동료들이 한마디씩 했다.

"뭐, 좋은 일이라도 있어?"

"혼자 뭘 낄낄대는 거야."

"예쁜 여자와 채팅하고 있었어?"

김대중과 박정희 생각에 잠기다 천재가 모였다는 생각에서 터트린 웃음이 입 밖으로 터져나온 것이다.

"아…… 아냐, 혼자 뭘 좀 생각하다가."

북한은 5년에 가까운 '햇볕정책'에도 불구하고 아무 변화가 없었다. 가공할 만한 화기와 병력은 여전히 휴전선 일대에 배치되어 있고, 위협적인 무기는 계속 가동되고 있었다.

병력을 한 10만쯤 줄여도 전투능력엔 전혀 손상이 없을 것이다. 특수부대, 특수무기, 화학전, 전략 핵무기는 여전히 가동되고 있다. 언제든 명령만 떨어지면 남침이 가능하다.

하지만, 대한민국은 점점 무방비국가無防備國家가 되어가고 있다. 군기軍紀는 해이해 가고 있고, 군 화력은 여전히 답보상태다. 군인들이 총을 들고 휴전선은 지키고 있지만 무엇 때문에 총을 들고 있는지 알 수 없다.

대통령이 평양에서 김정일을 포옹하고 있고 현찰이 이런저런 핑계로 무제한 넘어가고 있다. 게다가 후방에서는 북한이 수적主敵이니 아니니 하며 논쟁을 벌이고 있으니 눈에 빛나던 멸공 승리의 구호는 빛이 바랜 지 오래되었다.

금년 하반기의 남·북 교류협력 플랜은 보기에도 눈부시다. 우선 9월 7일 '남·북 축구대회'가 개최되어 인공기가 합법적으로 상암운동장에서 펄럭이거나 태극기는 보이지 않고 한반도기만 난무할 것이다.

9월 19일엔 휴전선 서쪽 끝 판문점 일대에서 경의선 철도와 도로를 연결하는 기공식 공사가, 동쪽 끝에서는 동해선 철도·도로 연결 기공식이 한꺼번에 열린다.

철도는 남쪽에서 놓아 봐야 북쪽과 연결되지도 않는다. 현 북한의 철도로는 우리의 현대식 기관차가 다니기 힘들다. 또 북측의 철로를 현대화한다 하더라도 모든 비용은 우리가 부담한다.

9월 29일부터 부산에서 열리는 아시안게임엔 북측 선수단과 응원단이 함께 온다. 이들이야말로 우리 돈으로 초청되어 오되, 공식으로 인공기를 올리고, 인공 깃발로 응원한다.

10월 26일엔 북측 경제시찰단이 남측을 방문, 시찰한다. 또 10월 중 개성공단 건설을 위한 실무회담이 열린다.

그동안 대한민국은 단 한 번도 평양에 태극기를 꽂아 보지 못했다.

그 많은 '경제협력' 이라는 이름 하에 돈을 지불했는데도…….

더구나, 이런 경제협력은 군사문제와 상관없이 이뤄지고 있다는 것이다. 남북 대치상황에서 군사문제는 제외하고 경제협력만 이뤄진다면 우리가 주는 돈으로 총알을 만들어 우리를 쏴도 할 말이 없게 된다.

이런 엉터리 장사는 아이들 소꿉장난에도 없는 일이다.

김 차장이 다음 기사 재료에 골몰하고 있을 때, 아내로부터 숨 넘어가는 듯한 전화가 걸려왔다.

"여보, 여보…… 큰…큰일났어요. 큰일…… 으흐흐……."

밑도 끝도 없이 전화기에 대고 흐느껴 울었다.

"무슨 일이야! 말을 해야지."

"저기요…… 희…희정이가…… 실종됐어요…… 희정이가…… 으흐흐…… 빨리 좀 와 보세요."

"뭐라구? 실종! 그게 무슨 말이야."

시계를 들여다보았다. 어느새 저녁 7시가 되어 있었다. 2월의 7시는 심야나 다름없었다. 더구나 희정이는 이제 겨우 아홉 살 아닌가. 자신의 딸 희정이가.

"차근차근 얘기해 봐. 어떻게 된 것인지나 알아야지."

"친구들과 아파트 놀이공원에서 놀다가 헤어졌대요. 희정이가 돌아오지 않아…… 아이구…… 어떡하면 좋아…… 희정이 친구들한테 연락을 했어요. 그런데 다들 잘 모른다고 했는데…… 한 아이가 그러는데…… 희정이가 어떤 아저씨하구 얘기하더니 차를 타고 어디로 갔다는 거예요."

"뭐야! 알았어."

딸 희정이 납치당한 것이다. 그로서는 도저히 이해하지 못할 일이었다. 돈 많은 갑부의 집안도 아니고, 그렇다고 누구에게 원한을 살 일도 없는 김성수였다.

그는 집에 급한 일이 생겨 먼저 퇴근한다는 말을 남겨놓고 회사 주차장으로 달려갔다. 차를 몰고 일산 아파트로 달려가면서도 그는 아내의 말을 믿을 수 없었다.

'믿을 수 없어. 누가 희정이를 납치해 가겠어. 납치를 해도 알아보고 하는 건데…….'

돈을 위해서라면 돈이 있을 만한 사람을 고를 것이다. 그렇다고 자식을 납치당할 만큼 누구에겐가 원한을 사게 한 일도 없었다. 아무리 곰곰 생각해 봐도 희정이가 납치당할 이유가 없었다.

김 차장이 아파트에 도착했을 때 경비 아저씨가 걱정스러운 얼굴로 말했다.

"글쎄…… 이게 어떻게 된…일인지…… 이 아파트에서 십 년째 일하지만 이런 일은…….."

"알겠습니다. 곧…… 내려오겠습니다."

그는 발을 동동 구르며 엘리베이터에 올랐다. 엘리베이터가 5층에서 멈추었는데, 문이 열리자 아내의 울부짖는 소리가 복도까지 들려왔고 가까운 이웃 아줌마들이 안타까운 얼굴로 아내를 위로하고 있었다.

"어떻게 된 거야. 어떻게 된 거냐구!"

남편이 뛰어들자 벌떡 일어나던 아내가 힘없이 무너져 버렸다. 기절을 한 것이다. 동네 아줌마들이 찬물로 머리를 적시고 팔다리를 주무른 뒤에야 가까스로 깨어났다.

"힘을 내, 힘을. 왜 이렇게 성급하게 야단이야…… 자, 차분하게 얘기해 봐."

가까스로 정신을 차린 아내가 희정이의 실종상황을 설명했다. 결국 똑같은 얘기의 반복이다. 방학이 끝나갈 무렵인데 방에만 갇혀 답답했던 아이들 다섯 명이 놀이터에서 그네도 타고, 미끄럼도 탔다는 것이다. 이때가 오후 2시경인데 한 아이의 엄마가 감기에 걸린다며 먼저 데려갔고 10분 후쯤, 모두 헤어져 돌아갔다는 것이다. 그런데 한 아이의 증언에 의하면 희정이가 놀이터 근처에서 어떤 젊은 아저씨와 얘기를 하더니 그 차에 오르는 것을 보았다는 것이다.

"전요…… 네 시까지 기다렸어요. 혹시 친구 집에서 놀고 있나 하구요…… 그런데 들어오지 않는 거예요. 흑흑흑……."

"경찰서엔……."

울던 아내가 머리를 끄덕였다.

"파출소에 신고했어요…… 검은색…… 승합차였대요."

"검은색 승합차?"

"네!"

"그 후 걸려온 전화는 없고."

"없어요…… 아무도……."

일 수 없는 일이다. 겨우 아홉 살. 무엇인가 요구조건이 있었다면 지금쯤 전화 연락이 왔어야 한다.

파출소 경찰들은 희정이가 타고 떠났다는 검은색 승합차를 목격한 사람을 만나 보았지만 너무나 흔한 차종인데다 무심코 스쳐갔기 때문에 차번호를 기억하지 못하고 있었다.

아내는 기진하여 소파에 쓰러져 누웠다. 뒤늦게 이 사실을 안 어머니와 친척들이 달려와 위로하고 격성하며 안타까워하지만 그래서 해결될 일은 아니었다. 김 차장은 안타까워 견딜 수가 없었다.

'그 어린것이 무슨 죄가 있다고…… 고생은 하지 않는지. 얻어맞지나 않는지. 아니면…… 혹 납치범들이 살해하지나 않았는지…… 납치를 했으면 연락이라도 해야 하지 않은가, 개새끼들!'

영화에서나 보고, 뉴스에서나 있는 일인 줄 알던 납치사건. 그것이 자신에게 닥칠 줄은 정말 꿈에도 몰랐던 일이다.

어쨌든 현실이다. 희정이는 납치되어 갔다. 경찰이 어느 정도나 해결해 줄지는 모르지만 별 희망은 없어 보인다.

심약한 아내에게 진정제 약을 먹인 후 잠시 잠재워 두었다. 흥분이 지나치면 더 어려운 일을 겪을 수도 있다.

김 차장도 전화기를 옆에다 놓고 의자에 않았다. 이제 희망은 이 전화기뿐이다. 아이를 데려갔으니 틀림없이 요구조건이 올 것이다.

아이만 살려 보내준다면 어떤 조건도 들어줄 것이다. 돈을 달라면 집을 팔 것이다. 까짓 돈이야 또 벌면 되는 것 아닌가. 제발 연락 좀 해라. 희정이 목소리만이라도 듣게 해 달라.

도무지 마음을 진정시킬 방법이 없었다. 담배도 물어 보고 커피도 마셔 보지만 안타깝고 불안한 마음은 다스려지지 않았다.

그의 머리에 이동호가 떠올랐다. 이동호의 딸 선영이가 압록강을 건너다 급성폐렴으로 죽었다는 말을 들었을 때, 그의 참을 수 없었던 고통의 얼굴을…… 이를 악물며 울음을 참던 그의 참담한 심정을…… 선영이가 희정이와 동갑내기라 좋은 친구가 되어주었을 텐데 하며 안타까워하던 순간들이…… 이제사 이동호의 심정을 십분 이해할 수 있었다.

바로 지금 자신의 심정이 그렇지 않은가. 분함을 참지 못한 김 차장의 눈에서 마침내 눈물이 주르르 흘러내리고 말았다. 아무리 강해지려 해도 약해지는 마음을 이기지는 못했다. 자식은 그렇게 무서운 것이다.

자정이 가까워 올 무렵 아내는 깨어났고 친척들은 모두 돌아갔다. 형님 부부도, 동생도 다 떠나갔지만 어머니는 가지 않으시겠다며 고집을 피우셨다.

"이럴 때는 누가 옆에 있어라도 줘야 마음이 안정되는 거야. 이 에미가 하룻밤 새운다고 금방 죽냐? 걱정 마. 내 새끼 돌아올 때까지는 꼼짝도 하지 않을 테니……."

어머니의 고집을 꺾을 수는 없다. 또 꺾을 필요도 없었다. 아내는 어머니의 손을 잡고 있었고, 거기서 안정을 찾아가고 있었다.

자정이 지나고 새벽 1시가 되었다. 집에 도착한 형제들과 친척들의 전화 외에는 아무런 전화도 없었다.

전화기와 휴대폰을 번갈아 바라보며 안타깝게 벨소리를 기다리고 있을 때 마침내 무서운 정적을 깨고 전화벨이 울렸다.

김 차장의 손이 번개처럼 날아가 수화기를 집어들었다. 수화기에는 아직 어려 보이는 남자의 목소리가 들려왔다.

"김성수 차장님?"

"그렇소. 누구요."

"희정이는 잘 있습니다. 지금 자고 있어요. 절대 해치지는 않을 테니 너무 걱정하지는 마시고요."

"알겠습니다. 말하세요. 요구조건이 무엇인가. 나 들어 드릴 테니 말씀만 하세요. 애 다치지 않게 하구요."

"압니다. 알고 있어요. 하지만 요구조건이 뭔지는 나도 잘 몰라요. 저희 형님이 아시니까."

"그럼…… 형님을 바꿔주세요. 빨리요."

"여긴 계시지 않습니다. 내일 다시 연락 드릴 겁니다. 아무튼 희정이는 잘 있으니 그리 알고 계세요."

"끊지 마세요. 한마디, 딱 한마디 말씀 드릴 게요. 앞으로는 제 휴대폰으로 연락주세요."

김 차장은 바른 말투로 번호를 알려주었다. 하지만 납치범은 알았다는 말 한마디 없이 끊어버렸다.

아내의 눈이 똥그래졌다.

"뭐…… 뭐래요. 희정이는 괜찮대요?"

"음, 희정이를 해치지는 않겠다더군."

"원하는 게 뭐래요. 왜 납치했대요."

넋 빠진 듯 앉아 있던 아내가 눈에 불꽃을 튀기며 달려들었다.

"걱정하지마. 녀석들이 원하는 건 희정이가 아니니까. 틀림없이 요구조건이 들어올 거야. 희정이를 다치게 하지는 않을 테니 걱정하지 말고 잠이나 자둬."

"지금 잠이 오게 생겼어요."

"잘못하면 장기전이 될지도 몰라. 너무 신경 쓰고 힘을 빼면 나중에 곤란해."

'하긴 이런 상황에서 잠이 올 리 없지. 이렇게 신경이 곤두서는데……'

김 차장도 생각하기 위해 서재로 들어갔다.

책상에 앉아 아무리 생각을 해도 알 수가 없었다. 하지만 우발적인 납치가 아닌 것만도 천만다행이었다. 전화를 건 사람은 자신을 정확히 알고 있었다. 그는 분명히 '김성수 차장'이라고 불러주었기 때문이다.

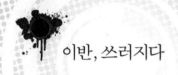

이반, 쓰러지다

　이동호는 벌어진 입을 다물 수 없었다. 산더미처럼 쌓인 백화점의 상품들, 희망에 넘쳐 보이는 젊은이들의 발랄함…… 어린 여학생들도 휴대폰을 들고 다니고, 젊은 청년들이 승용차를 몰고 다닌다. 극장에 사람들이 넘쳐나고 거리에서 남녀가 포옹을 한 채 밀어를 속삭인다.

　이건 꿈이다. 북한에서는 상상도 할 수 없는 세상이 그의 눈앞에 펼쳐지고 있는 것이다. 북한의 젊은이들 생활을 보라. 그들은 매주 생활총화를 해야 한다. 일주일간 생활에서 잘못한 점을 매 주일마다 총화를 짓는다. 단체 별로, 작업반 별로, 농근맹 별로, 당원 별로, 몽땅 다 총화해야 한다.

　내가 잘못한 게 없어도 그날, 그날 무엇을 잘못했습니다 하고 반성해야 한다. 매주 무슨 잘못한 일이 많아서 반성해야 하는지 그들은 잘못을 빌어야 한다. 매주 학습도 해야 하고 회의도 수없이 한다.

"서울서도 사람들이 매일 회의를 합니까?"

"그저 주에 몇 번, 그것도 서로 좋은 아이디어를 내는 정도죠. 또 회의가 요즈음 없어지는 추세입니다. 컴퓨터로 화상회의를 하니까요."

백화점 진열대에서 그 비슷한 것을 보았다. 그것은 큰 회사에서 회의에 이용된다고 한다. 앞으로 놀랄 일은 더 많을 것이다.

그는 마음이 조급해졌다. 중국에서 하루빨리 아내가 돌아와 새 생활을 시작하면 열심히 일하고 일요일이면 산책도 하고 쇼핑도 하리라 생각했다.

산다는 것이 바로 이런 것 아닌가. 군인들에게 군사훈련보다 사상학습 하는 시간이 더 많다. 겨울에 따뜻한 양말 한 켤레 제대로 지급하지는 못하면서 교육은 왜 그렇게 몸서리치게 많이 하는지 모른다.

그는 보이는 것 하나하나를 머릿속에 입력시켜 놓았다. 언젠가는 꼭 한 번 TV 인터뷰를 할 것이다. 그때 그는 할 말이 너무나 많을 것 같았다.

야경을 돌아보고, 멋진 여성들이 접대하는 술집을 들러 호텔로 돌아왔다. 회장과 헤어져 혼자 객실에 남게 되었다. 침대에 누워 눈을 감았다. 거리를 빽빽하게 메운 자동차들, 자유분망한 젊은이들, 끝없이 이어지는 고층 건물들, 넘쳐나는 물자들……

이러한 영상들이 어지럽게 떠올랐다 사라지고 사라졌다가는 또 떠올랐다. 전력제한, 살벌한 풍경의 평양의 거리, 조잡스러운 상품들을 생각하니 속아도 너무 속았다는 생각이다.

이런 체제에서 왜, 북한의 체제를 동경하는 사람이 있다는 것인지 도저히 믿어지지 않았다.

같은 시간.

김용기는 편안한 마음으로 TV를 보고 있었다. 월드컵을 위한 남미 원정팀의 성적이 좋지 않아 마음이 불편했다. 히딩크 감독이 한국선수와 팀컬러를 잘못 이해하고 있는 것이 아닌가 우려하고 있었다. 한참 스포츠 뉴스를 보고 있는데 휴대폰 벨이 울렸다.

이반의 뒤를 밟고 있는 부하로부터 온 전화였다. 내일 아침, 여의도 사무실에서 직접 말씀 드리겠다는 내용이며, 시간을 아침 9시로 잡아놓았다.

같은 시간.

이반은 객실 내에 비치된 양주를 꺼내 홀짝이며 마시고 있었다. 술은 마시고 있지만 머리는 정신없이 돌아가고 있었다. 그는 좋은 기회를 놓친 것에 무척 아쉬워하고 있었다.

'이동호가 구금되어 있을 때 황장엽을 잡았어야 했는데…….'

그는 머리를 갸우뚱거리며 암살 생각에 골몰하고 있었다.

김용기는 틀림없이 잔금을 지불하며 출국을 요구할 것이다. 며칠 전에도 그런 제의를 해 왔었지 않았던가. 출국할 때 주겠다고. 그것은 무슨 뜻인가. 김용기가 뭔가를 감지했다는 뜻이다. 돈을 받으면 떠나야 한다. 하지만 지금은 그 잔금이 문제가 아니지 않는가. 그래서 먼저 황장엽을 제거할 계획을 세워놓은 것이다.

'김용기가 불안해. 그를 너무 과소평가했어. 틀림없이 뭔가를 냄새 맡은 게 분명해.'

하지만, 아무리 정보부 출신이라도 자신의 가슴속에 파묻어 놓은 비밀은 알지 못할 것이라는 판단이다.

이동호와 황장엽을 제거하면 임무는 끝나는 셈이다. 어떤 경우든 평양은 러시아 무기구입의 로비스트로 선정해 줄 것이다.

그는 1차 작업으로 '미스터 서'를 시켜 김성수의 아이를 납치하게 했다. 그리고 그 납치계획은 멋지게 성공했다. 그가 김성수의 아이를 납치한 것은 이동호보다 황장엽을 먼저 제거하겠다는 뜻이다. 황장엽 제거가 성공되면 곧이어 이동호를 없애고 러시아로 튀는 것이다.

전쟁은 지금부터다.

어떻게 하면 둘 모두를 없애고 한국을 탈출하느냐가 문제다. 쉬운 일은 아니지만 그렇다고 불가능한 일도 아니다. 까짓 보상금은 다 날려도 좋다. 이번 일만 성공한다면 돈은 앞으로 냄새가 날 만큼 만지게 된다.

지금 그가 우려하는 것은 오직 김용기뿐이다. 현역에서 은퇴는 했지만 그는 역시 이 세계에서는 베테랑이 틀림없다.

'지금쯤 김성수는 얼이 빠져 있을 거야.'

김성수의 아이는 일산에서 납치하여 의정부 소녀의 품에 가 있다. 그 아이가 의정부 외딴 집에 납치되어 있다는 것은 귀신도 모르리라.

'미스터 서'는 일을 생각보다 훨씬 잘 처리하고 있었다. 그는 자신이 할 일이 무엇인지를 알고 있고, 또 납치를 즐기는 것 같았다. 그 한 가지 일로 지금 200만 원을 받는다면 곧 입대할 그로서는 횡재하는 일이다.

그렇게 하루가 저물었다.

밤잠을 설쳤지만 전혀 피로하지 않았다. 그만큼 신경이 곤두서 있다는 뜻이다. 아침까지 기다렸지만 인질범으로부터는 단 한 통의 전화도 없었다.

'연락이 오겠지. 날 찾은 걸 보면 틀림없이 요구조건이 있어.'

김성수는 서둘러 출근길에 올랐다. 파출소에서 잠깐 다녀가긴 했지만 역시 믿을 수는 없었다. 만일 납치범로부터 2차 연락이 온다면 요구조건을 분석하여 대처할 생각이다.

희정이 생각, 범인 생각으로 어떻게 도착했는지 차는 벌써 신문사에 도착해 있었다. 아직 사내社內에 이 일을 알릴 단계는 아니다. 어쨌든 연락은 올 것이니까.

책상에 앉아 노트북 파일을 열었다. 이동호로부터 들은 지금까지의 과정과 김정애의 탈출기가 두서없이 기록되어 있었다. 언젠가는 책으로 남길 기록들이라 소중히 간직하고 있지만 오늘은 전혀 눈에 들어오지 않았다.

'휴— 이 일을 어떻게 처리한담? 희정이가 무사히 돌아와야 할 텐데……'

심약한 아내도 걱정이다. 며칠만 더 가면 쓰러지고 말 것이다.

그가 굳은 얼굴로 앉아 있는데 주머니에서 벨소리가 요란하게 들려왔다. 김성수는 깜짝 놀라 휴대폰을 꺼내들었다.

"네, 누구십니까. 김 기자입니다."

"김성수 씨."

"네! 선생님. 말씀하세요."

스물이 갓 넘어 보이는 어린 목소리지만 함부로 말할 수는 없었다.

나온다는 말이 선생님이다.

"네, 말하죠. 요구조건이 있어요."

"말씀하세요. 뭐든지."

"날 찾을 생각은 아예 마세요. 경찰에 정식 수사의뢰도 하지 마시고요. 다 부질없는 짓입니다. 내 요구조건은 나의 형님께서 지시하신 겁니다."

"그러니까 말씀하시라는 겁니다. 돈입니까? 아니면……."

"너무 성급하게 말하지 마세요. 당신 차에 가면 와이퍼에 메모지를 남겨놓았으니 꺼내 보세요. 함부로 행동하면 희정이가 죽습니다. 예쁘던데, 어린아이 죽이지 않도록 하세요."

등골이 서늘해졌다. 그들은 줄곧 움직임을 파악하고 있는 것이 분명했다. 희정이는, 희정이는…… 희정이 안부를 묻고 싶었지만 통화는 또 끝나버리고 말았다.

김성수는 스프링처럼 튀어나갔다. 신문사 뒤 주차장에 차를 세워놓은 지 채 20분도 지나지 않았는데 와이퍼에 종이 한 장이 꽂혀 있었다.

그는 그 메모지를 들고 편집국 책상으로 되돌아왔다. 메모는 A4용지에 컴퓨터로 쓰여져 있었는데, 내용은 너무나 간단했다.

—내일 황장엽을 만나라.

그것뿐이다. 요구조건 치고는 너무나 어이없는 조건이다.

'황장엽 선생을? 내일? 뭐 이런 조건이 다 있어! 도대체 누가 보낸 거야, 그때까지만 해도 이반은 상상도 하지 못했다.

한글 컴퓨터 글씨다. 그리고 범인 목소리는 20대 초반의 어린 티를 벗지 못했다. 그렇다면 국내 좌익 세력? 그럴지도 모른다. 그렇다면 왜 황장엽 선생을 만나라는 것인가.

두통이 몰려왔다. 지난밤, 수면을 취하지 못한 탓만은 아니다. 머리는 점점 더 지끈거리며 아파왔다.

'이유가 무엇인가. 왜 황장엽을 만나라 하는가. 누가!'

기사가 손에 잡힐 리 없었다. 딸은 납치되고 범인은 아무 이유도, 설명도 없이 황장엽 선생을 만나라는 것이다. 그의 지시를 따르지 않을 때는 딸의 목숨이 위험하다. 그건 지금까지 이런 사건의 종말이다.

고민에 고민을 거듭하던 김 차장은 이 문제를 국장에게 털어놓았다. 딸의 납치사건 뒤에는 황장엽 선생의 안위가 걸려 있기 때문이었다.

"뭐라구. 딸이 납치를 당해?"

국장도 충격을 받았다. 더구나 범인이 돈을 요구하는 것도, 원한을 갚기 위한 복수심에서 비롯된 것도 아니다.

'내일 황장엽을 만나라.' 이것이 요구조건의 전부 아닌가.

국장은 앉아서 생각하고 있었다. 그는 아주 침착하게 문제의 실마리를 풀어가기 시작했다. 딸을 납치당하여 김 차장은 지금 심리적 형평을 잃고 있다. 이럴 때는 경험 많고 침착한 국장이 생각을 해 주어야 한다.

황장엽 씨의 생명은 언제나 위험에 노출되어 있다. 한국 내에는 친북 세력도 있고, 또 북의 지시를 받으며 활동하는 사람도 있을 것이다. 게다가 황장엽 씨는 김정일 입장에서 본다면 '눈엣가시' 나 다름

없었다. 그래서 황장엽 씨는 미국으로 망명할 계획까지 세워놓고 있었다.

그런데 김 차장에게 황 선생을 만나라고 지시한다. 그 이유는 무엇일까. 황 선생을 테러할 목적이다. 황 선생의 위치를 찾겠다는 의도다. 그들은 김성수 뒤만 미행하면 되는 것이다. 만일, 그의 지시를 거부할 때는 김 차장의 딸이 다친다. 김 차장에게 주어진 시간은 내일 하루뿐이다.

잠시 생각에 잠겨 있던 국장이 머리를 들어올렸다.

"김 차장."

"네."

"내가 생각하고 있는 것이 있으니 아무에게도 말하지 말고 일이나 해. 만일 또 연락이 오면 즉각 내게 보고하고. 알았지. 흔들리지 말고 중심을 잡아. 흥분하고 당황하면 오히려 일을 그르칠 수 있으니까."

"잘 알겠습니다."

"그럼 돌아가. 마침 바쁜 일도 없으니 나도 생각 좀 해야겠어. 너무 걱정하지 말고."

김 차장은 축 늘어진 모습으로 국장실을 나갔다.

'제길. 어떻게 이런 일이 다 생겨. 도대체 어떤 놈이야.'

황장엽을 만나라? 아무래도 이해할 수 없는 조건이다. 그리고 이 조건에는 김 차장 딸의 목숨이 걸려 있다.

'이런 문제는 역시 김용기 씨가 최고야.'

아무래도 이 사건이 이동호 씨 귀순문제와 연결되어 있다는 의혹을 뿌리칠 수 없었다. 이반? 생각이 여기에 미치자 그는 지체없이 수화기를 들었다.

김용기는 아침 일찍 출근하여 이동호 문제의 마무리 작업을 구상하고 있었다. 이동호 석방이 대대적으로 보도되었는데도 이반으로부터는 단 한 통의 연락도 없었다.

전 부하들의 보고에 따르면, 이반은 호텔에 투숙한 채 두문불출 꼼짝도 하지 않고 있다는 것이다. 교대를 해가며 지켰지만 식사도 객실에서 해결하고 있으며 일체 외출을 삼가고 있다고 했다. 호텔 직원들을 시켜 객실에 은둔해 있는 사람이 투숙객 당사자인가를 확인해 보았지만 그것도 별 이상이 없었다.

'도대체 이반이 노리는 것이 무엇일까. 돈을 요구하지도 않고, 그렇다고 무엇인가 활발히 움직이는 것도 아니고…….'

지금이라도 당장 계약 잔금을 지불하고 떠나가게 하고 싶었지만 정작 본인은 두더지처럼 객실에만 박혀 꼼짝도 하지 않는다. 김용기로서는 답답할 수밖에 없는 이반의 행동이었다.

전화가 걸려온 것은 이때였다. 그리고 그는 놀랍고도 충격적인 내용의 사건을 듣게 되었다.

"뭐라구요. 국장님? 김 차장 아이가 납치되었어요? 네…네…… 그래요? 알겠습니다. 네…네…… 인질범 조건에 의문이 간다구요. 네…네…… 아, 네. 그렇군요…… 알겠습니다. 제게 생각이 있습니다…… 이제 대충 윤곽을 알겠습니다. 김 차장에게 전해 주십시오. 걱정하지 말라구요. 절대 걱정할 일이 아니라고요. 알겠습니다. 다시 연락 드리겠습니다."

통화를 끝냈다. 입에 미소까지 떠올랐다. 머리를 끄덕이며 다시 담배를 입에 물었다.

"이놈의 담배, 오늘이 정말 끝이다."

그리고 불을 붙였다. 국장이 걸어온 한 통의 전화는 지금까지 베일에 쌓였던 이반에 대한 의혹을 일거에 풀어버리게 했다.

그는 계속 머리를 끄덕이며 만족스러운 미소를 지어 보였다.

'나도 이젠 늙었나 봐. 왜 진작 그 생각을 못했지?'

이반은 결코 하나가 아니라는 말이다. 그 뒤에는 그를 돕는 많은 세력이 있을 거라는 추리다. 이반이 객실에 죽치고 앉아 알리바이를 만드는 동한, 그의 동조자나 하수인들은 어둠 속에서 은밀히 움직이고 있었을 것이다.

그들은 김 차장의 딸을 납치하고 황장엽 씨의 은신처를 찾기 위해 협박하고 있는 것이다. 문제는 김 차장의 딸을 어떻게 구출하느냐와, 이반을 어떻게 처치하느냐가 문제의 관건이다.

경찰에 도움을 요청해 봐야, 김용기 혼자 뛰는 것만도 못할 것이다. 한국의 일선 경찰은 결코 이반의 적수가 되지 못한다. 문제의 핵심은 이반이다. 이반을 잡으면 문제는 해결되고 의문점이 풀린다. 하지만 가장 다급한 문제는 김 차장의 딸을 먼저 살리는 일이다.

"그래. 이반의 목표는 황장엽이었어. 그는 평양의 사주를 받고 내려온 거야. 죽일 놈. 감히 나를 속이려 하다니."

김용기는 분함을 참을 수 없었다. 그 여우 같은 러시아놈에게 속다니. 만일 블라디보스토크에서 발생했던 1시간의 미스터리만 아니었나면 끝끼지 속았을 것이다.

그는 여기저기 정신없이 전화를 걸기 시작했다. 옛날 부하들을 불러모았다. 모두 무술 실력이 뛰어나고 의협심이 강한 후배들이다.

이반처럼, 현역 정보 요원 중에서 김용기를 따르는 옛날 부하는 많다. 하지만 그들을 다 부르지는 않았다. 정보가 유출될 가능성도 있고, 또 혹 그들에게 피해가 갈 수도 있기 때문이었다.

옛 부하들에게 연락한 후, 채 1시간도 되지 않아 여섯 명이 달려왔다. 모두들 옛날과 다름없는 충성심을 보여주었다.

"무슨 일이십니까, 과장님."

"뭐 좋은 일이라도 있으신 겁니까?"

목소리 톤만 들어도 호출하는 이유를 알 정도로 호흡이 척척 맞아떨어진다. 여섯 명의 부하들 가운데, 비교적 시간이 넉넉한 네 명을 선택하여 그간의 사정 이야기를 들려주었다.

"그래요? 그럼 이반의 목표는 분명하군요. 녀석, 황 선생님을 노리고 있을 겁니다."

"틀림없습니다. 녀석을 기습하여 자백하게 만들죠."

"현역으로 있는 옛날 동지들의 협조를 받는 것이 좋을 듯싶은데요."

흥분한 부하들이 많은 의견을 내놓았지만 김용기는 받아들이지 않았다.

"알아, 알아. 하지만 김 차장 아이부터 구해야 할 것 아냐. 시키는 대로만 해."

지금도 두 명은 밖에서 이반을 감시하고 있다. 그리고 그들의 미행 일지를 검토하고 검토해서 마침내 행동결단을 내리게 되었다.

"이태원에 나이트클럽이 있다. 이름이 카네기인가 뭔가 하는 곳인데, 거기 '주먹'이라는 러시아인이 있어. 극동지역과 중앙아시아에서 무용수를 끌어모아 한국에 진출시키는 사람인데, 이녀석이 돈을 모아 한국에 진출해 사업을 하고 있어. 이태원에서는 알아주는 놈이야 '주먹'이라면 다 알아. 녀석을 유인해 협박하면 다 알아낼 수 있으니까 움직여. 녀석은 저녁 다섯 시는 돼야 나타나. 그러니 알아서 행동하도록 해. 녀석만 족치면 이반이 뭘 하고 있는지 알아낼 수 있을 거야. 그녀석 여기선 힘을 쓰지만 이반한테는 고양이 앞에 쥐나 다름없는 놈이니까 알아서 해."

"알겠습니다."

"녀석 별명이 '주먹'이야. 그러니 소홀히 다루지 말고."

"네, 그럼 밤에 다시 보고 드리겠습니다."

지시를 받은 일행이 우르르 몰려나갔다.

현역 은퇴 후, 이런 신나는 일은 오늘이 처음이었다. 더구나 DJ정부가 들어서서는 간첩 한 명 잡았다는 뉴스를 들은 일도 본 이도 없었다. 간첩이 없는 것인지, 있어도 못 잡는 것인지, 북한이 이제는 간첩이 필요가 없어졌는지는 알 수 없는 일이지만.

그리고 이반이 보고 싶었다. 그가 전직 KGB 요원에, 극동에서는 제법 날리던 인물이라니 더욱 강한 호기심을 가질 수밖에 없는 일 아닌가.

하지만 오늘 먹이는 '주먹'이라는 그 러시아 사업가다. 녀석은 러시아 여자 외에도 틀림없이 마약에도 손을 대고 있을 것이다. 그리고 이날의 임무는 이반이 찾아와서 무슨 말을 했으며, 무엇 때문에 찾아왔는가를 알아내는 일이다.

네 명의 전직 정보 요원들은 점심식사를 마치고 이태원과 가까운 하이얏트호텔 사우나에 가서 몸을 풀었다. 오늘은 즐거운 시간이 될 것이다.

사우나를 마치고, 맥주를 들고, 옛날 이야기에 꽃을 피우던 이들은 다섯 시가 넘은 시간에서야 이태원을 향해 자리를 옮겼다.

이미 전략은 다 구상되었다. 이런 일에는 세계 어디 내놓아도 손색없는 실력을 갖추고 있지만 지금 이들이 할 일은 없다. 현역에서의 은퇴는 이들을 뼈아프게 만들었지만 그렇다고 이 정권에서 일하고 싶은 생각도 없는 사람들이다. 그래서 이 일이 더 신나는 사람들이다.

어둠이 깔린 이태원은 네온 불빛으로 불야성을 이루고 있었다. 이들 일행은 여기저기 찾아다녀 '주먹' 이 투자한 나이트클럽을 찾아냈다.

한 명은 밖에서 차에 시동을 걸어놓고 기다리고 있고, 세 명은 홀에서 '주먹' 을 찾았다.

손님이 찾아왔다는 연락을 받았는지 거구의 러시아 사내가 어슬렁거리며 나타났다. 키는 180센티를 넘어 보였고, 몸무게도 90kg는 더되어 보였다. 근육이 발달해서 마치 프로레슬러를 보는 기분이었다.

그는 서툴지만 제법 한국말을 했다.

"날, 찾아…오셨다구요? 무슨 일로요."

"조용한 방으로 안내하시오. 할 말이 있소."

"어디서 오신 분들이오."

"이반에 관한 일이오. 여기는 얘기할 만한 곳이 아닌 것 같소."

잠시 생각에 잠기던 그가 구석 밀실로 안내했다.

"이반이라뇨. 그가 누구요."

'주먹'이 시치미를 떼며 되물었다.

"엊그제 당신을 찾아오지 않았소.! 우리는 대한민국 정보부 기관원이오. 지금 우리는 이반을 쫓고 있소. 만일 당신이 우리에게 거짓말을 하거나 허위로 정보를 제공할 시, 당신은 아주 어려운 일을 당하게 될 거요. 당신은 다시는 한국에 들어오지 못할 뿐 아니라, 국내 재산도 모두 한국에 놓고 가게 될 거요. 그러니 긴 말 하지 말고 묻는 대로 솔직히 대답하시오."

"……."

이반, 그의 과거를 잘 아는 '주먹'으로서는 가슴 뜨끔한 일이 아닐 수 없었다. 그리고 그가 한국 정부로부터 추적당하고 있다는 것이 확인되었다. 그렇지 않고서는 그가 이곳을 찾아왔다는 것을 알 리 없었다.

이반을 배신하는 것도 두렵고, 한국 정보 요원을 속일 수도 없다. 그는 이미 이 한국에 정착해 있는 상태나 마찬가지였다. 일생 동안 끌어모은 돈을 한국에 거의 다 투자하고 있는 실정이 아닌가.

그는 굳은 입을 다물고 있지만 이마에 밴 땀이 무엇을 말하는지 잘 알고 있었다. 정보원을 가장한 이들은 '주먹'으로부터 뭔가를 알아낼 수 있다는 자신감을 갖게 했다.

"이반이 두려워 말하지 못하는 거요? 그렇다면 비밀을 지켜주겠소. 당신에게 찾아와서 뭘 요구하고 돌아갔소."

"그는…… 제게……."

"말하시오. 당신을 끝까지 보호해 줄 테니……."

"정말…… 나를 보호해 주겠소? 이반이 내가 배신한 것을…… 알면 러시아 내 가족이 위험해집니다. 그는…… 두려운 사람입니다."

"괜찮소. 약속하죠. 당신 사업도 보호해 주겠소. 당신이 마약에도 손대고 있다는 정보도 있지만 그건 없던 일로 하겠소."

그의 이마에는 삼복 더위에 솜이불을 덮은 것처럼 진땀이 흘러내리고 있었다.

"절…… 도와주신다면…… 말씀 드리죠."

'미스터 서'와 승합차 렌트, 소냐의 이야기를 털어놓지 않을 수 없었다. 그는 이반이 찾아온 내용을 말하면서도 자신을 찾아온 남자들 품에 얼핏얼핏 스치는 어깨에 메는 권총 케이스를 훔쳐보고 있었다.

이반에게 당할 때 당하더라도 지금 불지 않을 수 없다. 그래서 그는 모든 사실을 털어놓았다.

"소냐?"

"네, 소냐라고 제가 데리고 있던 아이입니다. 그 아이를 의정부로 보냈습니다."

"집은 알고 있나…… 이반이 다량의 헤로인을 들여왔다는 정보가 있다. 아마 그 소냐가 보관하고 있을 것이다. 헤로인 운반을 위해 승합차를 빌렸고…… 주먹! 넌, 얼마나 받아냈어. 헤로인 말이야!"

"헤…헤로인이요? 전…… 그런 건 구경도…… 못했는데요. 정말입니다. 이반은 아이와 소냐만 부탁하고 갔어요."

"이반이 체포되면 한국에서 한 십 년은 썩을 거야. 교도소에서 말야."

"정…정말입니다. 전, 마약 같은 건……."

"소냐는 지금 어디 있어. 아직도 의정부에 있나? 집이 어딘지 말해."

"전…… 모릅니다."

"몰라? 거짓말 할 거야?"

"정말 저는 모릅니다. 하지만 꼭 알고 싶으시다면…… 알아 드릴수는 있습니다."

"좋아, 알아봐. 당장."

"네…… 잠시만요."

주먹이 휴대폰을 꺼내들었다.

"이반에게 연락하면 넌, 여기서 죽어."

"네……네. 걱정하지 마세요."

그가 어디론가 전화를 걸었다. 젊고 어려 보이는 남자의 목소리가 들려왔다.

"야, 임마. 나다."

"아이구 지배인님, 접니다."

"그래 말 잘 듣고 있나?"

"네…… 사실은 오늘 제 일은 끝났습니다. 고맙습니다. 전부 이백만 원 받았습니다. 정말 고맙습니다."

"너…… 그동안 뭐 했나!"

"네, 저…… 이반이라는 그 어른이 시켜서 어떤 남자하고 둘이 일산에서 애 하나를 납치했어요…… 경찰이 알면 큰일나니까 비밀로 하셔야 돼요. 이반 선생님이 다 책임진다고 했거든요."

"그래? 그 아이는 지금 어디 있어."

"소냐가 데리고 있어요."

"알았어. 그건 나하고 상관없는 일이니까. 근데 소냐 집은 알고 있냐?"

"그럼요. 제가 직접 아이를 맡겼는데요. 의정부 말이에요."

"너, 지금 어디 있어."

"여자 친구들이랑 저녁 먹고 있어요."

"빨리 와. 돈벌이가 생겼어. 하루 고생하면 오십만 원이 생겨."

"돈이요? 뭔데요."

"내 손님 모시고 소냐한테 데려다 주는 일이야. 소냐 집까지만 데려다 주면 오십만 원 줄 거야."

"이반 씨가…… 아무한테도 알려주지 말라고 했는데……."

"이 개자식이, 내 말도 믿지 못해! 이반 씨 손님이야 이 병신 같은 자식아. 죽기 싫으면 빨리 와."

한국에서 생활을 시작한 지 7년이 되는 이 러시아 사내는 한국인 못지않게 욕도 잘했고 센스도 있었다. 덩치와는 사뭇 다른 모습이었다. 하긴 외국에 건너와 이만한 사업을 하려면 그 정도는 되어야 할 것이다.

'미스터 서'라는 아이는 질겁을 하며 달려왔다. 사실 오늘 여자 친구들과 함께 한 잔 걸치고 나이트에서 밤을 즐길 생각이었다. 여자애들이야 또 부르면 된다. 그리고 50만 원이 생기는 일이다.

아이를 납치한 것이 마음에 걸리지만 직접 아이를 잡아간 사람은 이반이 데려온 사람이라 사실 직접 책임은 없었다. 또 석 달이 지나면 군대로 간다.

"야! 형님이 오라면 오는 거지 웬 말이 많아. 이분들 이반 씨 손님들이야. 의정부 모시고 가서 소냐 집으로 가. 넌, 거기서 돌아와도 좋으니까."

주먹이 지갑에서 10만 원권 수표 다섯 장을 꺼내 아이에게 주었다.

"네, 알았습니다. 걱정하지 마세요. 그런데…… 차는……."

"선생님들 차 가져오셨으니 그 차로 가."

'미스터 서'는 신나게 앞장서서 달려갔다. 그들을 차에 태운 후, 김용기에게 즉각 보고를 올렸다.

"김 차장 따님은 의정부에 있습니다. 지금 출발합니다. 두 시간이면 작업은 끝납니다. 앞으로 어떻게 행동할까요."

"수고했어. 아직 구출한 것은 아니니까 방심하지 말고, 아이를 일산 집으로 보내놓고 마포 '홀리데이 인 서울'이라는 호텔로 와 그리로 모여. 나도 가 있을 테니."

"알겠습니다."

"아이를 구출하면 즉시 보고해. 완전히 작전을 끝낸 뒤 말이야."

"예, 알겠습니다."

현역을 떠난 지 오래되었지만 마치 현역 시절처럼 깍듯이 모셨다. 이런 모습은 이런 세계에서는 불문율로 되어 있다.

이태원을 출발한 이들의 승용차는 의정부를 향해 질주하기 시작했다. 이반을 의심하여 사람을 미행시킨 쾌거다.

김용기는 승리의 휘파람이라도 불고 싶은 심정이다. 양다리를 걸치며 남·북한을 오가던 이반의 운명도 오늘이 끝이다.

이반이 이 사실을 알 턱이 없었다. 이태원의 주먹은 마약이라는 말에 주눅이 들어 알뜰살뜰 모두를 고백했고, 김용기의 조직은 의정부를 향해 달리고 있었다.

하지만 그는 지금 호텔 객실에서 앉아 권총을 손질하고 있었다. 내일 중 자신의 하수인들은 김 차장 뒤를 미행할 것이며, 황장엽의 거처가 확인되면 쥐도 새도 모르게 잠입하여 일을 끝낼 것이다.

하지만 그보다 먼저 할 일이 있다. 제일무역에서 나머지 보상금을 받는 일이다. 돈을 받기 위해 비행기표까지 끊어놓았다. 그걸 미끼로 돈을 받는다. 다음 이동호를 호텔로 유인하여 사살한 뒤 황장엽을 처형할 것이다.

이반이야말로 휘파람이라도 불고 싶은 심정이었다. 김용기가 마음에 걸리기는 했지만 아직 자신의 전략을 포착했다는 징후는 보이지 않았다.

김 차장의 딸을 납치하여 의정부에 감춰놓는 일도 120% 성공으로 보아야 한다.

'아! 이제 출세의 길로 접어드는구나.'

이동호와 황장엽, 북한에서 이를 갈며 분하게 생각하는 둘을 한꺼번에 해결한다. 평양에서 얼마나 고맙게 생각하겠는가. 더구나 무기구입 로비스트가 된다면 푸틴으로부터도 각별한 신임을 얻게 된다.

그래서 더 열심히 총구를 닦고 있는 것이다. 총구를 다 닦은 다음 총알을 닦고 그 총알에 입술을 댔다.

'이 총알이 행운을 가져다 줄 것이다.'

서울을 출발한 승용차는 밤길을 달려 의정부를 향해 달려갔다. 자동차가 어쩌나 밀리는지 도저히 속력을 낼 수가 없었다. 교통신호야 벌금을 물 작정을 하면 그만이지만 사고라도 난다면 완전히 낭패 보는 일이다.

평소 같으면 40분이면 충분할 거리를 무려 1시간을 넘게 달렸다. '서'라는 아이는 들뜬 기분으로 이들을 안내했다.

"이쪽으로요. 네…… 저기. 저, 네거리 지나서요. 네, 쭉― 가시면 되거든요. 아니요, 이쪽으로요."

의정부 시내에서 좌회전하여 송추유원지 방향으로 차를 꺾었다.

주택들이 밀집된 지역을 지나자 야산이 보이기 시작했다.

야산 입구에서 차를 멈춰 세웠다. 얕은 양옥집인데, 집에서 불빛이 새어 나왔다.

"저기, 저 집이거든요. 같이 가실래요?"

"아냐…… 저 말이야."

한 명이 운전하던 조금 더 젊어 보이는 사람에게 지시를 했다.

"이 아이, 의정부 시내까지 데려다 주고 와. 우리는 여기서 대기하고 있을 테니까."

"알았습니다."

법으로 따지자면 이 아이는 납치 공범자다. 하지만 곧 입대할 녀석을 교도소로 보내기는 싫었다. 대신 이런 일을 다시는 못하게 할 작정이다.

"가면서 교육시켜."

"네, 알겠습니다."

무슨 말인지 어리둥절해하는 '서'를 차에 태워 시내로 데려갔다.

가면서 혼쭐이 빠지게 야단을 쳤다.

"임마, 우린 경찰이야. 이번엔 용서해 주는데 이런 일 또 하면 넌 구속이야. 알았어? 전과자가 되고 싶어? 곧 입대한다니 이번엔 정말 용서해 주지. 그 대신 군대생활 잘해!"

"네!…… 그렇게 할게요."

아이는 금세라도 울 듯한 표정이었다. 얼마나 놀랐는지 몸까지 벌벌 떨어댔다.

"가, 다시는 이런데 끼어들지 마. 그리고 제대하거든 성실한 직장 얻어서 돈 벌어. 알았지."

"네, 네…… 알겠습니다. 다시는 안 그러겠습니다."

차에서 내리자 마자 '서'는 꽁무니가 빠지게 어둠 속으로 사라져 버렸다.

그들은 현장에서 다시 모였다. 밀집된 주택과는 달리 약간은 떨어진 외딴 곳에 있어 소음이 좀 난다고 해서 문제될 것 같지는 않았다.

일행은 집앞으로 몰려가 문을 두드렸다.

잠시 후 러시아어로 뭔가 떠들며 한 여인이 나타났다. 그녀는 문틈으로 내다보더니 또 뭐라고 떠들어대는데 무슨 말인지 알 수가 없었다.

"열어, 문 열어!"

그녀를 향해 소리치며 손으로 문을 여는 흉내를 냈다. 그때서야 여인이 문을 여는데 낌새를 차렸는지 잔뜩 얼어붙은 얼굴이었다.

한 명이 집으로 뛰어들었다. 김 차장의 딸로 보이는 한 여자아이가 손과 발이 묶인 채 쓰러져 잠을 자고 있었다.

"얘야…… 희정이라고 했던가? 희정아…… 희정아!"

소리치며 볼을 두드리자 잠에서 깨어났다. 그리고 낯선 남자들을 바라보자 그만 악을 쓰며 울어대기 시작했다.

"괜찮아, 울지 마. 너를 구하러 왔으니까. 이제 집에 가는 거야."

하지만 아무리 달래도 울음을 멈추지 않았다. 우는 아이를 차에 태웠다. 소냐도 함께 태워 서울을 향해 달리기 시작했다. 무사히 구출한 것이다.

묶여 있기는 하지만 매질을 한 흔적은 보이지 않았다. 희정이는 구출되었다는 것을 확인한 후, 아저씨들 무릎 위에서 얌전하게 앉아 있었다.

그중 하나가 김용기에게 상황이 끝났다는 보고를 했다. 목소리에는 힘이 들어 있고 표정은 자신감에 넘쳐 있었다.

"상황 끝입니다. 희정이란 아이 구출했습니다. 곧 일산엘 들러 돌려준 후 호텔로 가겠습니다. 그런데 이 소냐라는 계집애는 어떻게 할까요."

"개도 보내. 필요하면 언제든 부를 수 있으니까. 문제는 이반이야. 호텔로 직접 오지 말고 뒷골목에 '오두막'이란 커피숍이 있어. 지하에 있는데 거기서 만나자구. 이반을 지킬 사람은 있으니까. 알았어?"

김용기는 수화기를 내려놓고 비로소 김 차장 집으로 전화를 걸었다. 이제는 성공했다는 자축의 인사를 해야 한다. 김 차장도 그러려니와 그 부인은 또 얼마나 놀랐겠는가.

김성수는 종일 일손을 잡지 못했다. 아이도 걱정이고 아내도 걱정이다. 저렇게 며칠만 지나면 체력과 정신적 스트레스를 견디지 못하고 쓰러질 것이다.

어제부터 오늘 저녁까지 밥 한술 뜨지 못했다. 입술은 하얗게 말라붙었고, 침대에 누웠다가는 발작을 하며 비명을 질러댔다. 그럴 때마다 진정제를 먹였지만 이제는 그것도 여의치 않다. 빈 속에 계속 약만 먹일 수는 없는 일이다.

긴장과 스트레스는 김성수도 마찬가지지만 그래도 남자였다. 그는 스스로의 감정을 다스리기 위해 무던히도 노력하고 있었다.

'침착하자. 희정이는 죽지 않는다. 분명히 살려서 되찾아올 것이다.'

날이 어두웠다. 내일은 황장엽 선생을 만나러 가야 한다. 하지만 그것도 발걸음이 떨어지지 않는 일이다.

낮에 그들로부터 또 한 통의 전화가 왔는데 황 선생을 만나지 못하거나 엉뚱한 곳을 다녀오면 아이의 생명을 보장할 수 없다는 협박성 전화였다.

그렇게 애간장을 태우면서도 그는 그들의 협박을 들어줄 수 없다는 생각을 하고 있었다.

'안 된다. 놈들은 황 선생님을 테러하려는 게 분명하다. 최악의 경우 희정이를 희생시키는 일이 있더라도 황 선생님에게 치명타를 입힐 수는 없다.'

희정이는 우리 가족의 문제지만 황 선생님은 민족의 문제라고 생각한 것이다. 한국은 아직도 북한의 정확한 정체나 실체를 모르고 있다. 지금 그 문제를 해결할 사람이 둘이 있는데, 하나는 황장엽 선생이고 또 하나는 이동호 씨다.

두 사람은 북한의 전략에 대해 하나하나 분석하여 대응할 대단히 중요한 인물이다. 자식새끼는 고슴도치도 사랑한다고 했다. 어찌 외동딸 희정이가 귀하지 않겠는가. 대신 죽을 수 있다면 그렇게라도 하겠지만, 황장엽 선생은 안 된다. 그는 최후의 각오까지 하고 있었다.

가족들에게는 죄를 짓는 일이지만 그래도 대한민국 대 언론사의 기자다. 가족보다 민족에게 죄를 짓는 것이 더 큰 죄다. 쓰러져 끙끙대는 아내의 손을 잡았다.

'여보, 만약 무슨 일이 있더라도 날 용서해 줘요. 난, 다른 사람과 다른 직업을 가진 사람이지 않아요?'

가슴이 턱! 막혀왔다. 두 손으로 머리를 감싸안았다. 본인의 의지와 관계없이 주르르 눈물이 흘러 내렸다.

이때였다. 전화벨이 정적을 깨며 요란스럽게 울려왔다. 벌써 밤 11시가 가까운 늦은 시각이다.

누웠던 아내가 감전된 사람처럼 벌떡 일어섰고, 김 차장은 번개처럼 손을 내밀어 수화기를 집어들었다.

그들은 인질범일 것이라고 생각했다.

"김 차장님. 놀라셨죠. 저, 김용기올시다."

"네, 김 선생님. 이 시간에 웬일로……."

"고생 많으셨습니다. 희정이를 구출해냈습니다."

"네! 희정이를?"

"아마…… 이십 분 내로 자택에 도착할 겁니다. 이젠 마음 푹 놓으세요."

"어디서…… 어떻게…… 겨우 하루 만에……."

"허허허…… 그래서 김용기 아닙니까. 나중에 차나 한 잔 사세요. 그건 그렇고 범인은 아직 희정이가 구출된 것을 모르고 있을 겁니다. 연락이 오면 오는대로 전화받으세요. 뭐라는지 들어 보구요. 그리고 제게 전화주십시오."

"감사합니다, 감사합니다. 정말 뭐라고 감사해야 힐지……."

"김 차장님. 우리 사이엔 그런 인사는 하지 않는 게 좋습니다. 곧 도착할 테니 맞을 준비나 하십시오."

아내는 기뻐서 펄펄 뛰었다. 지옥에서 천당으로 날아오른 것이다. 어떻게 이런 기적이 벌어질 수 있느냐며 난리를 쳤다.

그렇다. 이것은 기적이다. 하루 만에, 그것도 아침에 협박 메모를 받았는데 희정이를 구출해 오다니.

이들은 외투를 걸치고 현관으로 나갔다. 찬바람이 휘몰아쳐 왔지만 조금도 추위를 느낄 수 없었다. 오들오들 떨면서도 눈이 빠지게 아파트 입구를 바라보고 있었다.

"여보, 당신 양말도 신지 않았잖아! 빨리 가서 신고 와."

아내가 맨발로 쫓아나온 것이다.

"괜찮아요. 희정이가 곧 올 텐데……."

"감기에 걸려. 빨리……."

이때였다. 승용차 한 대가 깜빡이 등을 켜며 들어오는데, 희정이를 구출해 온 차가 틀림없어 보였다. 가슴을 졸이며 차를 응시하고 있었다.

문이 열렸다. 한 남자가 여자아이를 안고 아파트를 향해 성큼성큼 걸어오고 있었다.

"희…희정이가……."

두 발짝을 뛰어가던 아내가 스르르 무너지고 있었다.

"엄마……."

희정이의 찢어질 듯한 울음소리가 들려왔다.

'홀리데이 인 서울'이라는 호텔은 마포대교 못 미처 왼쪽에 자리 잡고 있다. 외국인들이 즐겨 찾는 호텔로 규모나 시설이 동급 호텔 중에서 아주 우수한 호텔이다. 이 호텔 뒷골목에 '오두막'이라는 지하 카페가 있는데, 밤늦은 시간이라 그런지 손님들이 많지 않았다.

이 '오두막'을 향해 검은색 코트를 입거나 가죽점퍼를 입은 건장한 사내들이 들어오고 있었다. 그들이 계단을 내려가 넓은 홀을 둘러보더니 구석의 한 사내에게 다가가 허리를 굽혔다.

"잘 다녀왔습니다!"

"음, 수고했어. 앉지."

희정이를 구출한 전 정보 요원들과 김용기였다. 이들은 구석 넓은 테이블에 둥글게 둘러앉았다.

"이반 움직임은 어떻습니까."

"아직도 그 상태야. 미동도 하지 않고 있어."

"하지만 녀석이 황장엽 씨를 노린다는 건 이젠 움직일 수 없는 사실 아닙니까? 증인도 많이 생겼구요. 당장 기습하여 때려잡죠."

"아냐, 그렇게 간단하지가 않아. 녀석은 분명히 무기를 소지하고 있을 거야. 잘못하면 사람이 다쳐. 그런데다 잡아야 할 놈이 또 있거든."

이반을 잡으면 잡을 놈이 또 있다. 이동호가 귀띔한 '오로라'다.

한국의 정세를 파악하고 대남전략의 전술을 세울 기초자료를 보내주는, 말하자면 고첩(고정간첩)이 있다는 것이다.

"지금은 누구라고 딱부러지게 말하기 힘들어. 하지만 곧 정체가 들어날 거야."

문제는 당장 코앞의 이반이었다.

"그럼, 옛날 우리 동지 중에 누가 와서 돕도록 하죠. 경찰을 동원시키든가."

"아직은 곤란해. 정보가 새나가면 안 돼. 이반을 그런 식으로 잡으면 이 사건이 공개가 될 것이고, 이반이 공개되면 '오로라'가 도망치거든."

"그도 그렇군요."

"참, 소냐와 '미스터 서'라는 아이한테는 교육 잘 시켜놓았지."

"네, 과장님. 한 이, 삼 일 이태원 근처에 얼씬도 하지 말라고 했습니다. 물론 이반에게는 연락도 하지 못할 테구요."

"자— 이반을 코너에 몰아넣는데는 성공했는데 이놈이 어떻게 낚시바늘을 물게 하지?"

황 선생을 테러하겠다며 그는 무기를 휴대하고 있을 것이다. 무기를 가지고 있다면 섣불리 기습할 수 없다. 호텔에서 총격전을 벌일수도 없고, 놓칠 수는 더더구나 없다. 어떻게든 이 호텔에서 끝장을 내야 하는데 좋은 방법이 없다.

"지금 투숙해 있는 건 분명하죠?"

"그럼, 한 시간 전에도 확인했어. 룸서비스라고 속이고 전화를 했더니 받더군. 지배인께서 과일을 올려 보내시겠다고 했더니 거절하더라고."

"그럼 내일 아침 덮치죠. 김 차장 뒤를 미행하던가. 누구를 미행시켜서라도 밖은 나올 것 아닙니까."

"그것도 괜찮겠군. 택시를 탈 때, 덮치거나, 로비에서 방심하고 나올 때……."

"음, 그거 좋은 생각이야. 그럴 때는 공식으로 체포하는 것도 괜찮아. 경찰을 불러 불심검문을 시키면 총이 나올 게야. 그럼 연행하는 거야. 아니면 국정원에 공식으로 보고하던가. 자— 아무튼 오늘 내일이 고비야. 국가를 위해 이틀만 더 고생해. 국가에 공헌 한 번 하자구. 둘만 남아서 교대로 로비를 지키고 나머지는 인근 여관에서 휴식해. 내일 아침엔 더 바쁘고 힘들 테니까."

의정부를 다녀온 행동대원들이 휴식을 취하고, 다른 조 두 명이 계속 호텔 로비를 지키기로 했다.

이 무렵.

'오로라'는 깜짝 놀랄 만한 보고 하나를 받았고, 또 더 놀랄 만한 지시를 받았다. 보고사항은 이반을 은밀히 도와주는 행동대에서 온 것인데 호텔 로비에 낯선 남자들 몇이 계속 로비를 감시하고 있는데, 아무래도 기관원같이 보인다는 것이다. 냄새를 맡고 이반을 뒤쫓는 것 같다는 보고다. 다른 하나의 지시는 '평양의 지령'인데 즉시 한국을 떠나라는 것이다.

'오로라'는 그 이유를 알고 있었다. 이동호에 대한 대한민국 정부의 조사가 끝났고, 그는 완전한 자유인이 되었다.

대북정보처와 국방부 대변인의 발표에 의하면, 이동호는 자유를 찾아온 귀순자로, 테러리스트라는 용의점을 전혀 발견할 수 없다는 것이었다.

이동호라면 '오로라'의 정체를 알고 있을 것이다. 그렇다면 지금은 몸을 옮기는 것이 가장 현명한 방법이다. 하지만 이반이 위급하다. 만일 이반이 체포된다면 황장엽을 제거하기 위한 평양의 음모가 드러날 것이다.

뿐만 아니라 이반이 러시아인인 것까지 밝혀지면 북·러 관계도 복잡해진다. '남·북', '북·러'. 모든 관계가 꼬여들면 북한은 점점 더 고립화될 것이며 남쪽의 '햇볕정책'은 타격을 받을 것이다.

그래도 경제적 이익은 지금 정부가 제일이다. 역대 어느 정권도 북쪽에 대해 이렇게 우호적이지는 않았다. 설혹 정권도 보수 세력으로 바뀐다 해도 '햇볕정책'의 실마리는 남겨놓아야 한다.

'오로라'는 원래 황장엽의 테러를 반대해 왔었다. 서해 교전 보복과는 전략의 무게가 다르다. 서해 교전의 보복은 앞으로 대남전략에 커다란 분기점이 되겠지만 황장엽 암살은 성공하든 실패하든 북한만 상처를 입는다.

'누가 한 구상인지는 몰라도 아이큐 두 자리가 분명해. 이 중요한 시점에 황씨를 없애서 어떻게 하겠다는 거야.'

평양에 이런 문제들을 제기했지만 강경파 군부의 뜻을 꺾기는 어려웠다. 그런데다 이반은 지금 추적당하고 있다. 만일 그가 체포된다면, 그래서 이동호, 황장엽 제거 계획이 드러난다면, 신나는 것은 한국의 보수파들뿐이다.

'이건 아니야. 절대로……'

평양은 국제정치의 흐름을 너무나 읽지 못하고 있다. 앞뒤 가리지 않고 돌출행동을 하는데, 그것은 국제교류가 적어 세련되지 못했다는 증거다.

'오로라'의 생각에도 평양은 너무나 경직되고, 이익과 손실의 계산을 못한다. 북한 내에서야, 군부 강경파가 큰소리 칠 수 있지만 국제적으로는 어리석고 무대포 정권으로밖에는 인식되지 않을 것이다.

'그래. 어차피 이동호가 나왔다면 내 정체도 멀리 가지 못할 것이다. 이동호는 어쩔 수 없다 쳐도, 이반은 내가 없애고 떠난다.'

'오로라'의 결의는 단호했다. 큰소리치고, 협박하여 통하는 시대는 DJ정권으로 끝이다. 앞으로 어떤 정권이 들어서든 지금 같은 협박과 공갈은 통하지 않을 것이다. 그래서 일이 더 확대되기 전에 자신의 손으로 이반을 처치할 작정이다.

가짜 신분증으로 발급받은 휴대폰을 열었다. 그리고 이반에게 전화를 걸었다.

체력 비축을 위해 잠에 빠져 있던 이반이 깨어났다.

'디르륵— 디르륵.'

휴대폰 전화다. 이 전화가 온 것은 지령을 내린다는 뜻이다.

목소리는 처음에 들었던 그 목소리가 아니다.

"이반, 잠들었나. 지금 어디 있는 건가."

"네, 호텔에 투숙해 있습니다."

"지금 새벽 세 시다. 내가 간다. 지금부터 할 일이 있으니 옷을 입고 대기하라. 총에 탄환을 장전하고 완벽한가 한 번 더 테스트하라."

"알겠습니다."

"노크를 네 번 두드린다. 그럼 열어라."

한국에 가면 도와줄 사람이 있다더니 정말 돕는 사람이 많았다. 러시아에서 온 사람들의 도움을 받기도 하고, 한국 사람의 도움을 받기도 한다. 오늘 밤 그는, 자신에게 총을 제공하고 지령을 내리는 사람을 만나게 된다. 무슨 일로 새벽부터 움직이는지 알 수는 없지만 지금 그런 것을 따질 때가 아니다.

이반은 일어나 찬물을 머리부터 뒤집어써 정신을 차렸다. 알코올로 지친 몸이지만 한결 개운했다. 옷을 입고 저녁 내내 손질해 놓은 권총을 꺼냈다. 격발도 하고, 총알을 매만져 확인한 다음, 한 케이스 열 발을 탄창에 넣었다.

'새벽에 일을 치르자는 게야?

총을 침대에 올려놓고 가벼운 운동으로 몸을 풀었다. 한결 가벼웠다. 오늘 새벽이 지나고 러시아로 돌아가면 지금까지와는 다른 세상이 전개된다. 금년은 참으로 운이 좋은 편이다.

'오로라'는 깨끗한 양복을 입고, 후드가 달린 오리털 점퍼를 입었다. 테가 굵은 안경을 쓰고 거울을 보니 늘 만나던 사람 아니면 쉽게 알아보지 못할 것이다. 그는 서랍에서 뭔가를 뒤지더니 한 뼘쯤 되는 쇠파이프 같은 것을 꺼내 주머니에 우겨넣었다.

사무실을 둘러본 후 문을 잠그고 밖으로 나섰다. 이른 새벽이지만 어둠을 뚫고 질주하는 택시는 많았다. 그는 콜택시 한 대를 잡아 택시에 올랐다.

"마포로 갑시다. 옛날 가든호텔요."

"아— 아, 네. 지금은 '홀리데이 인 서울'이라고 부르죠. 하지만 가
든호텔로 워낙 오래 불리워져서요."

하지만 기사의 말은 귀에 들어오지도 않았다.

'이반, 어리석은 녀석. 네놈에게 무기 구입 로비스트 자리를 줘? 돈
에 환장하면 보이는 게 없어진다니까!

그가 황장엽의 제거 임무가 주어졌다는 연락을 받았을 때부터 그
는 강력히 반발했다. 그런 일은 냉전상태로 되돌린 뒤에 하는 것이
좋기 때문이었다. 하지만, 강경파들은 들은 체도 안 했다.

그래서 처음에는 지원해 주었지만 지금은 아니다. 그는 김용기의
포위망을 빠져나가지 못한다. 그럴 바에는 차라리 영원히 입 다물고
있는 것이 좋다.

'『바보 이반』이라는 책이 있다더니 녀석이 꼭 그렇군. 바보 같은
녀석……'

깊은 새벽, 호텔의 로비 감시자들도 지칠 시간이었다. 담배를 피우
고 커피를 마셔 보지만 쏟아지는 잠을 쫓기는 어려웠다.

로비 고객용 휴게실은 호텔 정문과 객실 엘리베이터를 감시하기에
딱 좋았다.

"자, 내 소파에서 한숨 잘 테니 자네가 지키고 있어. 그리고 두 시
간 후에 깨워. 교대해 준 테니."

"음, 그러지 뭐. 둘 다 엘리베이터 지키고 있을 필요는 없잖아."

의견일치를 본 이들은 교대로 수면을 취하기로 했다. 한 사람이 2시부터 4시, 또 한 사람이 4시부터 6시까지. 아침 6시면 일찍 귀가했던 의정부 행동대원 팀이 임무를 교대한다.

한 사람이 긴 하품을 하며 의자에 쓰러졌다.

깊은 새벽이지만 엘리베이터 이용객은 적지 않았다. 24시간 가동되는 영업장은 없지만 객실을 드나드는 사람이 많기 때문이다.

남은 사람이 어슬렁거리며 걷기도 하고 의자에 앉기도 하며 엘리베이터 입구를 지켰지만 특별히 관심을 가질 만한 사람은 보이지 않았다.

들어가는 사람보다 나오는 사람이 더 중요한데, 이반으로 보이는 사람이 나오는 것은 볼 수 없었다.

3시가 넘어서 두터운 뿔테 안경을 쓰고 후드가 달린 파카를 입은 사람이 들어왔다. 그는 '에—취' 하는 떠나갈 듯한 기침을 하며 뛰어들더니 엘리베이터에 올랐다.

감시자는 흘깃 쳐다보고는 다시 어슬렁거리며 걸었다.

'똑. 똑. 똑. 똑.'

정확히 네 번의 노크 소리가 들렸다.

이반은 설레이는 마음으로 문을 열었다. 한국에서 도와줄 사람은 평양에서도 거물로 통한다는 말을 들었다. 후드로 머리를 뒤집어쓴 50대 초반의 남자인데 검은색 두터운 뿔테 안경을 쓰고 있었다.

"처음 뵙소."

들어오기가 무섭게 도어부터 닫고 손을 내밀었다. 이반이 악수를 받으며 의자를 권했다.

"그간 도와주셔서 감사합니다. 이렇게 직접 뵙게 되어 영광입니다."

"아니오. 이반 선생의 도움으로 우리는 원수를 갚게 되었소. 조선 인민공화국은 귀하의 업적을 높이 평가할 것입니다. 오늘 날이 밝는 대로 공헌을 세우시오. 그에 상응하는 대가가 반드시 있을 거요."

"감사합니다."

"한 번 더 확인하러 왔소. 물론 잘 하시겠지만…… 지난 번 권총을 보내 드릴 때, 빠진 것이 있었소. 갑자기 생각나서 달려온 거요."

그는 주머니를 뒤적이더니 파이프 같은 쇠뭉치를 꺼내 건네주었다. 이반이 반색을 하며 탄성을 질러댔다.

"소음기消音器 아닙니까. 그렇지 않아도 이게 없어서 불안했는데."

"어디 총을 좀 봅시다."

이반이 침구 밑에서 권총을 꺼내주었다.

총을 받아들고 이리저리 살피던 그가 이반을 향해 미소를 지어 보였다.

"총 손질이 아주 잘 되어 있습니다."

"물론이죠. 그게 제 생명인 걸요."

"전, 이 총을 딱 한 번 쏘아 보았지요. 독일에서요. 그런데 소음기는 잘 꽂아야 합니다. 잘 아시겠지만 조금만 덜 돌아가도 소음효과가 없거든요…… 어디……."

'오로라'가 손을 내밀자 이반이 들고 있던 소음기를 건네주었다.

'오로라'가 총구 끝에 소음기를 꽂았다.

"이 권총이 그동안 우리 북조선을 비난하던 모두를 쏘아 없앴으면 좋겠습니다. 오늘 꼭 해내십시오. 성공하거든 이동호 생각은 하지 마시고 밖으로 뛰어나오세요. 그럼 라이트를 깜빡이는 승용차가 있을 겁니다. 그 차에 오르십시오. 그럼 그 차는 인천 연안부두로 갑니다. 거기서 여권을 받아 중국으로 갑니다. 선생님은 중국에서 바로 평양으로 가시게 됩니다. 공항에서 귀빈 대접을 받게 되실 겁니다."

'오로라' 는 옷을 벗었다.

"자, 제 옷을 입고 나가세요. 나가시면 지하철이 나오는데 거리 반대쪽에서 택시를 잡고 기다리십시오. 돈을 주면 얼마든지 기다릴 겁니다."

이반은 '오로라' 의 옷을 입고, 검은색 뿔테 안경을 쓰고, 그리고 후드를 뒤집어썼다. 외모로 보아서는 완벽한 '오로라' 가 되었다.

"왜, 이렇게 해야죠?"

"밖에 감시자가 있습니다. 두 명입니다. 서두르지 말고 태연하게 나가십시오. 만일을 위해 총은 내가 가지고 있겠습니다."

"어디로 가는 겁니까."

"여의도 한강 둔치에 이동호가 와 있습니다. 당신 손으로 처리하세요. 자살로 위장할 테니."

"자살? 누가 믿겠습니까."

"믿게 될 겁니다. 그 부인이 수용소에서 자살했으니까요."

흠! 이반은 머리를 끄덕였다.

그리고 객실을 나와 로비로 내려왔다. 검은색 양복에 가죽점퍼를 입은 사내가 어슬렁거리다가 흘깃 이반을 바라보았다. 하지만 흥미가 없는지 다시 어슬렁거리며 걷고 있었다.

이반은 천천히 걸어 로비를 빠져나와 반대편 길에서 택시를 잡고 기다렸다. 그렇게 무려 30분이나 지난 뒤에야 '오로라'가 나타났다.

그는 이반의 새 양복과 코트를 입었는데. 조금 크기는 했지만 오버코트가 잘 커버해 주었다.

감시자가 그를 바라보았지만 사진에서 익혔던 이반은 아니었다. 그래서 무사히 빠져나올 수가 있었다.

택시는 마포대교를 건너 우회전하여 SBS방송국 근처에서 멈추어 섰다. 이반이 기사에게 5만 원을 주었다. 그 정도면 기사로서는 수지 맞는 장사가 된 셈이다.

그들은 천천히 걸어 한강 둔치로 내려가기 시작했다.

한강이 불빛에 반사되어 아름답게 빛나고 있지만 지금 그런 감상에 젖을 기분이 아니었다.

"눈이 오는데요?"

'오로라'가 손바닥을 펴 허공을 받쳐들었다. 손바닥에 차가운 눈송이 감촉이 와 닿았다.

"글쎄요. 눈이 오네요?"

이반도 똑같이 했다.

"한국에서는 눈이 오면 좋은 일이 있을 징조라 하지요. 이동호는 김용기의 지시로 내려옵니다만 사실은 내가 거짓말한 겁니다. 가까이 오거든 무조건 사살하세요."

이윽고 두 사람은 강변에 이르렀다.

물결 소리의 눈송이가 아름다운 하모니를 이루고 있었다.

아직은 캄캄한 새벽이었다. 서강대교 위로 차들이 씽씽 달리지만 이곳 둔치는 적막하기 짝이 없었다.

'오로라'가 손목시계를 보려 했지만 어두워 보이지 않았다.

"그럼 저는 갑니다. 조금만 더 기다리시면 이동호는 틀림없이 나타납니다. 그를 제거시킨 후 영등포로 가세요. 오늘은 이동호, 황상엽 모두를 없애는 날입니다. 시선이 이곳으로 몰릴 때 황장엽에게 가십시오."

"감사합니다. 한국을 떠날 때까지 잘 도와주십시오."

"여부가 있겠습니까. 참, 권총 받으셔야죠."

이들의 목소리는 낮고 은밀했다.

'오로라'가 주머니에서 권총을 꺼냈다.

그 총구가 이반의 머리를 향하기가 무섭게 방아쇠를 당겼다.

'픽!'

이반이 한 번 '오로라'를 쳐다보더니 앞으로 고꾸라졌다. 그의 양 미간에서 검붉은 피가 흘러 내렸다.

'오로라'는 주머니에서 약물이 묻은 솜을 꺼내 권총을 구석구석 닦더니 쓰러진 이반의 손에 쥐어주었다.

"잘 있게."

그리고 몸을 돌려 어둠 속으로 사라졌다.

쓰러진 이반의 시체 위로 함박눈이 쏟아져 내리기 시작했다.

황장엽의 포효

　이반의 죽음은 세상을 떠들썩하게 만들지 못했다. 죽음 자체도 비참했지만 그의 화려한 경력을 알지 못하는 한국 언론은 '러시아 관광객 의문의 자살' 정도로 처리해 버리고 말았다.

　김성수 차장은 이반에 얽힌 모두를 쓸 단계가 아니라는 생각을 하게 되었다. 세월이 좀 더 흐른 뒤, 그가 누구인가를 밝힐 것이다. 하지만 이반의 죽음에는 많은 의문점이 있었다.

　김용기도, 그의 옛 부하들도, 그가 언제 어떻게 호텔을 빠져나갔으며, 누구에 의해 피살되었는지에 대해서는 추론이 불가능했다. 특히 로비에서 감시하던 감시조는 더욱 그랬다.

　이제 작전은 끝났다. 이반이 죽음으로 황장엽 선생은 위기에서 벗어나게 되었고 위험인물이던 이반은 이제 이 세상 사람이 아니었다.

　그러나 이반의 죽음은 이들에게 더 큰 충격을 주었다. 김용기는 자신과 자신의 옛 부하들이 누군가에 의해 감시당하고 있다는 의혹을 떨칠 수 없었다. 분명히 누군가가 일거수일투족을 감시하고 있었다는 증거는 곳곳에서 포착되고 있었다.

김용기 일행이 이반의 뒤를 쫓는 동안 또 누군가가 김용기 일행의 뒤를 감시하고 있었다는 논리다. 로비 감시조가 이반의 죽음을 연락받고 한강 둔지로 달려갔을 때, 그가 입고 있던 오리털 파카와 검은테 안경을 기억할 수 있었기 때문이다.

"분명히 이 복장의 사내가 호텔로 들어갔습니다. 그는 이반이 아니었습니다. 하지만 이 복장의 사내가 엘리베이터에서 내려 밖으로 나갔습니다. 이 파카, 후드, 검은 뿔테 안경. 우리는 조금도 의심하지 않았습니다. 더구나 후드를 뒤집어쓰고 있어서 얼굴을 알아보기가 어려웠습니다…… 그리고 얼마의 시간이 흐른 뒤, 정장에 멋진 오버코트를 입은 50대 신사가 나왔습니다. 그는 이반이 아니었습니다. 그러니까 처음 오리털 파카 입은 사람이 들어가 이반과 옷을 바꿔 입고 나와 밖에서 합류한 것입니다. 그들이 왜 이 한강 둔치에 왔는지 그 이유는 알 수 없으나 이반은 멋진 오버코트를 입은 그 사내에게 피살된 것만은 틀림없습니다."

이 장황한 설명은 살인현장의 그림을 그대로 그려주었다. 그러나 그 멋진 오버코트의 사내. 호텔로 들어갈 때, 오리털 파카를 입고, 후드를 머리까지 뒤집어쓰고, 검은 뿔테 안경을 착용했던 사내가 누군지는 전혀 알 수가 없었다.

이동호와 김용기와 김 차장은 마포의 이반이 투숙해 있던 호텔 커피숍에 모여 이 일을 논의하고 있었다.

"이반을 우리 손으로 잡으려 했는데 어이없는 일을 당했군요. 제

아이들이 아직 경험이 부족해서 이런 일이 생긴 겁니다."

김용기는 손아귀에 쥐었던 새를 놓친 기분이었다.

"그런데 도대체 이반을 살해한 녀석은 누구일 것 같습니까."

김 차장이 물었다. 김용기는 김 차장을 존경스러운 눈으로 바라보고 있었다. 그는 김 차장이 말하지 않아도 알고 있었다. 김 차장은 분명히 '딸' 은 희생시킬 수 있어도 '황장엽' 은 희생시키지 못한다는 각오를 하고 있었을 것이다. 하지만 그 얘기를 꺼내지 못했다. 지금 대화의 흐름이 그것이 아니기 때문이었다.

이동호는 한동안 침묵을 지키고 있었다. 그는 지난밤, 그 엄청난 일들이 한꺼번에 진행되었다는 사실에 몹시 놀라고 있었다.

김 차장 딸의 구출, 이반의 미행과 그의 미스터리 같은 피살.(자살로 알려졌지만 이들은 피살을 확신하고 있다.)

모든 사건들이 매듭지어지려는 순간 이반이 의문의 죽음을 당한 것이다. 이동호가 무겁게 입을 열었다.

"이반은 '오로라' 에 의해 피살되었습니다."

"네?"

일행은 깜짝 놀라 이동호를 바라보았다.

" '오로라' ?…… 전에 말씀하시던."

"그렇습니다. 이반이 서울에서 피살되었다면 그건 '오로라' 외에는 가능한 사람이 없을 겁니다."

"그가…… 왜요. '오로라' 는 북쪽 사람이라고 들었는데요."

"그렇습니다. 저희들과 이반이 얽혀 있다는 것을 아는 사람들은 평양 사람들뿐입니다. 그런데 누군가가 끼어들어 이반을 처치했다면 그건 남·북 모두를 꿰차고 있는 '오로라' 뿐입니다."

"'오로라'는 이반이 감시당하고 있다는 사실을 확인했을 것이며, 또 황 선생 제거가 북한의 정치활용에 도움이 되지 않는다는 것을 이해했기 때문일 겁니다."

"그럼 그 '오로라'는 누굽니까."

"'오로라' 문제는 제가 조사받을 때도 말하지 않았습니다. 과민반응인지는 몰라도 저는 목숨을 걸고 탈출했는데도 테러분자 의혹을 받지 않았습니까. 만일 이 기밀이 새나간다면 '오로라'는 도망쳐 사라질 것이기 때문입니다."

"그럼 그는……."

"독일에서 철학을 전공하고, 사상문제로 한동안 한국에 들어오지 못했던 인물……."

"그럼 송 교수야. 내가 옛날에 이 문제에 손을 댄 적이 있거든. 좋아요. 내일부터 '오로라' 작전에 돌입합니다."

"늦었을지도 모릅니다."

"늦다뇨. 김 차장도 이를 악물고 참으며 이반의 정체를 기사화하지 않고 있는데……."

"저 때문입니다. 나는 '오로라'를 알고 있습니다. 그도 날 알고 있고요. 그의 거처를 알면 지금이라도 당장 잡아다 저와 대질시키면 됩니다."

김용기는 송 교수가 한국으로 들어올 때부터 그에 대한 강한 호기심을 버리지 못하고 있었다. 그동안 은밀히 그의 행적을 살피고 있었지만 현역이 아니라 더 이상의 액션을 취할 수 없었다.

그는 용산의 고급 독신자 오피스텔에서 생활하고 있었다.

"이동호 씨는 여기 계십시오. 여기서 십여 분 거리밖에 되지 않습니다. 그를 만나 보고 오겠습니다."

김용기가 부하 한 명을 데리고 차에 올랐다. 지난밤, 그가 이반을 살해했다면 아직 서울을 떠나지 않았을 것이다.

그러나 가까운 거리에 비해 속도를 내어 달리지는 못했다. 눈이 많이 내린 데다 날씨가 추워 길이 얼어붙었기 때문이었다.

밀리고 밀려 20여 분이나 지난 뒤에야 겨우 도착할 수 있었다.

관리사무실에 송 교수의 이름을 대고 몇 호인가를 물었다.

"이 오피스텔에 방을 얻어 생활하고 있는 것을 알고 왔습니다. 송 교수요."

"네…… 네. 잠깐 기다리세요."

관리인이 서류를 뒤적이더니 김용기를 바라보았다.

"그 철학교수 말씀하시는 거죠?"

"네, 맞아요. 그 사람……."

"이거 어쩐다. 어렵게 손님이 찾아오셨는데…… 벌써 며칠 전부터 떠난다고 준비하고 있었습니다. 책은 독일로 먼저 보내는 것 같구요…… 어젯밤이 마지막이었습니다."

"방을 좀 볼 수 없을까요?"

하지만 부질없는 짓이다. 방은 깨끗하게 비워져 있었다. 얼마나 깨끗하게 떠났는지 메모지, 쓰레기 하나 없었다.

한밤 늦은 것이다. 아마도 그는 오늘 독일로 떠나기 위해 모든 준비를 다 마친 것으로 보였다.

그의 출국을 막을 권리도 없거니와 있다고 해도 지금은 너무나 늦은 시간이었다.

'녀석. 이반을 멋지게 해치우고 떠나서 고맙기는 하다만 정작 널 놓친 게 아쉽구나!'

허탈한 마음으로 다시 돌아왔다. 김용기로서는 아마도 '오로라'를 놓친 것과, 이반을 생포하여 자백받지 못한 것이 천추의 한이 될 것이다.

이들은 호텔 커피숍에서 30분을 더 기다려야 했다. 이유는 홍봉수 국장이 찾아오겠다는 연락을 해 온 것이다.

그동안 이들은 잡담을 하고 있었다. 가능하면 이동호의 아픈 마음을 건드리지 않기 위해 '희정'이의 납치사건 이야기는 말하지 않았다. 그리고 이동호의 한국 생활을 위한 많은 조언을 해 주었다.

이때였다. 한 눈부신 여인이 장미꽃 한 다발을 들고 나타났다. 김용기가 일어나 그녀를 맞아주었다. 이동호는 물론 김 차장도 그녀를 알아보지 못했다.

그녀가 꽃다발을 이동호에게 건네주며 인사를 했다.

"무사히 오셔서 정말 다행입니다. 저, 모르시겠어요?"

"아, 아…… 그때…… 그……."

이동호는 그때서야 겨우 그녀를 알아보았다.

"네, 저 때문에 고생 많으셨죠?"

이동호는 너무나 반가워 손을 잡았다.

러시아에서 이동호 분장을 해 주었던 황금희, 바로 그녀였다. 이동호가 한눈에 척 알아보지 못한 것은 헤어스타일과 옷, 화장이 바뀌었기 때문이었다.

진작 찾아뵙고 싶었지만 뵈올 상황이 아니라 기다렸다고 했다.

"김용기 선생님이 지금에서야 허락해 주셨어요. 얼마나 뵙고 싶었다고요…… 사모님 오실 때까지 제가 뒷바라지 다 해 드릴게요. 혼자 사는 여자라 부담 없어요."

이동호를 보는 그녀의 눈빛이 반짝였지만 그걸 눈치챈 사람은 김 차장뿐이었다.

이동호도 매우 기뻤다. 이 여인이 아니었다면 하바로프스크를 탈출하는데 큰 어려움을 겪었을 것이다.

"전, 정말 처음 보았어요. 그 장시간 분장하는데 미동 한 번 없으시더라구요."

"그럴 때는 저도 제정신이 아니었을 겁니다. 목숨은 경각에 달려 있지요. 미인 손길은 얼굴을 오가지요. 허허허……."

께렌스키의 부대를 이탈한 이후, 그가 웃는 것은 이번이 처음인 것 같았다.

커피를 마시고 있는 동안, 마침내 홍 국장이 바쁜 걸음으로 들어 왔다.

"?'

모두들 그의 표정을 보며 의아해했다. 잔뜩 굳어 있는 데다 긴장감이 얼굴에 가득했기 때문이었다. 역시 굳은 얼굴로 앉더니 말 한마디 없이 호텔 커피숍 천장만 바라보고 있는 것이다.

"무슨 일 있으십니까."

"휴—"

홍 국장이 땅이라도 꺼질 듯한 한숨을 내쉬었다.

"이동호 씨. 내일 오후 두 시, 프레스센터에서 기자회견을 갖기로 했습니다. 제가 주선했습니다. 하시고 싶은 말씀이 있으시면 다 하세요."

"알겠습니다."

하지만 이 말은 긴장해서 할 내용이 아니다. 그리고 국장의 표정은 여전히 굳은 채 그대로였다.

"그리고 이동호 씨. 제가 드리는 말씀에 너무 충격받지 마시기 바랍니다. 사람의 운명은 인간 마음대로 되는 것이 아닌 것 같습니다."

"……."

다들 입을 다물었다. 잠시 기침 소리 하나 내지 못했다. 그 만큼 비장한 분위기였다.

"중국에서 선규는 찾아냈습니다. 하지만 ……사모님의 생사 여부는 확인하지 못했습니다.

"네! 그게 무슨 말씀이십니까. 집사람이 선규와 떨어져 있었다는 말씀입니까? 절대 그럴 리가 없을 텐데……."

"그게 아닙니다."

결코 숨길 수 없는 말이다. 중국에서 보내온 내용을 가감없이 그대로 다 들려주었다. 몽골 입국 직전에 검문소에서 체포되었고, 거기서 모자가 헤어지게 된 경위를 낱낱이 들려주었다.

중국으로 선규를 찾으러 갔던 사람이 트럭 기사를 찾아내 들은 이야기다.

'그렇다면 아내는 북으로 다시 끌려간 것이고 그것은 곧 죽음을 의

미한다.'

이동호의 머리가 앞으로 꺾였다. 꺾여진 그의 얼굴에서 눈물이 뚝 뚝 떨어지고 있었다. 숨죽여 흐느끼는 울음소리가 이들의 가슴으로 파고들었다. 그리고 아무도 그의 울음을 말리지 못했다.

옆에 앉아 있던 황금희가 그의 손을 잡아주었지만 뭐라고 말하지는 않았다. 지금 그의 아픔을 위로한다는 것은 아무 소용도 없는 일이다. 슬픔은 슬픔만이 위로가 되는 것이니까.

이날 저녁, 이들은 황장엽 선생님의 집으로 몰려갔다. 이동호는 마치 아버지라도 만난 듯 반기며 큰절을 올렸다.

"제게는 늘 존경해 마지않던 두 분이 있었습니다. 뵙는 것은 오늘이 처음이지만 말씀을 너무나 많이 들어 늘 곁에 모시고 있었던 기분입니다. 저는 황장엽 선생님과 연두흠 선생님, 두 분을 늘 흠모해 왔습니다."

"이렇게 와주어 고맙네. 내가 더 힘이 솟구치는군 그래. 연두흠은 자연사가 아니었을 거야. 틀림없이 어딘가 감금해 놓았다가 살해한 거지. 그리고 심장마비로 사망했다고 거짓말한 것일 게야. 차라리 스스로 목숨이라도 끊었으면 훨씬 더 장엄했을 텐테…… 그 성격에……."

노인의 눈에 눈물이 글썽였다.

"한국도 지금 상황이 좋지 않아. 이들은 평양을 잘 몰라. 내 충고도 듣지 않고…… 6·25때처럼 방심하다 당할 수도 있지. 하지만 전면전은 힘들지 북한이 무슨 돈으로 전쟁을 치러. 안 그래? 그렇다고 준비를 하지 않아도 문제야. 무슨 말인지 아나?"

이동호는 잘 안다. 그래서 국장, 김 차장, 김용기에게 하는 말이다.

"전쟁이란 어느 국가나 다 준비하고 있지. 언제 어떻게 터질지 모르는 게 국가 간의 전쟁이니까. 한국은 늘 오늘이 1950년 6월 25일이라고 생각해야 돼. 그리고 싸우면 반드시 이긴다는 신념도 가져야 하고…… 그게 국기야. 그런데 여긴 요즘 날라졌어. 전쟁 위협을 국가에서 하고 있어. 전쟁이 나면 다 죽는 줄 알게 만들거든. 무슨 국가가 이런 국가가 있어. 국방비는 다 갖다 쓰면서 말이야. 모든 국민이 북한에게 위협이 되어야 하는데 여긴 그 반대야. 적어도 '전쟁? 자신 있으면 덤벼 봐! 우린 언제라도 싸울 준비가 돼 있으니까. 용기 있으면 덤벼. 죽는 건 너희들이니까.' 이런 준비와 자신감 속에서 '햇볕 정책'이 이뤄져야지. '북한이 전쟁 일으키면 우리는 다 죽는다. 그러니 전쟁을 억제하기 위해서는 재정지원을 해 주어야 한다'는 논리로 나간다면 서울, 부산 다 바쳐도 모자라. 그렇지 않을까? 게다가 아버지, 아들 둘이 오십 년 넘게 권력을 쥐고 있어. 어떻게 나라가 제대로 가겠는가 말이야. 도대체 이 정부는 뭘 하고 있는 거야. 국민들 혈세로 해명도, 양해도 없이 막 갖다주질 않나. 같은 민족, 같은 핏줄이라고? 언제부터! 무장공비 내려보내 강원도 민간인 학살할 때는 언제고…… 잠수정에 무장공비 내려보내 저지른 사건이 언제였어. 지금 북한이 가지고 있는 전략을 말해 봐? 미국과 한국을 이간질하려는 거야. '외세(미국)공조' 버리고 '민족(남·북한)공조' 하자는 것이지. 말이야 그럴 듯하지. 같은 민족끼리 같이 살자는데 누가 뭐라겠어. 하지만 생각해 봐. 물과 기름이 어떻게 같이 섞여. 공산주의와 민주주의, 사회주의와 자본주의. 이건 물과 기름이야. 사상, 체제가 같아

져야 뭉칠 수 있어. '외세의 배제'를 왜 부르짖는지 알아? 미국에게
왜 간섭하지 말라는지 알아? 미국이 한국에서 손떼면, 한국에 금방
내분이 일어나거나 전쟁이 일어나. 쟤들(북한)은 경제고 나발이고 전
쟁 준비만 오십 년간 해 왔어. 사상도 하나로 묶어놓았고, 그런 면에
서는 자신감이 있거든. 그래서 미국더러 떠나라는 게야. 그런데
'북·미 협상'에서는 한국을 배제시키거든. 이건 또 뭐냐. 핵무기를
평계로 미국으로부터 돈을 뜯자는 것인데 그 볼모가 바로 '한국'이
란 말이야. 미국이 겁내는 것은 북한이 미국에 핵무기를 쓰는 게 아
냐. 한국에 대고 쏠 것 같아서지. 그러니까 '한국은 빠져라. 이건 미
국과 해결할 일이다' 하는 게고, 한국에는 '미국 몰아내라' 하는 게
야. 무슨 말인지 알겠지. 그런데 한국에 이에 뇌화부동하여 '반미反
美'를 외치는 자가 하나 둘이 아니야. 한심한 일이지. 만일 한국도 북
한처럼 국제문제, 경제문제 다 포기하고 국민들도 강압적으로 입 열
지 못하게 하고 무기에만 돈을 들어붓는다면 러시아도 무서워 벌벌
떨 거야. 그대신 나라는 거지가 되는 거지…… 한국이 경제발전 민주
발전에 매달리는 동안 북한은 무기에만 매달렸어. 꼭 옛날 미·소 군
사경쟁 때와 꼭 같지. 결국 미국이 승리했잖아. 정신차려야 돼. 한국,
이러다가 큰일나…… 북한이 하는 말 들어 봤어? '북한 무력 덕분에
한반도 전쟁 피할 수 있기 때문에 남한이 북한을 돕는 것은 당연하
다.' 이게 무슨 궤변이야. 그런데 한국 사람이 한국 사람한테 '전쟁
론자'라고 떠들더군. 그렇다면 이건 국가가 아니지. 북한의 전쟁론
에 볼모로 잡힌 푸르지 안 그래? 지금 정부는 북한에 돈을 주고 있
어. 그 돈은 국민의 세금과 노동에서 얻은 돈이야. 그런데 그 피 같은

돈이 북한으로 가고 있다면 우리 대한민국 국민은 김정일에게 세금을 바치고 있는 거야. 알겠어…… 그럼 그 돈을 어디다 쓰느냐. 절대 굶는 국민에게 가지 않아. 그 돈으로 무기를 개발하지. 그리고 그 무기로 한국을 위협하면서 미국에게서 돈을 뜯어. 그리고 하는 말이 '우리는 한 민족'이라는 게야. 이런 개 같은 경우가 어디 있어. 이런 간단한 논리를 국민들이 모르고 있다는 게야. 문제는 한국 국민에게도 있어. 자기가 김정일에게 세금을 내고 있는 것도 모르니 말이야. 그리고 너무 부패해 있어. 부자는 가난한 사람 돌볼 줄 모르고, 가난한 사람은 부자에게 욕만 해대고 있어. 다 철학이 없기 때문이지. 내가 미래 얘기 하나 해 줄까? 옛날에는 기계가 인간의 노예였는데, 미래에는 기계가 인간을 노예로 부려먹게 돼. 돼! 기능에서는 기계가 인간을 앞서거든, 인간에게 철학이나 가치관이 없고, 그러니 반대 현상이 일어나는 거지. 북한은 앞으로 뒤집어지지 않으면 살아남지 못하게 되고, 한국은 가치관을 찾지 못하면 스스로 무너져. 판단능력이 없어지니까. 그저 나만 잘되면 다 잘되는 줄 알거든. 이런 불쌍한 사람이 있나. 사회가 무너지고 국가가 무너지는데 어떻게 내가 살아남아. 올바른 가치관을 가져야 올바른 판단을 하게 되지. 국가가 잘못하면 국가에 저항할 자신도 있어야 돼. 옛날 박정희 시절, 꽤 많은 문인ㅊㅅ들이 독하게 민주화 외쳤는데 요즘 나라가 이 모양인데도 좌경 쪽으로 기울여야 지식인 대접받고 우익 문인은 아예 씨도 보지 못하겠어. 다 공부가 부족해서 그렇지. 가치관이 없고 논리가 부족해서야…… 난, 연두흠을 좋아했어. 많이 사랑했지. 그는 부패를 알았어. 봐, 김대중 정권 오 년에 국민들이 얼마나 부패에 치를 떨었어. 그런데 북한은 자그마치 독재로 오십 년을 해먹었어! 생각해 봐. 나라가 뭐가 되겠나. 연두흠은 그걸 비판하다 죽은 거야…… 나도 그렇게 죽었어야 했는데."

노인의 목소리가 많이 떨리고 있었다.

"불쌍한 건 북한의 인민들 뿐이야. 굶는 인민들……."

그는 끝내 말을 잇지 못했다. 숙연한 분위기에 숨도 크게 쉬지 못했다.

밖의 밤은 점점 깊어만 갔다.

다음날.

이날도 정신을 차릴 겨를이 없을 정도로 이동호의 일정이 빡빡했다.

오전에는 인천공항을 통해 들어오는 선규를 맞이해야 하며, 오후에는 선규를 품에 안고 프레스센터에서 기자회견을 갖는다. 오후에는 선규를 병원에 입원시켜 건강진단을 한 뒤 충격을 완화시키는 일을 해야 한다.

공항행 승용차에는 뜻밖에도 황금희가 동승하고 있었다. 바쁜 일정을 뒤로 미루고 공항엘 나가는 데는 그만한 이유가 있었다. 선규에게 필요한 것은 엄마처럼 따뜻한 품이 필요하다는 것이다. 그 역할을 자신이 맡겠다고 자청하여 나선 것이다.

"한, 한 달 정도…… 필요하면 그 이상이라도요. 제가 선규를 키우겠어요. 아이들에게는 여자의 손길이 필요하거든요. 아무 걱정 마세요. 진, 일을 줄이면 되니까요."

공항에 가는 승용차에는 선규 대신 꽃다발 한아름을 잔뜩 끌어안고 있었다. 김용기가 이동호와 황금희를 번갈아가며 바라보았다. 그리고 씩— 웃어 보였다.

승용차는 인천공항을 향해 씽씽 달리고 있었다.

이제 머지않아 봄이 올 것이다. 봄이 오면 천지가 꽃으로 뒤덮일 것이다. 그리고 지난 겨울의 추위를 아득히 잊을 것이다.

오로라의 정체

"……그러니까, 더 이상의 북한에 대한 지원은 돈과 시간의 낭비일 뿐이라는 것입니다. 대한민국에서만 '인도적 차원'을 따져 보았자 평양은 고맙게 생각하지도, 변하지도 않습니다."

기자회견장이다.

30분간의 신상발언과 북한의 실정을 발표한 후 내·외신 기자들의 질문에 답하고 있는 것이다.

"저는 AP통신의 브라운 기자입니다. 그렇다면 한국은 통일 준비를 어떻게 해야 한다고 생각하십니까. 대북정책은 어떤 길로 가야하고요."

"네, 경제지원을 하려면 북한의 변화를 요구해야 합니다. 돈의 대가를 받아야 한다는 거죠. 실질적인 남북교류는 군사협정부터 시작해야 합니다. 그리고 민주화를 요구해야 합니다. 남북인사, 6·25 전쟁시 국군 포로와 사망자 자료, 북한의 인권실태, 핵 사찰 등 모두 드

러내 놓고 국제사회에서 신용을 얻어야 합니다. 그래야 경제지원의
효과가 나타납니다."

"요미우리의 모리 기자입니다. 만일 김정일이 이를 수용하지 않으
면요?"

"한국은 물론, 미국, 러시아, 중국, 일본이 전방위 압박을 가해야 합
니다. 경제원조의 중단 같은 무기를 말입니다."

"국제일보 하준규 기잡니다. 이동호 씨 발언은 전쟁론자의 논리 같
이 들리는데요."

"대한민국에 전쟁론자는 없습니다. 전쟁론자는 대한민국이 아니
라 북한입니다. 1인 독재의 김정일식 정권을 유지하기 위해 언제든
전쟁으로 세계를 위협하죠. 그래서 북한이 먼저 변해야 한다는 겁니
다. 노름꾼에게 아무리 돈 주어 봐야 맨날 돈은 바닥입니다. 그가 노
름을 끊고 가족과 함께 한 번 열심히 살아 보겠다 하는 의지가 있을
때 돈을 주는 의미가 있지 않겠습니까? 북한이, 아니 김정일이 민족
을 위해 돌에 맞아죽을 각오로 국가를 개방하고, 자체 모순을 뜯어
고치고, 전쟁물자를 없애고, 인민을 잘 먹이고 입히는 것을 최우선
으로 한다면 당장의 허리띠 조르고 고생하며 참는 것은 문제가 아닙
니다. 그렇게 하지 않기 때문에 황장엽 선생님이 남하했고, 연두흠
선생님이 죽었고, 제가 탈출했으며 수많은 탈북자들이 압록강, 두만
강을 건너는 것입니다. 저는 여기서 김정일에게 한마디 충고하고자
합니다. 위원장 자신이 죽을 각오로 나라를 개혁해야 당신도 삽니
다. 모든 민족이 다 살 수 있습니다. 그리고 김대중 대통령에게 말씀
드립니다. 먼저 전쟁에서 승리할 수 있다는 자신감을 국민에게 주십

시오. 그 힘을 바탕으로 '햇볕정책'을 추진하십시오. '햇볕정책'을 추진하시되 '북한의 변화'를 먼저 요구하십시오. 아편을 끊고, 노름을 끊어야 돈을 주겠다고 하십시오. 그것이 이뤄지지 않으면 돈을 주지 마십시오. 전쟁하겠다고 위협하면 같이 위협하십시오. 아마 세계는 김정일은 버려도 김대중 대통령은 버리지 않을 겁니다. 그래야 대한민국 국민들도 대통령을 신뢰하고 따를 겁니다. 그것이 통일로 가는 길입니다."

기자회견장은 뜨겁게 달아오르고 있었다.

같은 시간, 한 대의 승용차가 인천공항을 향해 달리고 있었다.

운전기사가 뒷좌석을 향해 말을 건넸다.

"섭섭하네요. 언제 또 들어오시나요, 교수님."

송 교수다. 사라졌던 그가 이날 독일을 향해 떠나는 것이다.

"뭐, 한 삼 년 연구 좀 더 하고 돌아와야지. 나도 갑자기 떠나게 되어 여간 섭섭하지 않네."

마포대교를 지나 상암 월드컵 경기장 방향으로, 승용차는 강북 강변도로 위를 달리고 있었다.

"아참, 최 기사."

"네, 교수님."

"상암 월드컵 경기장 입구 노변에 잠깐 대기 좀 해 주게. 비상등 켜 놓고. 누구와 만나기로 약속이 돼 있거든. 거기서."

"알겠습니다."

5분을 더 달린 후, 승용차는 상암 월드컵 경기장 입구 노변에 멈추어 섰다.

송 교수는 외투를 걸치고 밖으로 나가 덜덜 떨며 누군가를 기다리고 있었다.

그가 기다리기 시작한 지 채 3분도 지나지 않아 번쩍번쩍 빛나는 에쿠우스 한 대가 달려오더니 10여 미터 후방에서 멈추어 섰다. 그 차가 라이트를 세 번 깜빡였다.

'아, 오셨구나.'

그가 깜짝 놀라며 에쿠우스를 향해 뛰어갔다. 그리고 운전석 옆문을 열고 들어갔다. 점잖아 보이는 중년의 남자가 핸들을 잡고 있는데, 다른 사람은 없었다.

"고생 많았네."

"아닙니다."

송 교수가 황공한 듯 머리를 조아렸다.

"송 교수가 가짜 '오로라' 하느라고 애 많이 썼어. 얼굴이나 보고 보내야 할 것 같아서 달려왔네."

"감사합니다…… 대체인물이 또 필요하지 않겠습니까?"

"곧 한 명이 일본에서 들어와."

"그간 많은 지원을 해 주셔서 편하게 과업을 수행할 수 있었습니다."

"몇 년 후 돌아올 준비해."

"물론입니다."

송 교수가 핸들을 잡은 사람을 향해 다시 한 번 더 머리를 숙였다.

"'오로라' 님은 제 평생의 은인입니다. 그럼 이만 떠나겠습니다."

"잘 가게나. 거기 대학엔 자리가 있어서 다행이었어. 내가 독일에
갈 일이 있으면 거기서 다시 만나지."

"네, 영광으로 알겠습니다. 그럼 안녕히 계십시오. '오로라' 님."

'오로라' 가 송 교수에게 악수를 청했다.

차에서 내린 송 교수는 '오로라' 가 탄 에쿠우스가 출발할 때까지
굽혔던 허리를 펴지 못하고 있었다.

진짜 '오로라' 가 탄 승용차는 행주산성에서 U턴하여 도심으로 들
어서더니 광화문을 지나 청와대 방면으로 방향을 틀고 있었다. 그가
누구인지, 어디로 가는지는 독일로 가는 송 교수만이 알고 있으리라.

(전2권 끝)

1992년 10월.

나는 척박한 땅 극동 시베리아 벌판에 서 있었다. 한·러 수교 직후의 일이다. 수교 직후 일부 사람들이 모스크바를 향해 떠날 때, 나는 변방의 고시 하바로프스크를 찾아간 것이다.

애정도 증오도 없이 찾아간 도시에서 레닌에 의해 시작된 마르크스주의의 비참한 몰락과 체념에 빠진 시민들의 암울한 눈을 보았다.

그들은 아무도 웃지 않았다. 스탈린의 오랜 공포정치와, 살갗을 찢는 추위와 굶주림에 대한 두려움으로 가득한 얼굴엔 놀랍게도 누군가에 대한 증오도 타오르지 않고 있었다.

삶은 그들에게 미래도 희망도 아니었다. 열정과 기대에 넘쳤던 볼셰비키의 후예들은 이렇게 몰락한 도시에서 미래에 대한 두려움 속의 나날을 보내고 있었다.

그들은 머리를 떨어뜨렸다. 뱀처럼 길게 줄을 선 시민들의 손에는 빈 봉투가 하나씩 들려 있었다. 운 좋게 감자 한 봉지 얻어 떠나는 사람들을 부러운 눈으로 바라보고 있었다. 오늘, 이 감자를 얻어가지 못하면 가족들은 굶어야 한다.

유토피아를 외치던 레닌의 포효는 절망한 시민들의 한숨으로 변해 있었다. 한때 세계 최강을 자랑하던 군사력은 이들의 주린 배를 채우지 못했다. 무력이 곧 국력은 아니었던 것이다. 사회주의의 필연적인 몰락을 그들은 이제야 눈치 챈 것이다.

나를 더욱 놀라게 한 것은 러시아의 굶주림이 아니었다. 이 척박한 땅으로 식량을 구하기 위해 몰려드는 북한의 실정을 본 것이다. 북한은 이미 굶어 죽는 사람들이 부지기수라는 조선족 우리 동포의 증언이었다.

북한 주민들은 이미 굶주림과 추위로 내몰렸다. 그러나 북한 통치자들은 고르바초프처럼 용감하지도 못했고 정직하지도 않았다. 그들은 철의장막보다 더 높고 견고한 장막을 두르고 이 사실을 은폐시키고 있었다.

그들은 개방이라는 처방전을 외면했다. 인민들은 굶어도 통치자들은 살아야 했다. 이것이 '체제 유지'를 위한 모든 방법을 모두 동원하여 인민들을 버리고 권력자들만이 살아남으려 한 것이다.

이 소설의 주제는 북한 권력자들이 남한으로 귀순한 황장엽 씨를 암살하기 위한 전문 요원의 파견과 이를 저지하려는 한국 측 요원들의 피 나는 암투를 그린 것이다. 또 실제 그들은 암살자들을 파견하기도 했다. 그러나 본래의 목적은 탈북자들의 피눈물 나는 고통과 북한의 실정과 현실을 있는 그대로 고발하는 데 있다.

나는 감히 외친다. 북한이 살아갈 길은 문호를 개방하고 세계 각국과 어깨를 나란히 하여 민주화시키는 것뿐이라는 것을…… 이제라도 우리와 손잡고 통일의 방법을 모색하고 평화를 지향하는 방법뿐이라는 것을…….

핵을 버리라고 충고한다. 과서 구 소련이 핵이 없어 망했던가? 무기가 부족했던가? 아니다. 무력만으로는 지탱할 수 없었던 것이다. 북한도 핵을 버리고 중국처럼, 지금의 러시아처럼 시장을 열어야 살아갈 수 있다.

나는 이 소설을 통하여 이를 말하고 싶었다. 우리는 형제 아닌가? 휴전선 무기를 버리고 함께 살아갈 길을 모색하기를 바란다. 평화만을 추구한다면 우리는 언제나 북한을 따듯하게 맞아줄 것이다.

2010년 5월

정건섭 올림

- 1944년 충북 충주에서 출생하다.
- 1955년 소년소녀 잡지 『소년세계』에 꽁트 〈가죽장갑〉이 입선되어 게 재되다.
- 1961년 충주 지역 문학서클 '상록수'에서 왕성한 창작활동.
- 1979년 『詩와 詩論』에 〈떠나는 江〉 등 3편의 시로 문단에 데뷔하다. 이후 『現代文學』, 『韓國文學』 등 문예지와 일간지에 詩를 발표하다.
- 1983년 장편 추리소설 『덫』을 발표하여 전국 언론에 보도, 비상한 관 심을 일으키다. 1984년 1월 베스트셀러 6위에 랭크되다.
- 1984년 대학 교수들로 구성된 추리문학연구회 모임인 '미스터리클 럽'(회장 이가형)에서 제정한 제1회 추리문학상을 수상하다.(2월)
- MBC TV와 라디오에서 드라마화하여 동시 방영 방송되다.(3월)
- KBS에서 이창호·신은경 아나운서와 함께 〈추리퀴즈〉를 개발하여 1 년간 방송하다 이것이 인연이 되어 1988년까지 KBS TV와 라디오에 서 고정 MC로 방송활동을 하다.
- 두 번째 장편소설 『5시간 30분』을 발표하여 장기간 베스트셀러에 오 르다.

- 1985년 포르투갈에서 개최된 제1회 세계추리작가대회에 김성종 · 이가형과 함께 한국 대표로 참가하다.(3월)
- 『週刊朝鮮』에 장편 『處刑』을 연재하기 시작하다.(7월)
- 『小說文學』에 장편 『몽타주』를 연재하기 시작하다.
- 『스포츠東亞』에 장편 『背里의 늪』을 연재하기 시작하다.(6월)
- 이해 새로 창간된 스포츠 일간지 『스포츠서울』에 창간기념 대작 『죽음의 天使』를 연재하기 시작하여 독자들의 열렬한 반응을 얻는다.
- 韓 · 中작가대회 참가와 작품 취재를 위해 홍콩 · 대만을 여행하다.
- 1986년 각 사보에 발표한 추리 꽁트와 TV 라디오 추리 퀴즈 출제작을 묶은 추리 꽁트집 『미스터리 34』를 행림출판사에서 출판하다.
- 『處刑』을 역시 행림출판사에서 출판하다.
- 『죽음의 天使』를 역시 행림출판사에서 출판하다.
- 『몽타주』를 소설문학사에서 출판하다.
- 1987년 여성월간지 『여성자신』의 특별부록으로 『웨딩 킬러』를 발표하다.(7월), 『웨딩 킬러』를 KBS에서 2부작으로 드라마화하여 방영하다.
- 장편 추리소설 『그대 품에 아카시아 향기』를 발표하다.
- 1988년 『釜山日報』에 장편소설 『위험한 영웅들』을 연재하기 시작하다.
- KAL 858기 테러사건을 소재로 한 『마유미 최후의 증언』을 한국과 일본에서 동시 출간하다.(일본 측 출판사는 명문 光文社)
- 일본 東京TV와 후지TV 및 『朝日(아사히)新聞』을 통해 『마유미 최후의 증언』 보도되다.
- 1989년 『위험한 영웅들』(전2권)을 행림출판사에서 출판하다.
- 『日刊스포츠』 창간 20주년 기념작품 『천사여 침을 뱉어라』를 연재하기 시작하다.
- 『東南日報』에 장편 『불의 키스』를 연재하기 시작하다.
- 1990년 문이당에서 장편 추리소설 『호수에 지다』를 발표하다.

- 『中部日報』에 모델 윤영실 실종사건을 다룬 『정지된 시간』을 연재 시작하다.
- 三中堂에서 장편 『스키장 살인사건』을 출판하다.
- KBS TV에서 1시간 특집 〈추리퀴즈〉를 기획하여 방영하다.
- 1991년 『스포츠朝鮮』에 현대 정치사를 배경으로 한 『제2의 찬스』를 연재하기 시작하다. 1992년까지 이 작품에만 몰두하다.
- 장편 『그대 품에 아카시아 향기』를 시나리오로 완성, 이영실 감독이 메가폰을 잡아 크랭크인하다.
- 1992년 영화 『그대 품에 아카시아 향기』가 서울 허리우드, 동아, 연흥 극장에서 동시 상영되다.(2월)
- 『제2의 찬스』(전3권)를 기린원에서 출판하다.
- 1993년 『매일경제신문』에 1996년까지 만 3년간 한국 현대 정치사를 배경으로 한 『블랙 커넥션』을 연재하여 독자들의 뜨거운 성원을 받는다.
- 1995년 『충청매일』에 장편 『잠수함을 찾아라』를 연재하다.
- 1996년 『블랙 커넥션』(전5권)을 고려원에서 출판하여 교보문고 주최로 '독자와의 대화'에 나가는 등 화제를 모으다. 또한 이 시기에 『잠수함을 찾아라』를 대학출판사에서 출판하는 등 왕성한 작품활동을 하다.
- 1997년 『중부매일』에 장편 『욕망의 도시』를 연재하다.
- 중국 연변출판사에서 『천사여 침을 뱉어라』, 『제2의 찬스』 등 총 12권의 장편을 출판하다.
- 『겨울 태풍』을 고려원에서 출판하다.
- 『스포츠朝鮮』에 『제8공화국』을 연재 시작하다.
- 대구 『영남일보』와 대전 『중도일보』에 장편 『제로 공화국』을 연재 시작하다.
- 1998년 『마지막 3김시대』(전2권)를 초록배출판사에서 출판하다.
- 1999년 문명 비판과 종말 예언서 『종말은 예언처럼 오는가』를 한송

출판사에서 출판하다.

- 2001년『성모마리아 지옥에 가다』(전2권)를 도서출판 개미에서 출판하다.
- 2002년『황장엽을 암살하라』(전2권)를 연인M&B에서 출판하다.
- 2007년『사람에게서도 향기가 난다』(석송 잠언집)를 엮어 연인M&B에서 출판하다.
- 2008년『탁림고수』를 연인M&B에서 출판하다.
- 2010년『황장엽을 암살하라』(전2권)를 연인M&B에서 재출판하다.